Tendre rebelle

JOHANNA LINDSEY

Johanna Lindsey

Les frères Malory

***

Tendre rebelle

*Traduit de l'américain
par Paul Benita*

Éditions J'ai lu

Titre original :

TENDER REBEL
Published by arrangement with Avon Books

1

Angleterre, 1818

— T'as peur, ch'tiote?

Roslynn Chadwick se détourna de la fenêtre de la diligence et du paysage qui défilait devant ses yeux depuis plus d'une heure sans qu'elle le vît. Peur? Elle était seule au monde sans plus personne pour veiller sur elle. Elle n'avait plus de famille, en tout cas aucune qui fût digne de ce nom. Elle était en route pour un avenir incertain, laissant derrière elle tout ce qui lui était familier. Peur? Elle était terrifiée.

Mais pas question de l'avouer à Nettie Mac-Donald. Nettie était trop perturbée, elle aussi, depuis qu'elles avaient franchi la frontière anglaise la veille au matin, même si elle essayait de n'en rien laisser paraître en se montrant querelleuse, comme à son habitude. Avant cela, Nettie avait été toute douce et rassurante, même lorsqu'elles avaient traversé les Lowlands qu'elle détestait. Nettie avait été une Highlander toute sa vie, une habitante des hautes collines d'Ecosse depuis quarante-deux ans, et jamais elle n'aurait imaginé devoir les quitter un jour, surtout pour aller en Angleterre.

Roslynn parvint à offrir un sourire rassurant à sa nourrice. Une petite étincelle brilla même dans ses yeux.

— Et pourquoi j'aurais peur, Nettie ? Geordie va fouiller Aberdeen et Edimbourg pendant des s'maines et des s'maines sans jamais d'viner qu'on s'est enfuies pour Londres.

— Pour sûr qu'y va chercher.

Nettie laissa échapper un gloussement de joie, oubliant un moment sa crainte et sa répugnance envers l'Angleterre. Son dégoût pour Geordie Cameron était bien plus puissant.

— Et j'espère bien, reprit-elle, qu'y s'étouffera quand y comprendra qu'tu lui as échappé. J'étais point d'accord avec Duncan, béni soit-il, qu'y t'arrache c'te promesse mais y savait c'qu'y valait mieux pour toi... Et va pas croire que j'suis sourde au point de pas m'rendre compte que t'oublies ton anglais, ch'tiote, celui que c'te drôle de snob t'a enseigné. Tu vas point l'oublier, hein, surtout maintenant qu'on est dans la geôle du diable ?

Nettie avait martelé cela de son ton le plus impérieux et Roslynn ne put résister à la tentation de la taquiner encore un peu :

— Y sera bien temps d'causer comme y faut quand je verrai un d'ces Anglais. Tu vas point m'priver d'ces derniers moments où j'peux causer sans réfléchir à tous les mots que j'dis ?

— Pffou ! C'est rien qu'quand t'es énervée qu'tu causes comme ça, j'le sais b'en.

Bien sûr que Nettie le savait. Parfois, Nettie connaissait Roslynn mieux que Roslynn elle-même. Et effectivement, à chaque fois qu'elle était énervée ou bouleversée, son accent écossais réapparaissait. Roslynn soupira et se força à parler en bon anglais :

— J'espère que nos malles sont arrivées, sinon nous serons bien embêtées.

Elles étaient toutes les deux parties avec seulement une tenue de rechange.

— T'inquiète donc point, ch'tiote. C'est sûr que ça nous a fait gagner b'en du temps qu'ce modiste de Londres y soit v'nu à Cameron Hall pour te faire toutes ces belles robes. Comme ça, t'es toute prête. Duncan, Dieu l'bénisse, y pensait à tout. Même à envoyer tes malles avant, une par une, comme ça Geordie y pouvait s'douter de rien.

Nettie avait bien rigolé quand elles s'étaient faufilées hors du château, au milieu de la nuit, portant de vieilles culottes afin de passer pour des hommes à la lueur de la lune. Et Roslynn avait trouvé cela très amusant aussi. C'était même la seule chose qu'elle avait appréciée dans toute cette folie. Elles avaient chevauché jusqu'à la ville la plus proche où les attendaient un cocher et une diligence. Elles avaient encore patienté plusieurs heures pour être parfaitement sûres que nul ne les suivait. Tout cela était nécessaire pour tromper Geordie Cameron. Du moins, Pépé avait persuadé Roslynn que cela était nécessaire.

Et, en voyant la tête de Geordie à la lecture du testament, elle en avait été tout à fait convaincue. Après tout, Geordie était le petit-neveu de Duncan Cameron, le petit-fils de son frère cadet et son unique descendant mâle. Geordie avait toutes les bonnes raisons d'espérer hériter d'une partie de l'immense richesse de Duncan. Au moins d'une petite partie. Mais Duncan avait laissé tous ses biens à Roslynn, son unique petite-fille : Cameron Hall, les moulins, les autres affaires innombrables, tout. Geordie avait eu du mal à contenir sa rage devant le notaire et les autres personnes présentes.

— Pourquoi qu'il est aussi étonné ? avait dit Nettie après le départ de Geordie ce jour-là. Y savait b'en qu'Duncan le haïssait, qu'il le tenait pour responsable de la mort de ta pauvre mère. Y savait b'en qu'Duncan te laisserait tout. C'est même pour ça qu'y t'faisait la cour avec tant d'empressement d'puis toutes ces années. Et c'est b'en pour ça qu'y faut point qu'on perde une seconde maintenant qu'Duncan est mort.

Non, il n'y avait plus de temps à perdre. Roslynn s'en était rendu compte quand Geordie lui avait demandé encore une fois de l'épouser juste après la lecture du testament et qu'elle avait à nouveau refusé. Elles étaient parties cette même nuit, sans prendre le temps du deuil, sans avoir l'occasion de regretter la promesse qu'elle avait faite à son grand-père. Depuis deux mois déjà, elles savaient que l'heure de Duncan avait finalement sonné. En fait, sa mort avait été une délivrance tant il avait souffert ces dernières années. Seule son obstination d'Ecossais lui avait permis de tenir aussi longtemps. Non, elle n'éprouvait aucune peine puisque les souffrances de Pépé étaient enfin terminées. Mais comme il allait lui manquer, ce cher vieil homme qui avait été pour elle un père et une mère !

— Tu ne vas pas porter le deuil pour moi, ch'tiote, lui avait-il dit des semaines avant de mourir. Je te l'interdis. Tu m'as donné tant d'années, déjà. Tant d'années gâchées. Et je ne veux pas que tu me donnes un jour de plus une fois que je serai parti. Tu dois me promettre ça aussi.

Comment refuser cette promesse au vieil homme qu'elle chérissait, à l'homme qui l'avait élevée, taquinée et aimée tendrement depuis que sa fille était revenue vers lui avec sa Roslynn de six ans ? Quelle importance avait cette nouvelle promesse après celle qu'elle lui avait déjà faite, cette promesse qui la lançait maintenant à toute allure sur les routes ?

Nettie fit la moue en voyant Roslynn se retourner vers la fenêtre. Elle savait qu'elle pensait encore à Duncan Cameron. «Pépé», l'avait-elle nommé sans le moindre respect dès son premier jour à Cameron Hall, rien que pour le faire tourner en bourrique. La petite chipie adorait taquiner le vieil Ecossais bourru et il adorait ça encore plus qu'elle. Il allait beaucoup lui manquer…

— V'là qu'on arrive enfin à c't'auberge, observa Nettie qui était assise dans le sens de la marche.

Roslynn se pencha par la fenêtre et le soleil couchant déposa sur son visage un voile d'or et de lumière. Elle avait de beaux cheveux, d'un splendide roux doré, comme sa mère, Janet. Ceux de Nettie étaient noirs comme le charbon et ses yeux de ce vert sombre des lochs obscurcis par l'ombre des arbres. Roslynn avait aussi les yeux de Janet, de ce gris-vert moucheté d'éclats jaunes si brillants. En fait, elle ressemblait beaucoup à Janet Cameron avant que celle-ci ne quittât l'Ecosse. Il n'y avait rien en Roslynn qui provînt de son père, cet Anglais qui avait trouvé la mort dans un tragique accident. Janet était morte un an après lui et c'était peut-être mieux ainsi, car elle n'avait plus jamais été la même ensuite. Roslynn, Dieu merci, avait pu compter sur son grand-père. L'orpheline de sept ans avait su s'adapter, surtout avec un vieil Ecossais qui lui passait ses moindres caprices...

— Espérons que les lits seront meilleurs que ceux d'hier, commenta Roslynn quand la diligence s'arrêta devant l'auberge. C'est bien la seule chose qui me plaira à Londres : je sais que Frances nous fournira des lits confortables.

— Comment ça ? Tu s'ras point heureuse de revoir ton amie après toutes ces années ?

Roslynn lança un regard surpris à Nettie.

— Bien sûr que si, voyons. Je serai très contente. Mais étant donné les circonstances, je risque de ne pas la voir beaucoup. Avec toutes ces visites que je dois faire, je n'aurai guère de temps à consacrer à Frances. Ah, maudit Geordie ! ajouta-t-elle avec colère. Sans lui...

— T'aurais point fait cette promesse, on s'rait point ici maintenant et ça sert pas à grand-chose de gémir, non ? rétorqua Nettie.

Roslynn sourit.

— Qui gémissait hier soir dans un lit qui

n'était même pas digne d'accueillir des puces, hein ?

Nettie renifla d'un air méprisant, refusant de répondre à cette atteinte à sa dignité. Dès que le cocher leur ouvrit la porte, elle sortit la première.

« T'es point si vieille qu'tu peux point supporter quelques nuits d'inconfort, Nettie, se dit-elle. Même si le lit est en pierre, ce soir, t'en diras point un mot ou sinon la ch'tiote va te l'rappeler jusqu'à la fin des temps. »

Mais alors... Nettie sourit en secouant la tête. Mieux valait que Roslynn se moquât d'elle plutôt que de trop penser à ce qui l'attendait. « Bon, même si le lit est doux comme un bébé, tu f'rais b'en de dire qu'il est plein d'cailloux. Ça fait longtemps qu'tu l'as point entendue rire, et que t'as point vu ses yeux briller. Elle a b'soin de rire, la ch'tiote, pour sûr. »

Tandis que Roslynn approchait de l'entrée de l'auberge, elle ne remarqua pas le garçon de seize ans debout sur un tabouret, allumant une lampe à huile au-dessus de la porte. Malheureusement pour lui, le pauvre bougre la vit. Il jeta un regard par-dessus son épaule en entendant sa voix mélodieuse, si différente des bruits qu'il connaissait dans cette auberge de campagne fréquentée par de rudes paysans... et faillit dégringoler de son perchoir. Il n'avait jamais rien vu de pareil, on aurait dit une apparition. Son visage en forme de cœur, ses pommettes si délicatement saillantes, son petit nez droit au-dessus du menton ferme et ses lèvres généreuses et pleines... Quand elle passa la porte, il se pencha dangereusement pour suivre cette merveille du regard. *Paf!* Un bon coup sur le crâne le fit se redresser et il se retrouva nez à nez avec une vieille chaperonne. Elle avait beau être un bon mètre sous lui, il avait l'impression qu'elle allait le déculotter.

Mais Nettie prit le gamin en pitié et ne lui fit pas subir ce terrible outrage. Ce genre de chose arrivait partout où elles allaient car Lady Roslynn Chadwick avait cet effet sur la gent masculine et aucun homme, jeune ou vieux, ne semblait immunisé. Tout ce qui portait pantalon devenait immanquablement fou d'elle. Et dire qu'on allait bientôt la lâcher dans Londres !

2

— Et tu voulais boxer contre lui? ricana l'honorable William Fairfax en se tournant vers son jeune ami. Si tu veux lui ressembler un jour, tu as du travail. Malory s'entraîne depuis plus de douze ans.

Le jeune homme, Cully, grimaça au bruit du cuir entrant en contact avec la chair mais garda les yeux ouverts cette fois-ci. Il les avait fermés quelques instants plus tôt quand les premières gouttes de sang avaient giclé d'un nez écrasé. A présent, il frissonnait car le même nez ressemblait désormais à un fruit écrasé.

— Ça ne te tente pas trop, hein? fit William en souriant devant la pâleur de son ami. J'imagine que son partenaire n'apprécie guère non plus. (Il ricana.) Ah, si Knighton voulait bien combattre avec lui, on aurait quelque chose sur quoi parier. Il l'a entraîné, tu sais. Mais Knighton n'est pas remonté sur un ring depuis dix ans, à ce qu'on dit.

Tandis qu'ils observaient le ring de boxe en compagnie d'une douzaine d'autres gentlemen, Sir Anthony Malory abandonna sa garde pour lancer un regard furieux au propriétaire de la salle de sport :

— Bon sang, Knighton, je t'avais bien dit qu'il n'était pas encore prêt ! Il n'est pas remis de la dernière fois.

John Knighton haussa les épaules mais une lueur amusée brillait dans ses yeux sombres.

— Je n'ai entendu personne d'autre se porter volontaire, milord ! Peut-être que si tu te laissais battre, pour une fois, tu trouverais davantage de partenaires d'exercice.

Quelques ricanements accueillirent cette remarque. Tous savaient que cela faisait une bonne décennie que Malory n'avait pas laissé quiconque le battre au cours d'une séance d'entraînement. Il était en superbe condition physique, les muscles parfaitement sculptés, mais c'était son adresse qui le rendait si remarquable... et invincible. Les organisateurs de combats — et Knighton parmi eux — auraient donné une petite fortune pour lui faire faire un combat professionnel. Mais pour un noceur comme Malory, la boxe n'était qu'un moyen de se garder en forme. Ses trois visites par semaine au Knighton Hall étaient de la même veine que ses galops matinaux dans le parc : il les faisait seulement parce que c'était son bon plaisir.

La moitié des gentlemen présents étaient eux aussi des pugilistes, attendant leur tour de monter sur le ring. D'autres, comme l'honorable Fairfax, passaient simplement pour observer les experts s'entraîner : parfois l'occasion se présentait de lancer quelques paris. Et puis il y avait les admirateurs de Malory : ils venaient le voir démolir les malheureux adversaires que Knighton lui procurait. Ceux-là étaient assez sages pour ne jamais se retrouver dans les cordes avec lui.

L'un d'entre eux, Lord Amherst, était un téméraire dont les yeux gris brillaient perpétuellement d'humour. Du même âge qu'Anthony, mais blond alors que celui-ci était brun, il partageait les mêmes passions que lui : les femmes, le jeu... et encore les femmes.

— Tu n'as qu'un moyen de te trouver un adversaire à ta taille, Malory : c'est de cocufier un gars bien costaud et de le lui dire.

— Avec ma chance, George, il choisira les pistolets. Et ça n'aura rien de drôle.

George Amherst éclata de rire, car si certains ne savaient pas encore qu'Anthony était imbattable sur un ring, nul n'ignorait qu'il était sans pareil une arme à la main. Il avait pris l'habitude de demander à ses ennemis sur quelle partie de leur anatomie ils désiraient recevoir leur blessure. Ce qui, bien évidemment, faisait trembler les malheureux de tous leurs membres.

Pour ce qu'en savait George, Anthony n'avait encore jamais tué personne en duel. Tous, ou presque, avaient été causés par ou pour des femmes. Volage comme il l'était, il croyait dur comme fer qu'aucune d'entre elles ne méritait qu'on mourût pour elle... à l'exclusion de celles de sa famille, bien sûr. Malory était incroyablement susceptible à propos de sa famille. Il avait trois frères et donc une flopée de neveux... et de nièces sur qui veiller.

— Tu cherches un adversaire, Tony ? Tu aurais dû m'envoyer chercher. Tu sais que je suis toujours disposé à te rendre service...

George fit volte-face, n'en croyant pas ses oreilles. Il n'avait pas entendu cette voix depuis dix ans. Puis ses sourcils se haussèrent d'un air incrédule : sur le seuil du gymnase se tenait James Malory, certes plus vieux, mais semblant tout aussi dangereux que par le passé, quand il était le débauché le plus célèbre de Londres. Grand, blond et toujours beau garçon. Bon sang, incroyable !

George se retourna pour voir comment Anthony accueillait cette visite inattendue. Les deux frères avaient été très proches, autrefois. Ils n'avaient qu'un an de différence et James était assurément le plus sauvage des deux... ou l'avait été. Puis il avait disparu et pour une raison dont la famille ne parlait jamais, ses frères, y compris Anthony, l'avaient désavoué et n'avaient plus prononcé son nom. George, qui pensait être le meilleur ami d'Anthony depuis des années, n'avait jamais osé lui demander les raisons de la disgrâce de James.

Mais, à sa grande surprise, Anthony ne montrait aucune colère. En fait, son beau visage n'offrait aucun signe d'émotion. Il fallait le connaître parfaitement pour apercevoir une petite lueur dans ses yeux cobalt : ce n'était pas de la fureur, mais bien du plaisir.

Et pourtant, quand il prit la parole, on aurait pu croire qu'il s'adressait à son pire ennemi :

— James, nom d'un chien, qu'est-ce que tu fiches encore à Londres ? Tu devais prendre le large ce matin !

James se contenta de hausser les épaules d'un air ennuyé.

— J'ai changé mes plans à cause de Jeremy. Ce garçon devient de plus en plus obstiné. Depuis qu'il a rencontré le reste de la famille, il est impossible à tenir. Regan a dû lui donner des leçons. Figure-toi qu'il est parvenu à me convaincre de le laisser terminer ses études ici. Que je sois damné si je sais comment il s'y est pris !

Anthony aurait ri devant sa stupéfaction de s'être fait berner par un gamin de dix-sept ans si son frère n'avait prononcé le nom de Regan. Ce surnom l'agaçait prodigieusement tout comme il agaçait ses deux frères aînés, Jason et Edward, et James le savait. C'était pour cette raison qu'il utilisait « Regan » au lieu de « Reggie », le surnom utilisé par toute la famille pour Regina Eden. Mais, aussi loin que remontaient ses souvenirs, James avait toujours cherché à être différent, n'en faisant qu'à sa tête et se moquant des conséquences.

Tout en parlant, James s'était avancé et avait enlevé tranquillement sa veste sous laquelle il portait une de ces amples chemises qu'il affectionnait tant.

— Cela veut-il dire que tu vas rester, toi

aussi ? demanda Tony tandis que son frère tendait sa veste à George et acceptait les gants d'un John Knighton rayonnant.

— Juste le temps d'installer ce blanc-bec, je pense. Même si Connie m'a fait remarquer avec justesse que la seule raison pour laquelle nous retournions dans les îles était de donner un foyer à Jeremy.

Cette fois, Anthony ne put s'empêcher d'éclater de rire.

— Deux vieux loups de mer qui veulent jouer les mamans. Ah, j'aimerais bien voir ça.

— Tu es bien placé pour parler, Tony, répliqua James, nullement troublé. Tu as joué les mamans tous les étés pendant six ans, non ?

— J'ai joué les pères, corrigea Anthony. Ou plutôt les grands frères. Je suis surpris que tu ne te sois pas marié, comme Jason, pour donner une mère à Jeremy. Bien sûr, si Connie Sharpe est prêt à t'aider à élever ce garçon, j'imagine que tu ne dois plus avoir besoin d'épouse ?

James bondit sur le ring.

— Tu es en train d'insulter mon meilleur ami.

Anthony s'inclina.

— Un point pour toi. Alors, qui s'occupera du cher gamin pendant que Connie et toi déciderez si vous vous installez en ménage ?

Le poing droit de James s'écrasa dans le ventre d'Anthony juste avant qu'il ne répondît :

— Toi.

Tandis qu'Anthony se pliait en deux sous la douleur, les paris se mirent à fuser dans la salle. Enfin apparaissait quelqu'un qui pouvait peut-être battre l'imbattable Anthony Malory.

Celui-ci était plus grand de quelques centimètres, mais l'autre type était plus massif et semblait capable de transformer n'importe qui en serpillière. Et ils allaient avoir le privilège d'assister à ça. Très peu savaient qu'il s'agissait en fait de deux frères. Dès qu'Anthony retrouva son souffle, il lança un regard noir à James.

— Moi ? Et par quel miracle un tel honneur m'est-il échu ?

— C'est le garçon qui t'a choisi. Tu es son idole, tu ne le savais pas ? Après moi, bien sûr.

— Bien sûr, se moqua Anthony en le prenant à son tour par surprise grâce à un uppercut qui le fit reculer de plusieurs pas. Je serai ravi de l'avoir mais tu dois comprendre que je ne renoncerai à aucune de mes activités comme je l'ai fait pour Reggie.

Ils tournaient l'un autour de l'autre à présent, échangeant quelques coups.

— Je ne t'en demande pas tant, petit frère. Moi non plus je n'ai rien changé. C'est différent quand on doit s'occuper d'un garçon. Bon sang, il court les filles comme un malade depuis qu'il a quatorze ans.

Anthony éclata de rire à cette remarque. Ce qui eut pour malencontreux effet de lui faire baisser sa garde. La sentence immédiate fut un crochet foudroyant à la tempe. Mais il fut assez rapide pour répliquer d'un crochet court au foie qui souleva James de vingt centimètres du sol. C'était un coup vraiment impressionnant car James pesait bien quinze kilos de plus que lui, et quinze kilos de muscles.

Anthony recula, laissant un moment à son

frère pour reprendre sa respiration. Quand James releva les yeux, il souriait.

— Tu veux vraiment aller au lit couvert de plaies et de bosses, Tony?

Les yeux d'Anthony brillèrent : il était de son avis.

— Pas si on peut trouver quelque chose de plus doux.

Il vint jusqu'à son frère pour lui passer un bras autour de l'épaule.

— Alors, tu acceptes de prendre le garçon jusqu'à ce que l'école commence?

— Cela me ferait plaisir, mais ça va créer des rumeurs. En voyant Jeremy, tout le monde va croire qu'il est de moi.

— C'est pour cette raison qu'il te veut, plaisanta James, dévoilant des dents d'une blancheur impeccable. Il a un sens de l'humour assez pervers. Bon, à propos de ce soir, je connais deux mignonnes...

— Des mignonnes? Vraiment, vous avez été pirate trop longtemps, capitaine Hawke. Quant à moi, je dirais deux dames...

3

— Mais je ne comprends pas, Ros, s'étonna Frances. Pourquoi veux-tu t'attacher à un homme quand rien ne t'y oblige? Je veux dire, si tu étais amoureuse, je comprendrais. Mais tu parles de te marier alors que tu n'as encore rencontré personne.

— Frances, si je n'avais pas donné ma parole, crois-tu que je ferais une chose pareille ? répliqua Roslynn.

— J'espère bien que non... mais qui saura que tu n'as pas tenu ta parole ? Après tout, ton grand-père est mort et... (Elle s'interrompit en voyant la tête de son amie.) Bon, je n'ai rien dit.

— Et je n'ai rien entendu.

— Oh, mais c'est une telle honte ! soupira Frances, théâtrale.

Lady Frances Grenfell était une femme superbe, avec ses cheveux blonds et ses grands yeux sombres. Autrefois, elle avait été la jeune fille la plus enthousiaste, la plus remuante que Roslynn eût jamais connue. Mais c'était avant son mariage décevant avec Henry Grenfell, sept ans plus tôt. A présent elle était grave, réservée, mais il lui arrivait encore par moments de retrouver cette effervescence d'autrefois.

— Tu ne connaîtras jamais une telle indépendance, poursuivit-elle d'un ton décidé. Tu as assez d'argent pour t'offrir la moitié de l'Angleterre et personne pour te dire «fais ci ou fais ça». J'ai vécu sept ans avec un homme que je n'aimais pas pour en arriver là où tu es maintenant. Et j'ai encore une mère qui me sermonne si elle apprend que j'ai fait quelque chose qu'elle n'approuve pas. Bien que veuve, j'ai encore des comptes à rendre. Mais toi, Roslynn, tu n'as à te soucier de personne... et pourtant tu veux t'offrir à un homme qui sera ravi de te mettre la corde au cou, de te priver de ta liberté comme Lord Henry m'a privée de la mienne. Je suis sûre que tu ne le désires pas.

— Peu importe ce que je désire, Frances. C'est ce que je dois faire.

— Mais pourquoi ? C'est ce que je voudrais bien savoir, nom d'un chien ! Et ne me répète pas que c'est parce que tu as donné ta parole à ton grand-père. Pourquoi a-t-il exigé de toi une telle promesse ? Si c'était si important pour lui, il avait largement le temps de te marier de son vivant.

— Oh, ça c'est très simple : personne ne me plaisait assez. Et Pépé ne voulait pas me forcer à prendre quelqu'un contre mon gré.

— Pendant toutes ces années ? Pas un seul ?

— Oh… je déteste cette façon que tu as de dire *pendant toutes ces années*. Inutile de me rappeler à quel point cela va être difficile.

Frances roula de gros yeux.

— Difficile ? (Elle faillit éclater de rire.) Pff ! S'il y a bien quelque chose qui sera facile, ce sera de te trouver un mari. Tu auras tant de prétendants que tu ne sauras quoi en faire. Et ton âge, ma chère, n'aura pas la moindre importance. Seigneur, tu ignores à quel point tu es jolie ? Et comme si cela ne suffisait pas, tu possèdes une fortune à rendre un banquier gaga.

— J'ai vingt-cinq ans, Frances !

A l'entendre, on aurait dit qu'elle en avait cent cinq.

Frances sourit.

— Moi aussi, et je ne me considère pas comme une vieille croûte, merci.

— C'est différent quand on est veuve. Tu as été mariée. Personne ne trouvera rien à redire si tu te remaries.

— De toute façon, je me remarierai pas.

Roslynn fronça les sourcils. Parfois, Frances exagérait.

— J'ai vraiment peur, tu sais. Ces messieurs éclateront de rire en me voyant à côté de toutes ces jeunes débutantes.

Frances gloussa de plus belle.

— Honnêtement, Ros…

— C'est vrai! Par l'enfer, j'en rigolerais moi aussi si je voyais une vieille fille de vingt-cinq ans essayer de se trouver un mari.

— Ça suffit maintenant, ordonna Frances. Je te dis… je te *jure* que ton âge ne comptera pas.

Même si elle en avait terriblement envie, Roslynn ne pouvait la croire. Elle était au bord des larmes. Voilà ce qui la terrifiait à l'idée de se mettre à la recherche d'un mari : elle allait se ridiculiser aux yeux de la terre entière. Comment pourrait-elle le supporter?

— Ils s'imagineront les pires choses sur mon compte en apprenant que je n'ai jamais été mariée, Fran. Tu sais très bien que c'est ce qui se passera. C'est la nature humaine.

— Ils comprendront parfaitement quand ils sauront que tu as passé ces six dernières années à veiller sur ton grand-père, et ils t'en apprécieront davantage.

Netty et Roslynn étaient arrivées très tard la veille au soir dans cette maison sur South Audley Street, si tard que les deux amies n'avaient eu le temps de parler que le matin. Au cours des douze dernières années, elles ne s'étaient vues qu'une seule fois, quand Frances avait amené son fils, Timmy, en vacances dans les Highlands, quatre ans auparavant.

Roslynn avait bien d'autres amies en Ecosse mais aucune dont elle se sentît aussi proche que Frances. Aucune à qui elle aurait confié tous ses secrets. Elles s'étaient rencontrées à l'âge de treize ans, quand Pépé l'avait expédiée à l'école en Angleterre afin de faire d'elle une «lady». Il ne cessait de se plaindre qu'elle était en train de devenir un fichu garçon manqué... ce qui était certainement vrai à l'époque.

Elle avait tenu deux ans à l'école avant de se faire renvoyer et réexpédier à Cameron Hall en raison de son «attitude incorrigible». Pépé ne l'avait pas grondée. En fait, elle lui avait tant manqué qu'il avait été heureux de la retrouver. Mais il avait débauché un des meilleurs professeurs de l'école pour qu'il vînt en Ecosse achever l'éducation de Roslynn.

Durant ces deux années en Angleterre, Frances et Roslynn étaient devenues inséparables. Et si Roslynn n'avait pas connu sa propre entrée dans le monde à l'âge de dix-huit ans, elle avait partagé celle de Frances grâce à ses lettres. Grâce à elle, elle savait ce que c'était de tomber amoureuse. Grâce à elle, elle savait aussi ce que c'était de vivre avec un mari qu'on n'aime pas. Et même si elle n'avait jamais eu d'enfant, elle n'ignorait rien à leur sujet, du moins à propos des garçons, car Frances avait partagé avec elle toutes les étapes de la croissance de Timmy.

Roslynn s'était elle aussi confiée dans ses propres lettres, même si sa vie dans les Highlands était loin d'être aussi excitante que la vie

à Londres. Mais elle n'avait pas voulu inquiéter Frances ces derniers mois avec les craintes
de Pépé, c'est pourquoi elle ne lui avait rien dit
au sujet de Geordie. Et comment lui apprendre à présent? Comment lui faire comprendre
qu'il ne s'agissait pas simplement des peurs
d'un vieil homme mais d'un réel danger?

Elle décida de commencer par le commen-
cement.

— Frances, tu te souviens que ma mère
s'est noyée dans le loch Etive quand j'avais
sept ans?

— Oui, un an après la mort de ton père,
n'est-ce pas? répliqua gentiment Frances en
lui caressant la main.

Roslynn hocha la tête, se rappelant la déso-
lation qui l'avait accablée.

— Pépé a toujours tenu son petit-neveu, Geordie, pour responsable de la mort de ma mère.
Geordie n'avait que onze ans à l'époque, mais
c'était un enfant méchant. Il n'arrêtait pas de
faire souffrir les animaux, de provoquer des
accidents, rien que pour rigoler. Il avait fait
tomber un de nos valets qui s'était cassé la
jambe. A cause de lui, notre cuisinier s'était gra-
vement brûlé et on avait même dû abattre un
cheval. Sans parler de tout ce qu'il faisait chez
lui dont nous n'avons jamais entendu parler.
Son père était le cousin de ma mère, et quand
il venait nous rendre visite, il amenait toujours
Geordie. Le jour où ma mère s'est noyée,
Geordie était là.

— Mais comment a-t-il pu provoquer sa
noyade?

— On n'a jamais eu aucune preuve, Fran-

24

ces. D'après ce qu'on sait, sa barque a chaviré et elle était trop lourdement vêtue — puisque c'était l'hiver — pour pouvoir nager jusqu'à la rive.

— Que faisait-elle sur le loch en plein hiver ?

— Elle avait grandi sur le loch. Elle adorait cela. En été, elle nageait tous les jours et faisait toutes les visites possibles en bateau. Si elle pouvait aller quelque part en ramant, elle ne voulait pas entendre parler d'un cheval ou d'une voiture, quel que soit le temps. Elle possédait sa propre petite barque qui était facile à manœuvrer.

— Il n'y avait personne pour l'aider ce jour-là ?

— Personne n'a vu ce qui est arrivé. Elle avait prévu de traverser le loch. Il est probable que le bateau a coulé en plein milieu. Ce n'est que plusieurs jours après qu'un des fermiers nous a appris qu'il avait aperçu Geordie près des bateaux au cours de la semaine. Si Geordie n'avait pas eu l'habitude de provoquer des accidents, Pépé n'y aurait jamais songé. Et d'autre part, Geordie a réagi à la mort de ma mère presque aussi mal que moi. Ce qui était surprenant dans la mesure où il ne nous aimait pas du tout, ni elle ni moi.

— Alors, ton grand-père s'est dit qu'il avait saboté le bateau ?

Roslynn hocha la tête.

— Il a dû se débrouiller pour que l'eau s'infiltre lentement. C'est exactement le genre de choses dont il était capable, le genre de choses qui l'amusaient : obliger quelqu'un à prendre un bon bain et perdre un bateau. Je crois qu'il devait s'agir d'une méchante blague, une blague qui a tourné au drame. Je ne pense pas qu'il voulait vraiment *tuer* quelqu'un, mais juste le mettre à l'eau pour le faire enrager. Il ne pouvait savoir que ma mère allait s'éloigner de la rive. Elle ne traversait pas le loch si souvent.

— Il n'en reste pas moins...

— Oui, hélas ! soupira Roslynn. Pépé ne pouvait rien prouver. On n'a jamais retrouvé le bateau, impossible de savoir s'il a été saboté. Mais, depuis, il n'a plus jamais fait confiance à Geordie. Dès qu'il venait à Cameron, il le faisait suivre par un serviteur. A la mort de son père, Geordie n'a reçu qu'un petit héritage. Pépé savait que Geordie lui en voulait d'être si riche alors que sa famille possédait si peu. Pépé était l'aîné, c'est lui qui a hérité de la fortune des Cameron. Et il a été définitivement persuadé que Geordie visait sa fortune quand celui-ci m'a demandé de l'épouser.

— Tu te sous-estimes, Ros. L'argent n'est pas la seule raison pour laquelle on voudrait t'épouser.

Roslynn repoussa l'objection :

— Geordie ne m'a jamais aimée, Frances, et c'était plus que réciproque. Il m'en voulait d'être le plus proche parent de Pépé, tu comprends ? Ce n'est qu'à la mort de son père, quand il a découvert le peu qui lui revenait, qu'il s'est mis à jouer au Prince Charmant avec moi.

— Mais tu l'as repoussé.

— Bien sûr que je l'ai repoussé. Il ne cherchait qu'à me flatter. Je ne suis pas idiote. Mais cela ne l'a pas découragé. Il a continué à prétendre qu'il était follement amoureux de moi alors que je lisais le contraire dans ses yeux glacés.

— Très bien, je vois le tableau. Mais je ne comprends toujours pas pourquoi tu dois te marier sur l'heure.

— Pépé parti, je n'ai plus aucune protection. Geordie a clairement dit qu'il visait la fortune des Cameron, et il est prêt à tout pour cela.

— Que peut-il faire ?

Roslynn poussa un soupir à fendre l'âme.

— Je pensais qu'il ne pouvait rien faire, mais Pépé était plus sage que moi.

Son amie fronça les sourcils.

— Héritera-t-il de cet argent au cas où il t'arriverait quelque chose ?

— Non, Pépé s'en est assuré. Mais si Geordie met la main sur moi, il peut me forcer à l'épouser. Il y a des moyens, en me droguant ou en me battant, ou même par l'entremise d'un prêtre sans scrupule. Dans ce cas, Geordie aura le contrôle de tout. Et une fois que je serai sa femme, je ne lui serai plus d'aucune utilité. Je suppose qu'il se débarrassera de moi…

Malgré la chaleur de l'été, Frances frissonna.

— Tu n'es pas en train d'inventer tout cela, n'est-ce pas ?

— J'aimerais bien, Frances. Je te le jure. Pépé espérait toujours que Geordie se marierait mais il ne l'a pas fait. Il attendait son heure, il attendait le moment où je serais seule, sans protection. Et il est trop fort pour que je me batte contre lui, même si je ne me débrouille pas trop mal avec une dague et que j'en garde toujours une dans mes bottes.

— Pas possible !

— Pépé a tenu à ce que je sache m'en servir. Mais une petite dague ne servira à rien si Geordie paie des sbires pour m'enlever. A présent, tu sais pourquoi j'ai dû quitter l'Ecosse si vite et pourquoi je suis ici.

— Et pourquoi tu veux un mari.

— Oui, ça aussi. Une fois que je serai mariée, Geordie ne pourra plus rien faire. Pépé m'a fait promettre de me marier très vite. Il avait tout préparé, même ma fuite. Geordie fouillera l'Ecosse de fond en comble avant de penser à me chercher ici. Ce qui me laisse un peu de temps pour trouver un époux… mais pas trop.

— Quelle histoire, mon Dieu ! s'exclama Frances. Comment peux-tu tomber amoureuse en si peu de temps ?

Roslynn sourit en se souvenant du conseil de son grand-père :

— D'abord, protège-toi, ma ch'tiote, avec une petite bague autour du doigt. Tu trouveras l'amour après. Bien sûr, si l'amour te tombe dessus, ne le repousse pas. Tiens bon et accroche-toi.

Pépé lui avait aussi donné un autre avis :

— C'est dit qu'un noceur fait un bon mari, à condition qu'une ch'tiote lui attrape le cœur — pas les yeux, hein ? le cœur. Il a goûté les graines, tu vois, il a moissonné tout le champ pour ainsi dire. Alors quand il s'installe, c'est pour de bon. Mais n'oublie pas, ch'tiote, c'est le cœur qui compte. Faut attraper le cœur. Et je ne te parle pas d'un jeune gars. Non, il te faut un qui a déjà bourlingué, sans être non plus un vieux croûton.

— Mais je ne veux pas d'un noceur, avait-elle protesté.

— Maintenant non, mais plus tard oui, avait prédit Duncan. Il se trouve que les ch'tiotes, elles ne leur résistent pas. Mais débrouille-toi pour avoir la bague au doigt avant de...

— Pépé!

Il s'était esclaffé.

— Si ce n'est pas moi qui te le dis, qui le fera? Tu as besoin de savoir comment retenir un garçon comme ça.

— Je lui ferai goûter le dos de ma main, oui.

— Mais puisque je te dis qu'ils font les meilleurs maris! Et je ne veux que le meilleur pour toi. Même si tu n'auras pas beaucoup de temps pour le trouver.

— Mais comment, au nom du Ciel, peux-tu être aussi sûr de toi?

Elle n'était pas en colère, juste troublée. Pépé ignorait que, grâce à Frances, elle savait certaines choses sur les coureurs de jupons. Et son avis bien arrêté sur la question était qu'on devait les fuir comme la peste.

— C'est que j'en étais un moi-même! Et ne fais pas cette tête-là. J'ai eu seize ans pour écumer les champs avant de rencontrer et d'épouser ta grand-mère. Et je lui ai été fidèle jusqu'au jour de sa mort.

Une exception. Une seule et unique exception. Ce qui ne suffisait pas à la faire changer d'avis au sujet de cette catégorie très particulière de gentlemen. Cependant, elle ne l'avait pas dit à Duncan. Elle l'avait laissé avoir le dernier mot, tout en étant bien décidée à ne pas suivre ce conseil-là...

A Frances, et à sa question concernant l'amour, elle répondit en haussant les épaules.

— Si je ne tombe pas amoureuse, eh bien tant pis. Je devrai m'en contenter. Tu l'as bien fait, toi.

Frances eut une moue triste.

— Je n'avais pas le choix.

— Pardonne-moi. Je n'aurais pas dû te rappeler cela. Quant à moi, montre-moi un homme pas trop laid qui ne court pas les filles et ça me suffira amplement. Si j'ai l'impression que je pourrai le supporter, ça ira. (Elle sourit.) Après tout, j'ai la permission de mon grand-père — et même sa bénédiction — de chercher l'amour plus tard si je ne le trouve pas dans le mariage.

— Il t'a... Et tu le ferais ?

L'air choqué de son amie amusa Roslynn.

— Laisse-moi d'abord trouver un mari avant de songer à un amant. Mais croisons les doigts pour que les deux ne fassent qu'un.

4

— Eh bien, jeune homme ? Ça te plaît ?

Anthony était nonchalamment adossé à la porte, observant Jeremy qui découvrait sa nouvelle chambre à coucher avec un ravissement évident.

— Par les cornes du diable, oncle Tony, je...

— Plus un mot. (Anthony adopta son air le plus sinistre.) Tu peux donner de l'oncle à mes frères à t'en étouffer, si tu veux, mais quant à moi, Tony suffira amplement. Et arrête de me vouvoyer, bon sang !

Jeremy sourit, pas le moins du monde intimidé.

— C'est formidable, Tony, vraiment formidable. La chambre, la maison, toi. Je ne pourrai jamais assez te remer...

— Alors ne le fais pas, s'il te plaît, coupa Anthony. Et avant que tu ne prennes un peu trop l'habitude de m'idolâtrer, mon garçon, sache que je vais te débaucher. Ce sera une bonne leçon pour ton père. Il n'avait pas à te confier à moi.

— Chouette ! Tu me le promets ?

Anthony eut toutes les peines du monde à retenir un éclat de rire.

— Non, je ne te promets rien du tout. Bon sang, tu veux que Jason m'égorge ? Il va nous tomber dessus dès qu'il saura que James t'a confié à moi plutôt qu'à lui. Non, je vais te présenter quelques dames dont ton père semble avoir oublié l'existence.

— Des dames comme Regan ?

L'air mauvais d'Anthony n'était pas feint, cette fois.

— Ça ira entre toi et moi, tant que je n'entendrai pas ce nom. Saperlotte, tu ne vaux pas mieux que ton père...

— Ah, je ne peux pas vous laisser dire du mal de mon père, oncle Tony, l'interrompit Jeremy avec le plus grand sérieux.

Anthony traversa la pièce pour ébouriffer la

tignasse noire du garçon, si semblable à la sienne.

— Comprends-moi bien, gamin. J'aime ton père. Depuis toujours. Mais je lui dirai ses quatre vérités à chaque fois que j'en ressentirai le besoin. Il était mon frère avant d'être ton père, après tout. Et il n'a pas besoin que tu prennes sa défense. Alors, descends de tes grands chevaux. Je n'avais aucune mauvaise intention.

Jeremy acquiesça, radouci.

— Rega... Reggie dit que vous n'êtes pas heureux tant que vous ne vous disputez pas avec vos frères.

— Elle dit ça ? Ouais, eh bien, cette fillette a toujours été une miss je-sais-tout, répliqua Anthony avec affection. Au fait, elle a envoyé un billet hier. Il semble qu'elle est en ville sans son vicomte, pour une fois, et qu'elle a besoin d'un cavalier pour le bal de ce soir. La besogne te dirait ?

— Moi ? Vous... tu es sérieux ? demanda Jeremy, enthousiaste.

— Et pourquoi pas ? Elle sait très bien que je ne supporte pas ces machins et elle ne me l'aurait pas demandé si elle avait pu trouver quelqu'un d'autre. Mais Edward a embarqué toute sa progéniture à Haverston pour rendre visite à Jason. Et Derek est déjà là-bas. Ce qui fait que nous sommes les deux seuls Malory disponibles à Londres. A moins, bien sûr, qu'on ne prévienne ton père... à condition de le trouver à temps. Il a fait allusion à une vieille amie...

— Sarah, l'informa Jeremy avec un regard

espiègle. Elle travaille dans une taverne près du...

— Epargne-moi les détails.

— Il n'y a aucune chance qu'il se rende à un bal, même pour sa nièce préférée. Mais je serai ravi. J'ai même la tenue qu'il faut. Et je sais danser. Vraiment! Connie m'a appris.

Anthony faillit s'étouffer.

— C'est pas vrai! Et qui faisait le garçon, toi ou lui?

Jeremy sourit.

— Un peu les deux, mais je me suis entraîné après avec quelques bonnes femmes et elles ne se sont pas plaintes.

Anthony esquissa une grimace. A l'évidence, le garçon avait un peu trop fréquenté les amis indélicats de son père. Qu'allait-il pouvoir faire avec un si charmant vaurien, qui manquait totalement de bonnes manières? Un gentle-man-pirate — ou ex-pirate — et un coureur impénitent, voilà les seuls exemples qu'il avait connus. Il ferait peut-être bien de confier le gamin à la garde de ses frères dès leur retour à Londres. Ils pourraient peut-être avoir une meilleure influence sur lui...

— Je suis sûr que Reggie sera ravie de danser avec toi, jeune coq. Mais je te déconseille de l'appeler une seule fois bonne femme, elle risque de t'arracher les oreilles. Cela dit, j'ai cru comprendre qu'elle avait un petit faible pour toi.

— Ouais, elle m'a aimé depuis le jour où nous l'avons kidnappée.

— Faut-il que tu me rappelles cela? Quand j'y pense... James qui s'est donné tout ce mal pour prendre sa revanche sur le vicomte, pour découvrir ensuite que Reggie l'avait épousé.

— Oui, ça a tout changé.

— Ça, c'est sûr. Mais il n'aurait pas dû t'entraîner dans cette histoire.

— C'était une question d'honneur.

— Ah, parce que tu connais quelque chose à l'honneur? répliqua sèchement Anthony. Alors, il reste de l'espoir pour toi... à condition que tu rayes «bonnes femmes» de ton vocabulaire.

Jeremy baissa les yeux. Ce n'était pas sa faute s'il avait passé les premières années de sa vie dans une taverne jusqu'à ce que son père découvrît son existence. Connie, le lieutenant et meilleur ami de James, le reprenait toujours sur son vocabulaire. Et en voilà un autre qui paraissait décidé à lui empoisonner la vie.

— Je suis peut-être pas assez bien pour lui servir de cavalier...

— Ah, tu prends ce que je te dis trop à cœur. (Anthony secoua la tête.) Aurais-je suggéré que tu accompagnes ma nièce adorée si je ne t'en jugeais pas digne?

Jeremy était effectivement inquiet mais pour un autre motif.

— Je ne peux pas y aller. Par les cornes du diable, à quoi est-ce que je pensais? Bien sûr que je ne peux pas. Si c'était n'importe qui d'autre...

— Au nom du Ciel, qu'est-ce que tu marmonnes?

Jeremy le scruta intensément.

— Je ne peux pas l'accompagner à un bal en étant son unique protection. Qu'est-ce qui se passera si quelqu'un comme toi l'importune ?

— Comme *moi* ?

Anthony hésitait entre rire et étrangler le chenapan.

— Tu sais ce que je veux dire, Tony. Quelqu'un qui ne comprend pas quand on lui dit «non». Bien sûr, je défierai le premier qui osera...

— Mais qui prendra au sérieux un gamin de dix-sept ans ? conclut Anthony avec une moue. Enfer et damnation, je ne supporte pas ces maudits bals ! Mais tu n'as pas tort. Je crois qu'il va falloir qu'on trouve un compromis. Tu l'escorteras et je garderai aussi un œil sur elle. La salle de bal des Crandal donne sur un jardin. Je devrais donc pouvoir la surveiller sans me montrer au milieu de tous ces gandins. Cela te convient-il, jeune chevalier ?

— Oui, aussi longtemps que je sais que tu es là et que tu peux intervenir si on rencontre un gros problème. Mais, par les sabots du diable, Tony, tu vas t'ennuyer à mourir à rester dans le jardin toute la soirée !

— Assurément, mais je crois pouvoir le supporter pour ce soir. Tu n'as aucune idée de ce qui risque d'arriver si je me montre à un de ces machins... Non, ne me le demande pas. Cela empoisonne ma vie mais c'est celle que j'ai choisie. Je n'ai donc pas à me plaindre.

Sur cette remarque sibylline, Anthony laissa Jeremy s'installer dans ses nouveaux quartiers.

5

— Eh bien, est-ce que tu me crois, à présent ? chuchota Frances en se glissant derrière Roslynn qui se trouvait au centre d'un cercle d'admirateurs.

Aucun d'eux ne l'avait lâchée d'une semelle depuis qu'elle était arrivée à ce bal, son troisième en trois jours.

La question était assez innocente, au cas où quelqu'un l'aurait entendue. Ce qui n'était pas le cas : même si les gentlemen présents ne cessaient de la dévorer des yeux dans sa robe de satin, ils étaient à cet instant engagés dans une discussion animée à propos d'une course qui aurait lieu le lendemain. Elle les avait lancés sur ce sujet afin d'échapper au précédent : un débat passionné pour déterminer qui allait effectuer la prochaine danse avec elle. Elle commençait à en avoir plus qu'assez de danser, particulièrement avec Lord Bradley, qui devait posséder les plus grands pieds de la ville.

Pour l'instant, Frances jubilait. Elle lui avait posé cette même question une bonne vingtaine de fois avec un plaisir non dissimulé : elle considérait le succès de Roslynn comme un succès personnel.

— Je te crois, soupira Roslynn. Je te crois sincèrement. Mais comment vais-je pouvoir en choisir un seul parmi tous ceux-là ?

Frances l'attira un peu à l'écart.

— Tu n'as pas à en choisir un. Il y en a des tas d'autres que tu n'as pas encore rencontrés. Tu ne vas quand même pas te jeter au cou du premier venu ?

— Non, non, bien sûr que non. Je n'ai pas l'intention d'épouser un parfait inconnu. Je veux d'abord essayer d'en savoir le plus possible sur mon gibier. Afin d'éviter, si possible, les erreurs...

Frances roula des yeux.

— Ton gibier ? C'est comme cela que tu le vois ?

Roslynn soupira à nouveau.

— Oh, je n'en sais rien, Frances. Je me fais l'effet de traiter une affaire, pas de préparer mon mariage. Mais c'est ainsi. En plus, aucun d'entre eux ne m'attire vraiment. Je vais *m'acheter* un mari. On ne peut pas le dire autrement. Et je n'ai pas l'impression que mon époux va me plaire, si je dois le choisir parmi ceux-là. Mais il suffit qu'il remplisse les autres critères...

— Sornettes ! la réprimanda Frances. Tu abandonnes avant même d'avoir commencé. Pourquoi es-tu aussi maussade ?

Roslynn grimaça.

— Ils sont tous *si jeunes*, Frances. Gilbert Tyrwhitt a à peine vingt ans et Neville Baldwin guère plus. Le comte est aussi âgé que moi et Lord Bradley un peu plus mais, à le regarder, je me dis qu'on a eu tort de le laisser quitter l'école. Pépé m'avait prévenue, il m'avait conseillé de chercher un homme plus âgé. Mais où sont-ils ? Si tu me dis qu'ils sont déjà tous casés, je hurle.

Frances éclata de rire.

— Ros, tu es trop pressée. Il y a beaucoup de gentlemen distingués ici, des veufs et quelques célibataires endurcis qui, j'en suis certaine, reconsidéreront leur statut dès qu'ils t'auront rencontrée. Mais il faudra sans doute que je te les présente car ils sont sûrement intimidés par la meute de jeunes étalons qui caracole autour de toi. Ils doivent craindre la compétition. Après tout, tu es une beauté. Tu devras prodiguer quelques encouragements au pauvre homme, lui faire comprendre que tu es intéressée... enfin, tu vois ce que je veux dire.

— Ah, Frances, tu n'es pas obligée de rougir. Ça ne me gêne pas du tout de faire les premiers pas s'il le faut. Je suis même prête à faire moi-même la demande en mariage.

Son amie la regarda comme si elle était devenue folle.

— Tu n'aurais pas une telle audace !

— Dans des circonstances normales, peut-être. Mais à présent, je n'ai pas le choix. Je n'ai pas de temps à perdre. Je ne peux me contenter d'attendre que le Prince Charmant surgisse soudain de nulle part. Alors, montre-moi les meilleurs candidats et je te dirai ceux auxquels je veux être présentée. J'en ai plus qu'assez de ces jeunots.

— Comme tu voudras, répliqua Frances en examinant la foule qui se pressait dans la pièce. Là, près des musiciens, le grand... Je ne me rappelle plus son nom mais je crois savoir qu'il est veuf avec deux... non, trois enfants. Il doit avoir quarante-deux ans et il est tout à fait aimable, à ce qu'on dit. Une grosse propriété dans le Kent où résident les enfants mais lui préfère la ville. Il correspond à l'homme de tes rêves ? conclut-elle, sarcastique.

Roslynn esquissa un sourire.

— Oh, il n'est pas mal, pas mal du tout. J'aime ce gris sur ses tempes. Si je ne peux avoir l'amour, je peux néanmoins me trouver un homme agréable à regarder. Et celui-ci l'est, non ? Oui, ça ira, pour un début. Maintenant, qui d'autre ?

Frances lui adressa un regard écœuré. Elle avait vraiment l'impression d'être au marché. Mais il fallait se rendre à l'évidence : Roslynn était seule au monde et devait régler ce problème avant que Geordie ne la retrouvât. Résignée, elle désigna un autre gentleman puis un autre encore. Une heure plus tard, Roslynn les avait tous rencontrés et avait dressé dans sa tête une petite liste des candidats possibles. Ceux-là, au moins, avaient l'âge requis. Mais les jeunes coqs ne voulaient pas la laisser tranquille et insistaient encore pour obtenir une nouvelle danse. Même si son succès la soulageait grandement — très grandement, pour tout dire — de son anxiété, cela commençait à devenir gênant.

Ayant vécu si longtemps en compagnie de son grand-père et de serviteurs qui la connaissaient depuis son plus jeune âge, Roslynn avait très peu fréquenté les membres de l'autre sexe. En fait, elle ne leur avait jamais prêté beaucoup d'attention. Voilà pourquoi elle n'avait guère compté sur son apparence — parfaitement normale, à ses yeux — pour se trouver un mari mais uniquement sur son statut d'héritière.

Elle était trop vieille, avait-elle pensé. Elle ne soutenait pas la comparaison avec les autres jeunes filles. Elle s'était même persuadée qu'elle devrait se contenter d'un lord endetté ou bien ruiné.

Mais elle avait dû réévaluer sa situation après la première soirée. Elle avait vite découvert que toutes sortes de gentlemen s'intéressaient à elle. Et sans qu'ils sachent rien de sa fortune. Les hommes plus âgés figurant sur sa nouvelle liste n'étaient pas pauvres et avaient tous paru très flattés qu'elle leur adressât la parole. Mais seraient-ils prêts à l'épouser ? Voilà qui restait à vérifier. Sa priorité maintenant était d'en apprendre un peu plus sur leur compte. Elle ne voulait pas d'une mauvaise surprise *après* le mariage.

Elle s'attaqua d'abord à Sir Artemus Shadwell, le veuf aux tempes argentées. Ce vaillant gentleman l'avait bien aidée en bravant la meute de jeunes taurillons pour lui voler une danse. Malheureusement ce ne fut pas une danse très «bavarde» et elle découvrit seulement qu'avec cinq enfants d'un premier mariage — aïe, Frances était loin du compte ! — il n'avait aucune envie d'une nouvelle famille s'il devait un jour reprendre femme.

Ce qui était fort dommage, parce que s'il y avait une chose que Roslynn désirait d'un mari, c'étaient des enfants. C'était même le seul véritable attrait du mariage à ses yeux. Elle voulait des enfants, pas beaucoup mais quelques-uns — trois ou quatre — et elle y était fermement décidée. A son âge, elle ne pouvait guère attendre. Elle devait fonder une famille, et vite.

Mais elle n'était pas forcée de rayer Sir Artemus de sa liste sur-le-champ. Après tout, il ne savait même pas qu'il y figurait. Il pouvait peut-être changer d'avis. Et, à propos des hommes, Roslynn était certaine au moins d'une chose : on pouvait leur faire changer d'avis.

Après la danse, il la ramena près du buffet où Frances bavardait avec une jeune femme que Roslynn n'avait pas encore rencontrée. Mais une valse commença aussitôt et elle aperçut du coin de l'œil l'insistant Lord Bradley qui fonçait droit sur elle. C'en était trop. Il était hors de question de se faire broyer les pieds une nouvelle fois par ce lourdaud.

— Quelque chose ne va pas, Roslynn ? s'inquiéta Frances.

— Rien... ou plutôt tout, répondit-elle, trop exaspérée pour accorder la moindre attention à la jeune inconnue qui ne lui avait pas encore été présentée. Je refuse de danser avec ce Bradley, Frances, je te le jure. Je préférerais mourir ici même, ce qui gâcherait la soirée. Aussi excusez-moi, je vais me cacher quelque part.

Elle lança un clin d'œil de conspiratrice aux deux jeunes femmes et disparut dans la foule, leur laissant le soin de se débrouiller avec Lord Bradley.

Elle se dirigea vers un des nombreux balcons ouverts et s'arrêta sur le seuil pour examiner le jardin, souhaitant s'assurer qu'on ne l'observait pas de l'extérieur. Le clair de lune était magnifique. Personne. Elle franchit alors le seuil et se pencha pour surveiller ses arrières et vérifier que sa fuite avait été un succès. Elle eut juste le temps d'apercevoir Lord Bradley quittant Frances avec une mine horriblement déçue.

C'était mal de sa part mais elle n'en éprouvait pas le moindre remords. Elle continua même d'observer Lord Bradley afin de s'assurer qu'il n'aurait pas l'idée de vérifier si elle était dehors. Elle devrait alors trouver un autre endroit où se cacher. Quelques instants plus tard, elle vit le jeune homme inviter quelqu'un à danser.

Roslynn se redressa en se félicitant : elle venait d'éviter de se faire écrabouiller les pieds. Elle aurait dû sortir plus tôt. L'air frais était le bienvenu, tel un baume sur son esprit agité. Soudain, en peu de jours, sa vie était devenue extrêmement complexe. Quelques minutes de solitude lui feraient le plus grand bien, laissant ses préoccupations s'envoler avec les mesures de la valse qui s'échappaient par le balcon.

Des taches de lumière rectangulaires s'étalaient sur le sol de la terrasse devant la pelouse. Il y avait bien quelques chaises et tables ici ou là, mais elles étaient trop visibles de l'intérieur. Roslynn décida de les éviter.

Elle remarqua alors un banc tapi sous un arbre au bout de la terrasse. Ou plus exactement, elle remarqua les pieds de ce qui semblait être un banc. Les lumières n'arrivaient pas jusque-là et le clair de lune ne trouait pas le feuillage de l'arbre. C'était parfait. Si elle ramenait ses pieds sur le banc, elle serait pratiquement invisible, même si quelqu'un sortait. Ça ne lui ferait pas de mal de passer inaperçue, pour changer.

Il ne se trouvait qu'à une douzaine de mètres et pourtant Roslynn se mit à courir pour rejoindre cet abri inespéré. Tout à coup, ce banc avait pris à ses yeux une importance absurde. Elle désirait tellement s'accorder un instant de répit. Elle ne pourrait cependant rester trop longtemps absente : Frances s'inquiéterait.

Soudain, elle se figea sur place, pétrifiée. Cet abri n'en était pas un. Le banc, *son* banc, était déjà occupé !

Elle se tenait là, dans une flaque de lumière, fixant ce qui n'avait paru être qu'une ombre et dont elle voyait à présent qu'il s'agissait d'un pantalon d'homme. Son regard remonta le long de la jambe, découvrant le genou plié. L'homme était assis sur le dossier du banc. Elle regarda plus haut et vit les avant-bras nonchalamment croisés sur une cuisse, les mains détendues, les doigts longs et gracieux qui se détachaient nettement sur le tissu noir du pantalon. Plus haut encore, de larges épaules penchées en avant et la cravate blanche nouée avec négligence. Elle arriva enfin au visage mais ne put distinguer ses traits même à cette distance. Les cheveux étaient noirs, plus noirs que la nuit.

Il se trouvait totalement dans l'ombre, exactement là où elle aurait voulu être. Elle fut prise d'une terrible colère. Elle savait qu'il pouvait la distinguer parfaitement dans la lumière provenant de la maison et, même si cela ne suffisait pas, il y avait aussi le clair de lune. Il l'avait probablement vue se conduire de façon ridicule, observant la piste de danse tel un gamin jouant à cache-cache. Et il ne disait rien, ne bronchait pas, se contentant de la regarder.

Elle en mourait de honte. Il aurait pu au moins essayer de la mettre à l'aise. Un vrai gentleman aurait dit quelque chose pour lui faire croire qu'il venait à peine de la remarquer, même si ce n'était pas vrai.

Furieuse, elle se prépara à lui demander qui il était, à insister s'il le fallait et même à le traîner en pleine lumière s'il ne répondait pas... Les mots ne furent pas nécessaires. Ils furent même oubliés. Une lumière s'alluma au premier étage. Un rai d'or se glissa à travers le feuillage de l'arbre pour venir caresser un bras, une épaule vêtus de velours noir... et son visage.

Roslynn en eut le souffle coupé. Pendant de longues secondes, elle en perdit même la tête.

La bouche du jeune homme s'arrondissait doucement aux commissures ; la mâchoire était forte, arrogante ; le nez aquilin, fier, délicatement ciselé ; la peau bronzée offrait pourtant un délicat contraste avec la chevelure d'ébène qui couronnait sa tête en vagues épaisses. Les yeux — Dieu protège les innocents de tels yeux, pensa-t-elle — du bleu le plus pur étaient soulignés par d'épaisses paupières légèrement inclinées. Ils étaient étranges, attentifs, indiscrets, audacieusement sensuels et... chauds. Trop chauds.

Roslynn inspira longuement avant d'exhaler un soupir. Ce n'était pas juste. Elle le savait, elle le sentait : il était l'un d'entre eux, l'un de ceux « qui ne devaient pas être envisagés ». Il était beaucoup trop beau.

Elle avait oublié sa première colère. Elle avait à présent un nouveau sujet d'irritation. Pourquoi lui ? Pourquoi fallait-il que le seul homme qui lui fît un tel effet fût aussi le seul à être totalement inacceptable ?

— Vous me dévisagez, monsieur.

D'où sortaient ces mots alors que tout en elle n'était que chaos ?

— Je sais, dit-il simplement, un sourire aux lèvres.

Il se retint de remarquer qu'elle le dévisageait aussi. La contempler l'amusait trop. Les mots n'auraient servi à rien.

Anthony Malory était tout simplement fasciné. Il l'avait été depuis le moment où elle était sortie. Il surveillait Reggie à travers la fenêtre quand cette inconnue était apparue sur le balcon. Il n'avait pas vu son visage alors, juste la silhouette mince dans son fourreau de satin... et sa chevelure. Cet incendie flamboyant l'avait immédiatement subjugué.

Il l'avait observée tandis qu'elle se comportait de façon si bizarre à la porte, se penchant pour surveiller l'intérieur. Le délicat postérieur qu'elle avait alors offert à sa vue lui avait arraché un sourire.

Il avait failli éclater de rire, mais comme si elle avait deviné ses pensées, elle s'était subitement redressée. Quand elle avait regardé dans sa direction, il avait cru qu'elle l'avait aperçu. C'est alors qu'il avait reçu un nouveau choc : elle était venue, non, elle avait *couru* jusqu'à lui, traversant la flaque de lumière sur la terrasse. Alors seulement il avait découvert son

délicieux visage. Elle s'était soudain immobili-
sée, paraissant aussi choquée que lui.

C'était amusant, toutes ces émotions qui
bouleversaient ses traits sans défauts. Le choc,
la curiosité, l'embarras... mais aucune peur.

— Qui est votre gardien ? demanda-t-il soudain.

Roslynn fut stupéfaite d'entendre à nouveau
sa voix après ce long silence. Elle savait parfaitement qu'elle aurait dû s'en aller, mais elle
en était incapable. Elle était incapable de
détourner le regard de son visage.

— Mon gardien ?

— Oui. A qui appartenez-vous ?

— Oh, à personne.

Anthony sourit, ravi.

— Je devrais peut-être reformuler ma question ?

— Non, j'ai parfaitement compris. Et vous
aussi. Mon grand-père est mort récemment. Je
vivais avec lui. Maintenant, je n'ai plus personne.

— Alors, prenez-moi.

Il avait dit cela avec une douceur insoutenable. Elle en eut le cœur en miettes. Oh, que ne
ferait-elle pour le prendre ! Mais elle était pratiquement certaine qu'ils ne parlaient pas de la
même chose. Grâce à Frances, elle connaissait
les hommes comme lui. « Ils ne sont jamais sincères, lui avait confié son amie. Et ils adorent
dire des choses choquantes. »

Mais elle devait le lui demander. Elle ne
pouvait s'en empêcher, même si c'était complètement absurde.

— Vous seriez donc prêt à m'épouser ?

— Vous épouser?

Elle faillit éclater de rire devant son air horrifié.

— Je ne mâche pas mes mots, monsieur, même si je suis, en général, plus réservée. Mais considérant ce que vous venez de me dire, ma question est parfaitement justifiée. Puis-je donc en déduire que vous n'êtes pas de ceux dont on fait les maris?

— Seigneur, non!

— Inutile de prendre un ton aussi outré, dit-elle en essayant de dissimuler sa déception. C'est bien ce que je pensais, d'ailleurs.

Anthony n'était pas très satisfait de lui-même.

— Allez-vous briser tous mes espoirs si vite, ma belle? Dites-moi que vous n'êtes pas à la recherche d'un foyer.

— Oh, mais si! C'est même pourquoi je suis venue à Londres.

Il lui sourit à nouveau, ce qui eut sur elle le plus curieux effet: l'impression de fondre dans du miel.

— Vous n'êtes pas encore mariée, n'est-ce pas?

Il se pencha soudain pour saisir délicatement sa main et l'attirer plus près de lui.

— Comment se nomme une telle beauté? demanda-t-il d'une voix basse, sensuelle.

Nommer? Comment ça nommer? Elle ne songeait plus qu'à ces doigts qui recouvraient les siens. Chauds et si forts. Elle en eut la chair de poule. Son tibia heurta le banc mais elle ne s'en rendit pas compte. Il l'avait entraînée dans l'ombre.

— Vous avez bien un nom? insista-t-il.

Une odeur masculine chatouilla les narines de Roslynn.

— Quoi?

Il émit un petit rire, ravi de sa confusion.

— Ma chère enfant, un nom. Nous devons tous en porter un, bon ou mauvais. Le mien est Anthony Malory. Tony pour les intimes. Vous pouvez à présent me confesser le vôtre.

Elle ferma les yeux. C'était le seul moyen de penser à nouveau.

— Ros... Roslynn.

Elle l'entendit claquer la langue.

— Pas étonnant que vous teniez tant à vous marier, Ros Roslynn... Avec un nom pareil.

Elle rouvrit les yeux pour le foudroyer du regard mais il lui souriait. Il plaisantait. C'était agréable... Les autres hommes qu'elle avait rencontrés jusqu'ici essayaient tellement de lui faire bonne impression qu'ils en devenaient patauds.

Elle lui rendit son sourire.

— Roslynn Chadwick, pour être précise.

— Un nom qui mérite qu'on le garde, mon cœur... Au moins jusqu'à ce que nous nous connaissions beaucoup mieux. Dois-je vous dire comment nous nous connaîtrons mieux?

Elle éclata de rire. Elle avait un rire rauque et joyeux, absolument charmant.

— Ah, vous essayez encore de me choquer mais ça ne marchera pas. Je suis trop vieille pour rougir et on m'a prévenue contre les hommes comme vous.

— Comme moi?

— Vous êtes un débauché.

Il eut un soupir moqueur.

— Pas tant que ça.

— Un maître séducteur.

— Je l'espère.

Elle rit et à nouveau il fut surpris : ce n'était pas un caquètement de poule comme chez les autres filles, mais un rire chaleureux qui lui donnait envie de... il n'osa pas. Celle-ci, il ne voulait pas prendre le risque de l'effrayer. Elle n'était peut-être plus une gamine, mais il ignorait encore si elle était très expérimentée.

La lumière à l'étage s'éteignit soudain. Aussitôt, la panique s'empara de Roslynn. Qu'elle appréciât sa compagnie ne comptait plus : ils étaient à présent enveloppés dans les ténèbres et c'était un débauché.

— Je dois partir.

— Pas encore.

— Si, il le faut vraiment.

Elle essaya de se libérer mais son étreinte se raffermit. Son autre main trouva sa joue, caressant sa peau si douce du bout des doigts. Quelque chose se dénoua dans le ventre de Roslynn.

— Je... je dois vous remercier, monsieur Malory. (Elle avait repris l'accent écossais sans même s'en rendre compte.) Vous avez soulagé ma tête de tous ses soucis. Mais il ne faut pas que vous en rajoutiez de nouveaux. C'est d'un mari que j'ai besoin, pas d'un amant et vous ne faites pas l'affaire... ce qui est bien dommage.

Elle venait de le surprendre une fois de plus, et cela lui permit de lui échapper.

Anthony la suivit des yeux tandis qu'elle franchissait les zones d'ombre et de lumière pour retourner à l'intérieur. Il eut alors la ridicule envie de se lancer à sa poursuite. Il ne le fit pas. Un sourire se dessina lentement sur ses lèvres. «Ce qui est bien dommage», avait-elle dit avec un regret poignant.

La chère petite ne le savait pas encore mais, avec ces trois mots, elle venait de sceller son destin.

6

— Tu viens d'admirer un maître à l'œuvre, Connie.

— Un maître en ratage, ouais, fit le grand rouquin. Une occasion perdue est une occasion perdue.

Anthony éclata de rire alors que les deux hommes le rejoignaient sous l'arbre.

— Tu m'espionnes, mon frère?

James posa négligemment les avant-bras sur le dossier du banc et lui adressa un large sourire.

— En vérité, je n'ai pas pu résister. J'ai eu un peu peur que ça ne devienne embarrassant.

— Ça ne risquait pas. Je viens à peine de la rencontrer.

— Et de la perdre, ajouta Conrad Sharpe, retournant le couteau dans la plaie.

Anthony lui lança un regard querelleur.

— Allons, Connie, on ne peut rien lui reprocher, fit James. Elle ne lui a pas laissé le choix, en utilisant son accent écossais. Elle est époustouflante, pas vrai ?

— Et elle est prise, rétorqua Anthony, sur la défensive.

James ricana.

— Tu proclames tes droits, hein ? Méfie-toi, je pourrais prendre ça pour un défi.

Le sang d'Anthony se glaça dans ses veines. Au cours de leur jeunesse, quand ils écumaient Londres, ils avaient souvent poursuivi la même femme, avec pour enjeu de savoir lequel des deux frères l'aurait en premier. Mais ce temps-là était révolu et, dans ce cas précis, Anthony n'avait pas du tout envie de jouer.

Il ne connaissait plus James aussi bien. Ils avaient été si proches autrefois, incroyablement proches. Ils se liguaient toujours contre leurs deux frères aînés qui avaient une bonne dizaine d'années de plus qu'eux. Mais c'était aussi avant que James décidât de tenter le diable sur les mers.

Pendant dix ans, il ne l'avait revu que très rarement. Et la dernière fois, leur rencontre avait été dramatique : les trois frères avaient désavoué James, après lui avoir flanqué une mémorable raclée pour avoir emmené Reggie à bord de son navire pendant tout un été. Heureusement, à présent, ils s'étaient réconciliés. James avait abandonné la piraterie. Il semblait même prêt à se réinstaller en Angleterre pour de bon. Etait-il sérieux à propos de ce défi pour Roslynn Chadwick ? se demandait Anthony avec une pointe d'inquiétude.

C'est alors qu'il la revit à travers une

fenêtre, et il remarqua que son frère la contemplait aussi.

— Au fait, James, qu'est-ce que tu fabriques ici ?

A les regarder, on n'aurait jamais deviné qu'ils fussent frères. James était blond aux yeux verts, comme tous les Malory, et très massif. Seuls Anthony, Regina, Amy — la fille d'Edward — et maintenant Jeremy avaient hérité des cheveux noirs et des yeux cobalt de leur grand-mère, dont la rumeur prétendait qu'elle avait du sang gitan dans les veines.

— Si tu avais été un petit peu plus précis dans le mot que tu m'as laissé, je n'aurais pas eu besoin de gâcher ma soirée pour venir ici, répliqua James. Qu'est-ce qui t'a pris de laisser mon fils escorter Regan ?

Anthony grinça des dents en entendant à nouveau ce « Regan ».

— C'est pour cela que tu es venu ?

— Tu n'avais pas jugé bon de m'informer que tu les accompagnerais.

Anthony jeta un regard au jardin autour d'eux.

— Je ne voulais pas me vanter d'avoir à me cacher comme un voleur.

— Ne fais pas ta mauvaise tête, mon gars, intervint Connie. Tant que tu n'auras pas un rejeton à toi, tu ne sauras pas ce que c'est que de se faire du souci. Il faut toujours deviner ce qu'ils vont encore inventer.

— Que pourrait bien faire ce pauvre garçon avec deux pères aussi diligents collés à ses basques ? Et d'ailleurs, c'est Jeremy qui m'a fait remarquer qu'il n'était pas encore en âge de la protéger. C'est pour ça que je suis ici.

— Tu m'as mal compris, Tony. Je ne m'inquiétais pas de savoir qui allait protéger Regan des autres. Je m'inquiétais de savoir qui allait la protéger de son cavalier.

Cinq secondes passèrent durant lesquelles Anthony se demanda s'il allait leur rigoler au nez.

— C'est sa cousine, nom d'un chien !

— Et tu crois que c'est ça qui va l'arrêter ?

— Tu es sérieux ? demanda Anthony, les sourcils froncés.

— Il est complètement toqué d'elle.

— Possible, mais tu surestimes le « toqué ». Elle le remettra à sa place si jamais elle le surprend à la regarder une seule fois comme il ne faut pas. Je croyais que tu connaissais ta nièce mieux que ça, mon vieux.

— Oui, je sais qu'elle peut se débrouiller toute seule. Mais je connais aussi mon fils et on ne le décourage pas facilement.

— Dois-je te rappeler que nous parlons d'un gamin de dix-sept ans ?

— Dois-je te rappeler comment *tu* étais à dix-sept ans ?

Anthony sourit enfin.

— Un point pour toi. Très bien. Je garderai non seulement un œil sur elle mais aussi sur ce petit vaurien.

— A condition que tu arrives à décoller cet œil de l'Ecossaise, se moqua Connie.

— Dans ce cas, mes très chers, restez, rétorqua sèchement Anthony. Après tout, nous pouvons très bien monter la garde à trois. Je ne vois pas meilleure façon de passer la soirée.

James sourit.

— Je crois que c'est sa manière de nous dire de ficher le camp, Connie. Viens, laissons-le à sa corvée. On ne sait jamais. L'Ecossaise va peut-être revenir et l'inviter à danser. (Il ricana.) Ça m'étonnerait pourtant qu'il accepte : pas plus que moi, il ne se risquerait dans ce nid de vautours. Même pour elle.

Ce en quoi James se trompait lourdement.

7

— Mais que fait-il ici ? J'aimerais bien le savoir. Lady Crandal n'apprécie pas ce genre d'individus. Elle ne l'aurait jamais invité.

— Sir Anthony n'a pas besoin d'une invitation, ma chère. Il n'en fait qu'à sa tête.

— Mais il a toujours eu la décence d'éviter nos soirées.

— La décence ? (Un rire bref.) La décence n'a rien à voir là-dedans. Il ne supporte pas d'être la cible de tant d'attention.

— Cela n'a rien de drôle, Lenore. Il lui suffit de se montrer et la moitié des femmes présentes tombent immédiatement amoureuses de lui. J'en ai déjà été témoin. C'est pourquoi on évite de l'inviter. Il provoque trop de dégâts.

— Mais, grâce à lui, on a un bon sujet de conversation. Admets-le. Tu ne trouves pas cela délicieux de parler de lui ?

— Facile à dire pour toi, Lenore. (Cela venait d'une troisième dame, visiblement déprimée.) Tu n'as pas une fille qui entame sa première saison dans le monde. Elle ne le quitte plus des yeux. Et je sais qu'elle ne voudra plus de Percy maintenant. Elle est si difficile parfois...

— Il n'y a aucun mal à regarder, Alice. Tu n'as qu'à raconter quelques histoires sur son compte à ta fille. Elle sera tellement horrifiée qu'elle se félicitera qu'il ne l'ait même pas remarquée.

— Mais que fait-il ici? J'aimerais quand même bien le savoir.

— Il est peut-être là pour surveiller son fils, suggéra Lenore.

— Son *quoi*?

— Regardez un peu le garçon qui danse avec Sarah Lordes. S'il n'est pas le portrait tout craché de Sir Anthony, je veux bien qu'on m'arrache les yeux.

— Seigneur, encore un bâtard chez les Malory! Cette famille dépasse vraiment les bornes.

— C'est incroyable! Comment ont-ils pu garder le secret si longtemps?

— Ils ont dû le cacher quelque part jusqu'à maintenant. Il semble bien que les Malory vont nous réserver quelques surprises cette année. J'ai appris que le quatrième frère est de retour.

— Le quatrième? s'exclama une nouvelle venue. Mais ils ne sont que trois.

— Où vis-tu, Lidia? fit Lenore d'une voix suave. Ils sont quatre et celui-là est le pire de tous. Il a disparu pendant plusieurs années, personne ne sait pourquoi ni où.

— Alors, pas étonnant si j'ignorais son existence, se défendit Lidia.

— Re-bonsoir.

Cette interruption mal à propos chagrina Roslynn mais, au moins, il ne s'agissait pas d'un de ses jeunes admirateurs. Fort heureusement, la plupart s'étaient retirés dans la salle de jeu, la laissant libre de lier connaissance avec les gentlemen de sa « liste ». Mais, au lieu de fondre sur son « gibier », elle avait été attirée par une des nombreuses discussions qu'avait suscitées l'entrée d'Anthony Malory.

Inutile de le nier, elle trouvait leur sujet de conversation prodigieusement fascinant et écoutait avec avidité le moindre de leurs mots. Mais, à présent, quelqu'un d'autre voulait engager la discussion avec elle et il n'y avait pas moyen d'y échapper.

Elle se tourna vers Lady Eden tout en laissant une oreille traîner derrière elle.

— Fatiguée de danser? fit Roslynn pour dire quelque chose.

Son manque d'intérêt amusa la jeune femme, qui le fut plus encore quand elle saisit quelques remarques en provenance de leurs voisines et comprit la raison de la distraction de Roslynn.

— Tout le monde sait que je danse rarement, sauf avec mon mari, mais il n'a pas pu m'accompagner ce soir.

— C'est bien.

Regina Eden sourit et glissa son bras sous celui de Roslynn.

— Venez, ma chère. Il fait beaucoup trop chaud ici. Allons ailleurs, d'accord?

A regret, Roslynn se laissa entraîner. Pour une femme aussi jeune, Lady Eden était très sûre d'elle. Roslynn avait été surprise d'apprendre qu'elle était mariée et qu'elle avait déjà un enfant, alors qu'on aurait dit qu'elle sortait à peine de l'école. C'était avec elle que bavardait Frances un peu plus tôt avant qu'elle ne s'enfuît dans le jardin. A son retour, Frances avait tenu à faire les présentations. Roslynn était encore sous le choc de sa rencontre avec Malory. A présent, elle ne se souvenait absolument pas de la conversation qu'elle avait eue avec Lady Eden, ni même si elle en avait eu une !

Lady Eden s'arrêta près du buffet. Malheureusement, à cet endroit, Roslynn voyait encore mieux le sujet qui occupait toutes les lèvres. Il n'était pas vraiment entré dans la salle de bal. Nonchalamment adossé au chambranle du balcon donnant sur le jardin, les bras croisés, il parcourait lentement la pièce du regard… jusqu'à ce qu'il l'aperçût. Ses yeux restèrent sur elle et il lui adressa à nouveau ce sourire qui lui donnait l'impression de fondre.

Le voir ainsi en pleine lumière constituait une rude épreuve pour ses sens. Il possédait un corps qu'on ne pouvait s'empêcher d'admirer pour sa parfaite symétrie. De larges épaules, une taille étroite, de longues jambes. Oui, il était grand. Elle ne s'en était pas rendu compte dans le jardin. Et il émanait de lui une extraordinaire sensualité. Cela, elle le savait déjà…

La coupe de sa tenue de soirée était impeccable même s'il semblait presque sinistre en noir. Mais le noir lui allait parfaitement. Elle ne pouvait l'imaginer arborant les teintes criardes d'un dandy : il attirait déjà suffisamment l'attention comme cela.

— Il est diaboliquement beau, n'est-ce pas ?

Roslynn sursauta. Retrouvant aussitôt son sang-froid, elle se tourna vers Lady Eden pour hausser les épaules avec insouciance.

— Vous trouvez ?

— Oh oui... Ses frères sont terriblement séduisants, eux aussi. Mais j'ai toujours pensé que Tony était le plus attirant de la bande.

Roslynn n'était pas certaine d'apprécier ce « Tony » prononcé par cette si jolie bouche appartenant à cette si jolie femme dont les yeux bleus pétillaient de malice. Qu'avait-il dit ? *Pour les intimes, c'est Tony...*

— Vous le connaissez donc très bien ?

Regina eut un sourire engageant.

— Je connais toute la famille très bien.

Roslynn se surprit à rougir, ce qui lui arrivait très rarement. Cette réponse la soulageait mais sa propre question avait paru si indiscrète... Par ailleurs, si la vicomtesse connaissait si bien les Malory, Roslynn n'avait aucune envie de lui avouer son intérêt pour Sir Anthony. Cet intérêt n'aurait pas dû exister. Elle devait changer de conversation... mais elle en était incapable.

— Il est affreusement vieux, non ?

— Ma foi, si vous pensez que trente-cinq ans...

— Seulement trente-cinq ans ?

Regina retint son rire à grand-peine. Cette jeune dame semblait décidée à trouver des défauts à Tony. Il était évident qu'il venait de faire une nouvelle conquête sans même l'avoir souhaité. Mais peut-être se trompait-elle ? Pourquoi la fixait-il ainsi ? C'était vraiment indélicat de sa part. La pauvre Lady Roslynn risquait de subir les commentaires de toutes les commères présentes au bal.

Oui, c'était vraiment indélicat, car il n'en sortirait rien de bon. Comme toujours. Et elle commençait à réellement apprécier Lady Roslynn. Elle voulait lui épargner des souffrances inutiles.

— C'est un célibataire endurci, expliqua-t-elle. Avec trois frères plus âgés, il n'a jamais ressenti la nécessité de se marier, vous comprenez ?

— Inutile de mettre un joli ruban autour. Je sais que c'est un débauché.

— Il préférerait le terme « expert en amour ».

— C'est qu'il doit aimer lui aussi mettre de jolis rubans autour.

Regina éclata de rire. Décidément, cette femme lui plaisait. Au lieu de feindre l'indifférence, Roslynn faisait preuve d'une franchise rafraîchissante.

Cette dernière lança un nouveau regard à Sir Anthony.

— Il ne danse pas ? demanda-t-elle avant de se mordre la lèvre.

Mais pourquoi ne se taisait-elle pas, à la fin ?

— Oh, il danse merveilleusement, mais il n'ose pas inviter quelqu'un. S'il le faisait, il devrait ensuite danser avec quelques douzaines d'autres femmes, pour éviter de compromettre la première. Et Tony n'est pas du genre à endurer une telle corvée. C'est pour cela qu'il ne supporte pas ces soirées. Il est forcé de s'y montrer discret alors que ce mot n'appartient pas à son vocabulaire.

— Est-il si dépravé qu'une simple danse suffirait à ruiner la réputation d'une dame ?

— C'est déjà arrivé, croyez-moi. Et c'est vraiment injuste car il ne court pas les jupons à ce point. Il ne s'est pas donné pour défi de séduire tout Londres.

— Juste le gratin ?

Regina remarqua son sourire et comprit que Roslynn était plus amusée par la réputation d'Anthony que véritablement scandalisée. Peut-être n'était-elle pas intéressée, après tout. Ou bien avait-elle la sagesse de comprendre que c'était sans espoir.

— Les commérages peuvent être cruels, ma chère. (Regina se pencha tout près d'elle pour pouvoir chuchoter.) En fait, je n'ose vous laisser seule. Il se tient très mal, à vous fixer ainsi devant tout le monde.

Roslynn évita le regard de sa compagne.

— C'est peut-être vous qu'il regarde.

— Non, ce n'est pas moi. Mais aussi longtemps que personne d'autre ne peut en être sûr, votre réputation ne court aucun risque.

A cet instant, Frances les rejoignit :

— Ah ! te voilà, Ros. Lord Grahame te cherche partout. Il prétend que tu lui as promis une valse.

— C'est vrai, soupira Roslynn. (Il était temps d'oublier Anthony Malory et de se remettre au travail.) J'espère qu'il va se détendre un peu et m'en apprendre un peu plus sur son compte, cette fois-ci.

Elle se rendit compte trop tard de l'effet qu'une telle phrase pouvait avoir sur Lady Regina. Mais la jeune femme souriait.

— Ne vous inquiétez pas, ma chère. Frances m'a expliqué certaines choses à propos de votre situation. Figurez-vous que j'ai connu le même problème en cherchant mon mari. Mais, contrairement à vous, mon choix devait être approuvé par toute la famille. Ce qui rendait les choses extrêmement difficiles car, à leurs yeux, aucun homme n'était assez bien pour moi. Dieu merci, mon Nicholas m'a compromise. Autrement, je serais encore célibataire.

Frances fut la plus choquée.

— Mais je croyais que vous lui étiez promise !

— C'est ce qu'on a prétendu mais la réalité est tout autre. Il m'a carrément enlevée en me prenant pour une autre : sa maîtresse du moment, pour être précise. Oh, il m'a immédiatement ramenée chez moi dès qu'il a réalisé son erreur, mais le mal était fait. Il a pratiquement fallu le traîner à l'église de force. Il n'avait aucune envie de se marier. Pourtant, il est devenu un époux parfait. Ce qui montre bien qu'il ne faut pas se fier aux apparences. Parfois, le pire des séducteurs peut faire le meilleur des époux. On ne sait jamais...

Ceci était bien évidemment destiné à Roslynn, mais celle-ci refusa de se laisser appâter. Sa tâche était bien assez difficile comme cela : inutile d'ajouter à sa liste les noceurs impénitents. Pas question de se retrouver avec un époux insupportable en faisant le pari qu'il pourrait changer. Elle n'avait rien d'une joueuse.

S'accrochant fermement à cette résolution, elle se lança à la poursuite de Lord Grahame.

8

Le temps était parfait, ce matin-là. Ce qui avait pour conséquence de multiplier par trois le nombre de cavaliers qui chevauchaient dans Hyde Park. Les après-midi étaient destinés aux promenades : toutes sortes d'attelages erraient le long des allées ombragées du parc. Les matinées étaient réservées à l'exercice des hommes et des bêtes, quand on pouvait galoper sans être forcé de s'arrêter tous les dix mètres pour saluer une connaissance.

Anthony Malory se résigna à abandonner sa séance de galop pour un trot soutenu. Non que Regina fût mauvaise cavalière, mais il doutait que sa jument pût suivre le train de son étalon. Et puisqu'elle avait insisté pour l'accompagner, il était forcé de rester avec elle.

Après la soirée d'hier, il se doutait bien des raisons pour lesquelles elle s'était invitée et il n'était pas certain d'avoir envie de bavarder de la dame. Mais quand Reggie ralentit en faisant signe à James et Jeremy de continuer sans eux, il sut qu'il n'y échapperait pas. Son adorable nièce pouvait se montrer très obstinée parfois.

— J'aurais préféré que nous soyons seuls, déclara-t-elle d'emblée. Je comprends que Jeremy ait eu envie de nous accompagner, mais oncle James ? Il ne se lève jamais avant midi.

En réalité, Anthony avait tiré son frère et son neveu du lit pour qu'ils se joignent à eux.

Malheureusement, son beau plan ne fonction-
nait pas : Reggie allait avoir sa discussion avec
lui. Quant à ce maudit James — qui savait pertinemment pourquoi il l'avait invité —, il le
laissait seul sans le moindre remords !

Anthony haussa les épaules d'un air innocent.

— Que veux-tu que je te dise ? James a beaucoup changé depuis qu'il est père. Si je ne me
trompe, cette crapule que tu as épousée a aussi
beaucoup changé depuis votre mariage.

— Pourquoi faut-il toujours que tu attaques
Nicholas alors que ta propre conduite est loin
d'être exemplaire ? (Elle tenait son ouverture
et s'y engouffra sur-le-champ.) Elle est à moitié écossaise, tu sais.

Il savait parfaitement à qui elle faisait allusion.

— Vraiment ?

— Les Ecossais ont un caractère épouvantable.

Il soupira.

— D'accord, mon chou. Dis-moi ce qui te tur-
lupine.

Une ride apparut entre les sourcils de Regina, ses yeux bleus prirent une teinte plus
sombre tandis qu'elle le scrutait.

— Elle t'intéresse, Tony ?

— Me prendrais-tu pour un aveugle ?

Elle éclata de rire.

— Oui, c'est une question stupide. Bien sûr
qu'elle t'intéresse, comme elle en intéresse trois
douzaines d'autres. La question suivante est
donc : vas-tu tenter quelque chose avec elle ?

— Ceci, ma fille, ne te regarde pas.

Son ton était gentil mais ferme.

— Je sais. Mais je me disais que tu devrais en savoir un peu plus sur elle avant de te lancer à l'attaque.

— Tu comptes me faire un rapport détaillé ? demanda-t-il sèchement.

— Ne fais pas ta mauvaise tête, Tony. Elle est venue à Londres pour se marier.

— J'ai déjà appris cette extraordinaire nouvelle de la bouche de la dame elle-même.

— Tu veux dire que tu lui as parlé ? Quand ?

— Si tu tiens à le savoir... dans le jardin, hier soir.

Elle ouvrit de grands yeux.

— Tu n'as pas...

— Je n'ai pas.

Regina laissa échapper un soupir mais son soulagement ne dura pas. Si le fait de savoir que Lady Roslynn cherchait un mari n'avait pas découragé son oncle, la pauvre femme était perdue !

— Tu ne comprends sans doute pas à quel point c'est important pour elle. Elle veut être mariée avant la fin du mois. Oh, ne fais pas cette tête, ce n'est pas ce que tu imagines. En fait, elle n'a pas plus d'expérience avec les hommes qu'une gamine de seize ans.

— Ça, je ne le crois pas.

— Ah, tu vois ? Tu ne sais rien d'elle et, pourtant, tu es prêt à chambouler sa vie. Elle a mené une existence extrêmement protégée jusqu'à présent. Depuis la mort de ses parents, elle est restée dans les Highlands chez son grand-père et, apparemment, elle a passé ces dernières années à le soigner et à s'occuper de lui. Et c'est précisément la raison pour laquelle elle n'envisageait pas de se marier. Le savais-tu ?

— Notre conversation a été très brève, Reggie.

Elle remarqua son irritation mais poursuivit néanmoins :

— Son père était un comte assez en vue. Tu sais qu'oncle Jason n'aimerait pas que...

— Même si je ne tiens pas à fâcher mon grand frère, coupa Anthony, je n'ai aucun compte à lui rendre.

— Ce n'est pas tout, Tony. C'est une héritière. Son grand-père était très riche et il lui a tout laissé. Cette nouvelle n'est pas encore répandue mais tu imagines ce qui se passera quand elle le sera, si elle n'est pas mariée d'ici là ?

— Tous les chacals de Londres vont se jeter sur elle, rétorqua Anthony.

— Exactement. Mais, fort heureusement, elle a déjà sélectionné plusieurs gentlemen fort respectables. D'après ce que j'ai compris, elle cherche à en savoir le plus possible sur eux avant d'en choisir un. J'ai même accepté de demander à Nicholas ce qu'il sait à leur sujet.

— Puisque tu sembles déjà si proche d'elle, dis-moi pourquoi elle est tellement pressée.

Oh, il était vraiment intéressé... Assez, en tout cas, pour ne pas se soucier de cacher son agacement. Ce qui fit réfléchir Regina : cette attitude lui était parfaitement étrangère. Jamais encore elle ne l'avait vu s'énerver à propos d'une femme. Il avait trop le choix pour se soucier d'une seule. Mais, maintenant, il semblait que quelque chose avait changé.

Elle reprit la parole d'un ton hésitant :

— C'est une promesse faite sur le lit de

mort de son grand-père. Elle a promis de se marier au plus vite. D'après Frances Grenfell, sans cette parole donnée, elle n'y songerait même pas.

Le nom de Grenfell intrigua Anthony.

— Est-elle très amie avec Frances Grenfell ?

Cette question désarçonna Regina.

— Pourquoi ?

— Lady Frances a été la maîtresse de George. Une erreur de jeunesse. Ce que je te demanderai de ne pas répéter, mon chou.

— Non, bien sûr que non... Tu veux dire George Amherst, ce bon vieux George, ton meilleur ami, celui qui me taquinait toujours ?

Sa surprise le fit sourire.

— En personne. Et tu n'as pas répondu à ma question.

— Je ne vois pas en quoi cela a une quelconque importance. Elles sont amies autant qu'on peut l'être. Elles se connaissent depuis l'école et n'ont jamais perdu le contact.

— Ce qui implique des tas de confidences et de ragots, grommela-t-il.

Enfer ! Anthony entendait encore sa voix rauque : *On m'a prévenue contre les hommes comme vous*. Il avait cru qu'elle plaisantait mais à présent il savait qui l'avait prévenue. Elle ne plaisantait pas du tout. Elle serait toujours sur ses gardes avec lui. Il eut soudain envie de flanquer une solide correction à George Amherst pour son indélicatesse de jeunesse !

Devant sa mauvaise humeur, Regina hésitait à dire ce qui devait être dit. Mais si elle ne s'en chargeait pas, personne d'autre n'oserait.

— Tu sais, Tony, à moins que tu ne sois prêt

à faire le grand saut, ce qui choquerait tout Londres mais comblerait de bonheur ta famille, tu devrais vraiment la laisser tranquille.

Il éclata de rire.

— Par Dieu, mon chou, depuis quand es-tu devenue ma conscience ?

Elle vira à l'écarlate.

— C'est que ce serait vraiment injuste. Aucune femme ne peut te résister si tu décides de la séduire.

— Tu surestimes mes capacités.

— Mon œil, rétorqua-t-elle. Je t'ai vu à l'œuvre, Tony, et quand tu t'y mets, tu es un véritable cyclone en pantalon ! Or il se trouve que j'aime bien Roslynn Chadwick. Elle a fait une promesse qui est essentielle à ses yeux et, pour une raison quelconque, elle doit agir vite. Si tu t'en mêles, il y aura des problèmes…

Anthony la contempla avec affection.

— Tes inquiétudes sont louables, Reggie, surtout pour quelqu'un que tu connais à peine, mais elles sont un peu prématurées, non ? Et par ailleurs, ce n'est pas une étourdie complètement dépourvue de bon sens. Elle est indépendante, n'a de comptes à rendre à personne sinon à elle-même. Tu ne crois pas qu'elle est assez mature pour envoyer paître un débauché comme moi si elle en a envie ?

— Et si elle a *envie* du contraire ? gémit-elle, préoccupée.

Il rit de nouveau.

— Puisque tu as bavardé avec elle hier soir… Aurait-elle, par hasard, parlé de moi ?

Seigneur ! Il était vraiment sérieux, même après tout ce qu'elle lui avait dit.

— Si tu tiens à le savoir, tu as été à peu près notre unique sujet de conversation. Ce qui n'a rien d'étonnant dans la mesure où tout le monde parlait de toi. Et je sais qu'elle a entendu quelques ragots sur ton compte.

— Lui as-tu brossé un joli portrait de ton oncle préféré, mon chou ?

— Apparemment tu l'intéresses autant qu'elle t'intéresse. (Le sourire qui accueillit cette remarque la fit grimacer.) Oh, pauvre de moi, je n'aurais jamais dû dire ça !... Mais puisque c'est fait, je dois aussi t'avouer que, malgré son intérêt pour toi, elle a tenu à faire davantage connaissance avec un gentleman qu'elle considère comme un parti possible. Tu l'as peut-être impressionnée, mais cela n'a pas changé ses plans.

Regina devinait que rien de ce qu'elle dirait ne le découragerait, et elle avait abattu toutes ses cartes. Elle aurait aussi bien pu s'épargner cet effort inutile. Dieu savait que, depuis bien longtemps, oncle Jason avait tenté de raisonner Tony au sujet de sa vie amoureuse. En vain. Pourquoi avait-elle cru pouvoir réussir ?

C'était un incorrigible fêtard. Et c'était même pour cela qu'il était son oncle préféré. Il semait un tas de cœurs brisés sur sa route parce que les femmes ne pouvaient s'empêcher de tomber amoureuses, alors que lui ne prenait jamais ces liaisons au sérieux. Mais il avait toujours donné du plaisir et du bonheur, contrairement à la plupart des hommes.

— J'espère que tu ne m'en veux pas d'avoir fourré mon nez là où je n'aurais pas dû.

Elle lui offrit ce sourire auquel il n'avait jamais pu résister.

— C'est un si joli nez.

— Un peu trop gros, pour le moment. Je suis désolée, Tony, vraiment. Je me disais juste… Bah, peu importe. Tu as très bien su te débrouiller jusqu'ici sans l'avis de personne. J'imagine que nous saurons nous adapter si…

Regina ne termina pas sa phrase. Son regard fut soudain attiré par un magnifique étalon noir qui piaffait d'impatience devant la lenteur du poney à son côté. Elle gémit intérieurement en découvrant qui montait ce superbe animal. Quel horrible coup du sort !

Elle risqua un coup d'œil vers Anthony pour voir s'il avait remarqué Lady Roslynn. Il ne l'avait évidemment pas manquée. Si la bête n'avait pas suffi, il y avait la tenue de cavalière d'un beau vert d'Irlande et la flamboyante chevelure. Elle était en compagnie d'un petit garçon sur son poney. L'évidente admiration d'Anthony en était presque gênante.

Seigneur, elle ne l'avait jamais vu contempler une femme ainsi malgré les nombreuses liaisons qu'elle lui connaissait. La veille, il l'avait fixée, certes, cherchant délibérément à la séduire, à s'emparer de ses yeux. Mais ceci était différent. C'était un regard que Nicholas offrait parfois à Regina, où à la passion se mêlaient des sentiments plus tendres.

Oui, elle avait été vraiment idiote. Il était évident que quelque chose de particulier était en train d'arriver. Et ne serait-ce pas merveilleux si, finalement, cela aboutissait à un heureux dénouement ?

Les pensées de Regina subirent un changement radical : elle réfléchissait maintenant au moyen d'aider ces deux-là à s'entendre. Anthony, quant à lui, avait déjà pris sa décision.

— Reggie, tu veux bien m'attendre ici pendant que je présente mes respects ?

Elle lui répondit d'un regard qui signifiait : *Il n'en est absolument pas question.* Il soupira avant de reprendre.

— Bon, tu n'as qu'à venir. Après tout, tu peux bien me servir de chaperon, pour une fois.

Il n'attendit pas davantage pour lancer son étalon au galop. Il espérait bien prendre suffisamment d'avance afin d'avoir quelques instants seul avec Roslynn. Effort louable mais vain : James avait lui aussi aperçu Lady Roslynn et, étant plus proche d'elle, il se débrouilla pour l'intercepter en premier :

— Ravi de vous revoir, Lady Chadwick !

Nerveuse, Roslynn avait quelques problèmes à maîtriser Brutus, ce qui ne lui était jamais arrivé auparavant. Elle avait vu Sir Anthony approcher. L'inconnu blond surgi de nulle part l'avait surprise et elle avait sursauté. Son malaise s'accrut encore quand celui-ci se pencha sur l'encolure de sa monture pour saisir les rênes et la calmer. Ce qui impliquait qu'il l'en croyait incapable.

Ce fut donc sur un ton très sec qu'elle lui répondit :

— Nous connaissons-nous, monsieur ?

— Non, mais j'ai eu la chance de vous admirer hier soir dans le jardin des Crandal. Malheureusement, vous vous êtes enfuie avant que nous puissions faire connaissance.

Anthony remarqua la gêne de la jeune femme et il vit rouge.

— Pour *ça*, cher frère, tu me dois une séance chez Knighton !

James s'en souciait comme d'une guigne. En plein jour, Roslynn Chadwick était sûrement la plus jolie femme qu'il eût jamais rencontrée. Qu'Anthony l'eût remarquée le premier ne comptait pas. Cela corsait un peu l'affaire, c'était tout. Jusqu'à ce que la dame annonçât sa préférence, James ne voyait aucun mal à se lancer dans la compétition.

Roslynn l'examinait, maintenant qu'elle savait à qui elle avait affaire. Jamais elle ne se serait doutée qu'il fût le frère d'Anthony. Et après ce qu'elle avait entendu, elle comprenait pourquoi ces deux-là avaient une si terrible réputation. Ils étaient tous deux séduisants à un point affolant, mais le blond semblait plus impitoyable, plus rustre. Pourtant, il ne l'effrayait pas. C'était Anthony qui menaçait la paix de son esprit.

— Ainsi, vous êtes la brebis galeuse du clan Malory ? dit-elle. Quels méfaits avez-vous donc commis ?

— Aucun, je vous l'affirme, charmante dame.

Et, adressant un sourire moqueur à Anthony :

— Tu n'as plus de manières, mon garçon ? Présente-nous.

Anthony serra les dents.

— Mon frère, James Malory. Et ce jeune coq qui ne va pas tarder à nous renverser est son fils, Jeremy.

Jeremy cabra sa monture au dernier mo-

71

ment, tout excité par sa séance de galop et le désastre évité de justesse. Il n'en entendit pas moins le commentaire de Roslynn à l'intention de James :

— Votre fils ? Comment ne l'ai-je pas deviné tout de suite ? fit-elle avec une telle ironie qu'il était évident qu'elle n'en croyait pas un mot.

Jeremy se mit à rugir de rire. James était hilare. Et Anthony de plus en plus furieux. Il savait que pareille méprise arriverait un jour ou l'autre. Mais pourquoi fallait-il que ce fût avec elle ? Et, avec ce gamin s'esclaffant comme un phoque, il était inutile de tenter de rétablir la vérité maintenant.

Entourée par trois Malory, Roslynn commençait à regretter d'avoir renvoyé le valet de Timmy. Pour une simple promenade dans le parc, elle n'avait pas cru bon de s'encombrer de la protection d'un homme. Elle ne le faisait jamais chez elle. Mais Londres n'était pas les Highlands.

Anthony semblait lire dans ses pensées.

— Avez-vous perdu votre valet ?

Timmy, du haut de ses six ans, intervint :

— Ros est mon valet et je suis le sien. Elle a dit qu'on n'avait besoin de personne.

— Et à qui ai-je affaire, s'il vous plaît ?

— Lord Grenfell, répliqua Timmy avec importance.

Anthony contempla ses cheveux blonds et ses yeux gris : l'enfant était sans aucun doute le fils de son ami George Amherst, et non celui du défunt Lord Grenfell.

— Je connais... euh, j'ai très bien connu votre père. Mais la prochaine fois que Lady Ros prétendra pouvoir vous servir de valet, vous devrez lui dire...

— J'ai déjà parfaitement compris que nous ne sommes pas en sécurité dans ce parc, sir Anthony, le coupa Roslynn d'un air éloquent. Croyez-moi, je ne commettrai pas deux fois la même erreur.

— Ravi de vous l'entendre dire. Mais, pour aujourd'hui, je vais vous raccompagner chez vous.

Saisissant la balle au bond, James déclara avec un sourire :

— Vraiment désolé de te le faire remarquer, mon frère, mais tu es déjà pris. Quant à moi, je suis parfaitement libre de raccompagner madame chez elle.

— Pas question ! rétorqua furieusement Anthony.

Regina s'était tenue à l'écart jusque-là, mais elle jugea que le moment était venu d'intervenir :

— Avant que vous n'en veniez aux mains, j'aimerais vous rappeler que Jeremy est là, lui aussi. Il peut très bien servir d'escorte pour une distance aussi courte. Et puisque j'avais l'intention de rendre visite à Lady Frances, je crois que je vais me joindre à eux, Tony. (Elle se retourna vers Roslynn.) Ceci, bien sûr, si vous êtes d'accord.

Roslynn poussa un soupir de soulagement. Elle était reconnaissante à Regina de lui offrir un moyen de refuser poliment l'offre des deux Malory.

— Cela me convient parfaitement, Lady Eden.

— S'il vous plaît, ma chère, pas de cela entre

nous. Appelez-moi Reggie. (Elle eut une moue mutine à l'adresse de James.) Presque tout le monde m'appelle ainsi.

Cette remarque parut passer un peu de baume au cœur d'Anthony. Il souriait à présent en contemplant Roslynn, et quel sourire ! Celle-ci se força à ne pas trop le regarder quand ils échangèrent un dernier salut. Elle avait été sage de se dire, la nuit précédente, qu'elle ne devait plus revoir cet homme. Cette rencontre, si innocente et pourtant si déconcertante, ne faisait que renforcer cette impression.

Anthony suivit des yeux le petit groupe qui s'éloignait.

— C'est incroyable. Depuis que Reggie a épousé Eden, elle fourre son nez partout.

— Tu crois ça ? gloussa James. Tu ne l'avais peut-être jamais remarqué avant parce qu'elle ne fourrait pas son nez dans *tes* affaires.

Anthony lui lança un regard noir.

— Quant à toi…

James ne lui laissa pas le temps d'exprimer sa colère :

— Ah, épargne-moi ça, s'il te plaît, petit frère. A voir comment elle réagit à ta simple présence, je sais que je n'ai aucune chance.

Il fit faire volte-face à sa monture et ajouta avec un sourire ironique :

— Mais ce n'est pas ça qui m'empêchera d'essayer !

9

— Tu ne m'aides pas du tout, Frances, se plaignit Roslynn. «Vas-y si tu veux.» Ce n'est pas une réponse!

Frances s'arrêta en plein milieu du trottoir très fréquenté d'Oxford Street. Marchant juste derrière elle, Nettie lui rentra dedans, laissant échapper deux des paquets qu'elle tenait. Un carton à chapeaux roula à terre. Anne, la dame de compagnie de Frances, se lança frénétiquement à sa poursuite à travers la rue.

— Mais qu'est-ce qui te prend, Ros? Si tu as tant de mal à prendre une décision aussi simple, j'ignore comment tu arriveras à choisir ton mari! Soit tu veux aller à cette réception chez les Eden, soit tu ne veux pas. Oui ou non, c'est tout.

Roslynn grimaça. Frances avait raison, bien sûr. Car elle ne savait pas. Roslynn ne lui avait pas parlé de sa rencontre avec Anthony Malory au bal des Crandal. Elle en avait eu l'intention mais, en rentrant cette nuit-là, elle avait commencé par demander à son amie s'il était vrai que le mari de Regina Eden avait été un débauché avant son mariage.

— Pour ça, oui.

Cette réponse avait été prononcée avec un tel dégoût que Roslynn n'avait posé qu'une seule question ensuite:

— Sont-ils heureux ensemble?

— Pour tout dire, je n'ai jamais vu deux

personnes plus heureuses et plus amoureuses l'une de l'autre.

Cette fois, Frances avait répondu avec une lenteur incrédule, comme si elle jugeait cela impossible. Mais Roslynn avait deviné que son amie se ferait un sang d'encre si elle lui parlait de l'attirance qu'elle éprouvait pour Anthony Malory. Elle n'en avait donc pas dit un mot. Il était clair que Frances exécrait les hommes comme lui.

Ce silence n'avait pourtant pas empêché Roslynn d'être obsédée par Anthony Malory, cette nuit-là. Si obsédée que Nettie l'avait remarqué à la minute où elle était entrée dans sa chambre.

— Ben, j'vois ben qu't'as rencontré ton homme, avait-elle dit. Comment qu'y s'appelle?

Prise au dépourvu, Roslynn avait prétendu qu'il n'y en avait pas un mais quatre. Et elle s'était lancée dans une description, insuffisamment détaillée à son goût, de ses quatre «possibles». Ce qui lui avait permis de donner le change à Nettie. Mais cela ne durerait pas. Nettie ne s'y tromperait pas : elle attachait trop d'importance à cette invitation de Lady Eden alors qu'elle s'était moquée de toutes les autres.

Frances la trouvait bizarre, mais elle n'avait aucun moyen de deviner le motif de cette bizarrerie. Nettie, par contre, la surveillait tel un faucon depuis qu'elle était rentrée du parc la veille avec Timmy.

— C'est peut-être simple pour toi, répondit-elle à Frances, mais j'ai des tas de choses à considérer.

— Quoi, par exemple ?

— Le temps, pour commencer. Quitter la ville trois ou quatre jours va retarder...

— Regina n'a-t-elle pas promis d'inviter tous tes gentlemen ?

— Cela ne signifie pas forcément qu'ils iront, Frances. La saison ne fait que débuter. Elle a choisi un mauvais moment pour organiser un week-end à la campagne.

— Silverley est dans le Hampshire, pas au bout du monde. Et d'ailleurs, tu as dit qu'elle parlerait à son mari pour lui demander des renseignements sur tes prétendants. N'est-ce pas une raison suffisante pour y aller ?

La logique, toujours la logique. Comment réfuter un tel argument ?

— Qui dit qu'il saura vraiment quelque chose ? Si ça se trouve, ce ne sera qu'une perte de temps.

— Dans ce cas, tu n'auras qu'à rentrer à Londres le soir même.

— Et te laisser là-bas ? protesta Roslynn. Comment feras-tu pour rentrer si je prends la voiture ?

Frances secoua la tête.

— J'abandonne. Il est évident que tu ne veux pas y aller, donc je n'irai pas non plus. Il y a une demi-douzaine d'autres invitations pour le week-end qui nous attendent à la maison, nous n'avons...

— Ah, ne me fais pas dire ce que je n'ai pas dit.

— Et que dis-tu, alors ?

Roslynn se remit à marcher, lançant sa réponse par-dessus son épaule :

— Il faut que je réfléchisse encore.

Elle n'aurait jamais dû parler de ce week-end. Elle entendait déjà les commentaires de Nettie qui ne tarderaient plus. La domestique la connaissait trop bien.

Par l'enfer ! Elle en avait mal à la tête ! Tout la conduisait à penser qu'elle devait aller à Silverley, au moins pour avoir les renseignements que Regina détiendrait pour elle. Par ailleurs, si ses quatre «possibles» s'y rendaient et elle non, elle serait coincée à Londres pour rien. Et là, elle perdrait vraiment son temps.

D'un autre côté — et quel autre côté ! — elle avait de fortes chances de croiser Anthony Malory là-bas. C'était un risque qu'elle ne voulait pas courir. Qu'elle n'osait pas courir. Il était trop attirant. Cette réaction stupide, puérile qu'elle avait eue la veille en le voyant dans le parc, même au milieu de tant de gens, le prouvait sans le moindre doute.

Il fallait à tout prix éviter toute nouvelle rencontre avec Anthony Malory.

— Nous y voilà, Ros. *Dickens and Smith*, notre dernier arrêt pour la journée, annonça Frances. Tu sais, ce n'est pas drôle de faire les boutiques avec toi. Tu pourrais au moins entrer dans les magasins, même si tu n'achètes rien.

— Mais il fait si chaud. Quelle idée de courir les boutiques par une telle chaleur ! J'en avais déjà assez après les parfumeries et le magasin de lingerie, merci. Je me demande comment tu fais, il a fallu aussi passer à cette bonneterie et chez les marchands de soie. Tu dois avoir l'habitude, mais pas moi. Vas-y. Je t'attends ici avec Nettie.

Il ne fallut pas plus de deux secondes à Nettie pour lui tomber dessus dès que la porte de la boutique se fut refermée :

— Bon, ch'tiote, tu vas m'dire…

— Oh, Nettie, lâche-moi un peu, répliqua tout aussi promptement Roslynn. Je ne suis pas d'humeur à supporter un interrogatoire.

Nettie n'abandonnait jamais si vite.

— Tu vas point m'dire qu't'es point bizarre…

— J'ai de bonnes raisons pour cela, tu ne trouves pas ? Tu ne t'imaginais quand même pas que cette histoire de trouver un mari allait être facile ? Bon sang, parfois, je n'arrive pas à y croire !

Ceci éveilla la sympathie de Nettie.

— Allons, ch'tiote, ce s'ra fini avant qu'tu…

— Chut, l'interrompit Roslynn avec un froncement de sourcils. Ça recommence, Nettie. Tu le sens ?

— Quoi ?

— Quelqu'un nous surveille.

Nettie regarda autour d'elles deux d'un air dubitatif, se demandant si Roslynn était sérieuse ou bien si elle essayait de détourner la conversation. Mais la jeune femme semblait réellement inquiète, scrutant la rue dans les deux sens.

— Si quelqu'un nous surveille, ce doit êt' un d'tes admirateurs, sûr'ment.

Roslynn lui lança un regard impatient.

— Ce n'est pas ça, crois-moi, je le sens. Et je le sens depuis qu'on est sorties du magasin de lingerie avec Frances. J'ai essayé de faire comme si de rien n'était, mais ça continue.

— Ben alors, c'est p't-êt' un bandit. Et ce s'rait point étonnant avec toute c'te bijout'rie qu'tu portes. Garde ben ton sac, ch'tiote.

Roslynn soupira.

— Tu as probablement raison. Il est encore trop tôt pour que Geordie nous ait retrouvées, non ? Mais je préfère quand même attendre dans la voiture plutôt qu'ici en plein milieu de la rue. Tu vois notre cocher ?

Nettie se dressa sur la pointe des pieds.

— Oui, l'est là, à cinq boutiques d'ici. Mais il a l'air coincé par un cabriolet. Tu l'vois ? Allons-y. Tu t'mets d'dans et j'reviendrai chercher Lady Frances.

Roslynn n'avait jamais éprouvé une telle sensation. C'était peut-être son imagination qui lui jouait des tours mais, à tout prendre, pourquoi rester ici alors que sa voiture était en vue ? Elle examina encore la rue autour d'elle. Il y avait tellement de monde et d'attelages qu'il était difficile de remarquer quelqu'un en particulier.

Elles quittèrent le trottoir pour la rue, mais elles n'avaient pas fait vingt mètres qu'un bras s'enroulait autour de la taille de Roslynn et la soulevait de terre. Elle ne pensa pas à crier. En fait, c'était presque un soulagement de découvrir que ses soupçons étaient fondés. Et elle était prête. Pas de panique, pas de peur… pas encore. Elle souleva les rebords de sa jupe et s'empara de la dague cachée dans sa bottine.

Pendant ce temps-là, Nettie lança un hurlement à alerter tout Londres. Elle fonça sur l'agresseur avant qu'il eût le temps de faire le moindre pas, le frappa copieusement à l'aide de son minuscule réticule, lui attrapa l'oreille, le forçant à se retourner pour lui aplatir le visage à coups de sac. Dans la mêlée, Roslynn reçut un coup qui fit tomber son bonnet sur ses yeux. Elle n'y voyait plus rien. Mais elle n'avait pas besoin de voir son assaillant pour lui enfoncer sa dague dans le bras.

Il poussa un braillement de cochon qu'on égorge et la lâcha aussitôt. Roslynn se retrouva sur son postérieur au milieu de la rue. Elle repoussa son bonnet tandis que Nettie se précipitait à la poursuite de l'homme, qui récolta encore quelques horions avant de grimper dans un chariot en piteux état. Le cocher lança les chevaux à toute allure.

A voir le véhicule si proche, Roslynn se mit à trembler. Encore quelques pas et son agresseur l'y aurait jetée. Tout était arrivé si vite. Les gens contemplaient la scène mais aucun n'avait eu le temps ou la présence d'esprit de réagir. Seulement maintenant, un de ses propres valets sautait du fiacre pour courir à son secours… trop tard.

Nettie fit lentement demi-tour, rajustant son corset qui avait souffert dans la lutte et affichant un sourire triomphant. Même la vue de Roslynn étalée par terre ne ternit pas sa victoire…

Roslynn n'était pas moins contente d'elle-même malgré son postérieur douloureux. Pépé aurait été fier de sa façon de réagir calmement sans perdre la tête. C'était la première fois qu'elle blessait quelqu'un, mais elle n'en concevait pas le moindre effroi. En fait, elle avait découvert qu'elle était capable de se défendre.

Bien sûr, elle n'aurait peut-être pas toujours cette intuition pour la mettre sur ses gardes. Et s'ils avaient été plusieurs, elle n'aurait eu aucune chance...

Elle accepta la main du laquais pour se relever puis rangea tranquillement sa dague dans sa bottine avant d'épousseter sa robe. Nettie chassa les curieux en prononçant quelques mots choisis à l'égard de ceux qui offraient leur aide trop tard. Elle ramassa les paquets éparpillés sur le sol, les flanqua dans les bras du laquais, puis traîna Roslynn jusqu'à la voiture.

— J'aurais ben dû t'écouter, ch'tiote.

— Tu penses qu'il s'agissait des sbires de Geordie?

Nettie réfléchit un moment.

— Ben possible, mais j'ai des doutes.

— Qui d'autre, alors?

— Ben, regarde-toi, tu portes ces saphirs comme un paon ses plumes. Y s'sont p't-êt dit que t'étais la femme d'un riche lord qu'y pourrait lâcher une belle somme pour t'revoir.

— Peut-être.

Elles restèrent un moment silencieuses puis Roslynn ajouta soudain:

— Je crois que je vais aller chez les Eden, finalement. Si Geordie est ici et me fait surveiller, il pensera que je m'en suis rendu compte et que je me suis enfuie à nouveau. D'ici là, je sortirai toujours en compagnie d'un ou deux laquais.

— Ouais, là-d'ssus, j'suis ben d'accord. Faut qu'tu sois un ch'ti peu plus prudente à c't'heure.

10

Quitter la ville sur le dos de Brutus avec deux solides laquais à ses côtés ne posa aucun problème. Si la maison de Frances était surveillée, elle voulait que Geordie apprît son départ, qu'on lui parlât du lourd ballot de vêtements qu'elle emportait : ainsi, il croirait qu'elle fuyait Londres.

Au bout de quelques kilomètres, ce subterfuge parut néanmoins inutile car il semblait bien que personne ne les suivait. Le superbe lever de soleil permettait d'observer la route au loin. On y voyait surtout des paysans apportant leurs produits au marché, ou des voyageurs se rendant à Londres pour le week-end. Seul un élégant cabriolet avait quitté la ville comme eux et ils l'avaient à présent tellement distancé qu'ils ne le voyaient plus.

Roslynn prit un succulent petit déjeuner dans l'auberge où elle avait décidé d'attendre Frances. Celle-ci arriva sans avoir remarqué le moindre danger, ce qui permit à Roslynn de faire le reste du trajet dans sa voiture.

Mais bientôt, un souci en chassa un autre. Elle n'avait d'autre choix que d'espérer qu'Anthony Malory n'aurait aucune envie de quitter la vie londonienne pour une partie de campagne. Lady Eden avait bien dit que cette réception, prévue depuis des mois, réunirait surtout quelques-uns de ses voisins, des aristocrates comme elle qui, généralement, évitaient Londres durant la saison.

Elles arrivèrent en début d'après-midi, parmi les premières. Frances opta pour une sieste. Roslynn prétendit vouloir faire de même, mais dès qu'elle se retrouva dans la chambre à coucher qu'on lui avait octroyée, elle se planta devant la fenêtre pour surveiller tout nouvel arrivant, étudiant avec anxiété chaque silhouette masculine.

Quand Nettie la rejoignit plus tard afin de l'aider à se préparer en vue du dîner, elle la trouva dans un état de surexcitation pénible. Elle ne cessait d'aller du miroir à la fenêtre dès qu'elle entendait un bruit au-dehors. Il fallut une bonne demi-heure pour la coiffer.

— Et tu r'cherches quoi comme ça, nom d'une demoiselle ? Tu peux donc point rester tranquille une minute ? s'exclama finalement Nettie quand Roslynn fit mine de se lever une nouvelle fois.

— J'attends mes gentlemen, répliqua celle-ci, sur la défensive. Seul Sir Artemus Shadwell est arrivé pour l'instant.

— Si les autres doivent venir, eh ben, y viendront. Qu'tu les attendes n'y changera r'in.

— Sans doute, concéda Roslynn qui n'osait lui révéler la vérité : depuis sa rencontre avec Anthony Malory, elle n'avait guère songé à ses quatre «possibles».

Fort heureusement, plus aucune voiture n'arriva et Nettie put achever de la coiffer, avant de l'aider à enfiler la robe de soie bleu ciel qu'elle avait choisie pour la soirée. Sa tenue

84

fut généreusement complétée par un superbe collier et un bracelet de saphirs.

Quand Frances vint la chercher pour descendre, Roslynn avait retrouvé un peu de sa tranquillité d'esprit. *Il* n'était pas venu et elle était bien décidée à ignorer la pointe de déception qui lui piquait la poitrine.

Lady Eden les accueillit au bas du large escalier donnant sur l'immense hall du manoir, et leur proposa de visiter la maison. Elle mit tout de suite Roslynn à l'aise par sa brillante conversation et ses charmantes manières, tandis que les trois jeunes femmes passaient d'une pièce à l'autre.

Silverley était une gigantesque demeure qui ressemblait à un petit château avec son bloc central flanqué de deux tourelles. Mais la décoration intérieure n'avait rien de médiéval, sinon peut-être les anciennes tapisseries qui garnissaient de nombreux murs. Les meubles, d'époques et de styles divers, avaient été choisis avec goût et sans ostentation. L'impression générale était chaleureuse, conviviale, même si tout était somptueux.

La visite prit fin à l'arrière de la maison où les invités s'étaient rassemblés dans une petite antichambre couverte de miroirs du sol au plafond. Sur la gauche, s'ouvrait un salon qui lui-même donnait sur un salon de musique. Une grande salle à manger se trouvait à droite, prolongée par une jolie serre à laquelle Roslynn se promit de rendre visite plus tard.

— J'aimerais vous présenter un de mes voisins, annonça Regina à Roslynn. Tout le monde ne se rue pas à Londres pour la saison, vous savez. Et ne vous inquiétez pas, nous aurons l'occasion plus tard de discuter et je vous apprendrai tout ce que Nicholas m'a dit sur les gentlemen qui vous intéressent.

— Je ne vois que Sir Artemus, Ros, intervint Frances, mal à l'aise, se souvenant de l'angoisse de son amie à propos de la venue ou non de ses «possibles».

— C'est exact, répondit Regina. Mais il reste demain, je compte encore sur eux. En tout cas, tous les quatre m'ont confirmé leur venue. Mais d'ici là, vous devez rencontrer Lord Warton, ma chère Roslynn. Nicholas est affreusement jaloux de lui, vous savez. En fait, je me demande parfois ce qui serait arrivé si j'avais rencontré Justin Warton avant lui.

A son sourire espiègle, il était facile de deviner qu'elle n'était absolument pas sérieuse.

— Justin n'est pas aussi âgé que vos autres gentlemen, poursuivit-elle. Il n'a que vingt-huit ans, je crois, mais il est *si* gentil. Je suis sûre qu'il va vous plaire. Il ne va en ville qu'une fois l'an pour accompagner sa mère et sa sœur dans les boutiques, et jamais pendant la saison. Mais où est-il? (Elle se dressa sur la pointe des pieds pour examiner la pièce par-dessus la tête de ses invités.) Ah, le voilà, près de la cheminée. Venez, venez…

Roslynn fit deux pas et se figea. Elle avait immédiatement vu le bel homme assis sur le sofa crème et or, entre une jeune femme aussi blonde que lui et une dame plus âgée — à l'évidence la sœur et la mère de Lord Warton. Mais elle avait aussi repéré les deux gentlemen élégamment vêtus, debout devant la cheminée.

Et c'étaient les yeux du brun qu'elle avait croisés...

Au prix d'un terrible effort, elle parvint à s'arracher au regard d'Anthony Malory et à emboîter le pas à son hôtesse qui n'avait rien remarqué. Roslynn mourait d'envie de faire volte-face et de s'enfuir, plutôt que d'approcher encore de cette cheminée. Mais elle n'avait pas le choix. Elle décida donc de se concentrer sur les Warton, Justin en particulier, et de tourner le dos aux deux frères Malory.

Il était facile de deviner pourquoi Regina avait tenu à lui présenter Justin. Il était terriblement séduisant avec ses cheveux blonds, ses traits parfaitement dessinés et ses yeux indigo sombre. Des yeux qui s'éclairèrent dès qu'ils se posèrent sur Roslynn. C'était aussi l'homme le plus grand qu'elle eût jamais rencontré, comme elle le constata quand il se leva pour porter sa main à ses lèvres. Il était immense, avec des épaules incroyablement larges et des muscles impressionnants. Sans son sourire de jeune garçon et ses charmantes manières, il aurait été très intimidant.

En fait, il la mit immédiatement à l'aise et, pendant plusieurs minutes, il faillit même lui faire oublier qui se tenait à moins de deux mètres derrière elle... « Faillit » seulement. Elle sentait *son* regard qui la détaillait des pieds à la tête : elle se rappelait trop comment il l'avait dévorée des yeux chez les Crandal.

L'intervention d'un nouveau venu fut une distraction opportune :

— Ah, te voilà, mon amour, dit Nicholas Eden en glissant un bras possessif autour de la taille fine de son épouse. Pourquoi faut-il qu'à chaque fois que je te laisse un moment, je retrouve ce grand dadais à tes côtés ?

Difficile de dire s'il plaisantait ou non, mais Justin Warton n'en prit pas ombrage. Il éclata de rire comme s'il avait l'habitude de telles remarques de la part de son hôte.

— Si j'avais dans l'idée de te la voler, Montieth, tu le saurais, répliqua-t-il en adressant un clin d'œil à la jeune femme.

— Vous n'allez pas recommencer tous les deux, les gronda gaiement Regina. Ces dames risqueraient de croire que vous êtes sérieux. Celui-ci, ajouta-t-elle à l'intention de Frances et Roslynn, au cas où vous ne l'auriez pas deviné, est mon mari.

Roslynn s'était attendue qu'une femme aussi belle que Regina eût épousé un homme particulièrement séduisant, et le quatrième vicomte Eden de Montieth était encore mieux que cela. Des cheveux châtains parsemés de fils dorés, des yeux d'un marron très clair qui tournaient à l'ambre dès qu'il les posait sur sa femme... Il était plus qu'évident que sa réputation de séducteur n'était pas usurpée. Et il était tout aussi évident qu'il vivait son mariage avec un bonheur sans partage et aimait sa femme à la folie. La seule surprise était qu'il fût si jeune, à peine quelques années de plus que Regina, et pourtant ses manières étaient celles d'un homme mûr. En fait, il rappelait beaucoup Sir Anthony, ce qui eut pour effet de ramener cette canaille dans les pensées de Roslynn.

Une voix profonde interrompit soudain leur conversation :

— Allons, mon chou, combien de temps encore vas-tu faire mine de nous ignorer ?

C'était Anthony, et ce fut Nicholas qui répondit :

— Toute la nuit, si ça ne tenait qu'à moi.

Pendant un instant atroce, Roslynn avait cru qu'Anthony s'adressait à elle. Mais elle fut vite rassurée :

— Oh, flûte alors, je n'ai aucune envie de jouer les arbitres en permanence, déclara Regina avant de se diriger vers la cheminée pour accorder un baiser sonore à chacun des Malory. Comme si on pouvait vous ignorer bien longtemps, tous les deux ! Mais je ne me fais aucune illusion. Ce n'est pas moi qui vous rends si impatients. Venez, alors. (Elle glissa un bras sous le coude de chacun et les entraîna vers le petit groupe.) Lady Frances, je ne crois pas que vous ayez déjà rencontré mes oncles, James et Anthony Malory.

Ses oncles ? *Ses oncles !* Comment avait-on pu lui cacher cela ? se demanda Roslynn avec colère. Elle ne serait pas venue ici si elle avait su que les Malory étaient si proches de Regina Eden. Leur nièce. Par l'enfer !

Les Warton et Frances furent, c'était évident, soudain très mal à l'aise. Justin se débrouilla pour s'excuser très vite avec ses deux compagnes, cherchant sans doute à protéger sa sœur de l'influence de séducteurs aussi notoires. Quant à Frances, qui avait à peine desserré les lèvres pendant les présentations, elle affichait ouvertement son animosité envers les nouveaux venus. Elle ne perdit pas une seconde pour les abandonner.

Ce qui laissait Roslynn dans une affreuse position. Partir elle aussi serait effroyablement grossier. Elle devait donc rester un moment et endurer le minutieux examen auquel la soumettaient les deux frères. Ni l'un ni l'autre n'éprouvait la moindre honte à la détailler ouvertement.

— Je crois que la demoiselle est gênée pour nous, Tony, observa James. Ne vous donnez pas cette peine, Lady Roslynn. On s'enfuit souvent à notre approche. Mon frère et moi sommes immunisés contre de telles réactions.

— Tu l'es peut-être, vieux frère, répliqua Anthony, une étincelle dansant dans ses yeux cobalt. Mais moi, je n'ai rien contre un peu de sympathie.

Roslynn n'eut aucun doute quant au genre de sympathie qu'il espérait. Elle ne put s'empêcher de sourire. Il ne pouvait même pas attendre qu'elle fût seule pour entamer ses manœuvres de séduction. Il était *vraiment* incorrigible.

Ce que devait penser également Regina :

— Allons, Tony, tu as promis de te tenir convenablement.

— Et c'est ce que je fais, protesta-t-il avec innocence. Si je me laissais aller, mon chou, tu aurais un fameux scandale sur les bras.

Roslynn était persuadée qu'il ne plaisantait pas, même si Regina éclata de rire.

— Tu vas l'effrayer, Tony, si tu continues.

— Pas du tout, objecta Roslynn.

— Tu vois ? intervint James. Ne t'occupe donc plus de nous et accomplis tes devoirs d'hôtesse. La dame est tout à fait en sécurité avec nous.

— Oh, je n'en ai jamais douté, fit Regina avant de lancer en s'en allant : Nicholas, ne les perds pas de vue une seconde.

— Avec joie, marmonna son mari, maussade. James ricana.

— Quelle honte ! Elle ne nous fait aucune confiance !

— Elle n'a pas tort, grogna Nicholas.

— Je crois qu'il ne nous a pas encore pardonné, Tony, fit James.

— Parle pour toi, cher frère. Personnellement, je n'ai fait que lui expliquer à quel point sa santé se détériorerait s'il n'épousait pas Reggie. Alors que, par ta faute, il a dû garder le lit plusieurs semaines, et ensuite tu l'as ramené de force des Indes occidentales.

— Je n'ai jamais... commença Nicholas, hors de lui.

Roslynn l'interrompit :

— Avant que tout ceci ne dégénère, je crois que je vais...

Anthony ne la laissa pas terminer :

— Excellente idée. Laissons-les régler leur querelle et allons admirer les jolies fleurs de la serre.

Sans lui laisser le choix, Anthony la prit par le bras et l'entraîna hors de la pièce. Elle essaya de se libérer. Sans succès.

— Sir Anthony...

— Vous n'allez pas jouer les peureuses avec moi, n'est-ce pas ? lui chuchota-t-il à l'oreille.

Comment osait-il la mettre au défi ?

— Je ne veux tout simplement pas vous accompagner.

— Mais vous le ferez.

Elle s'arrêta, l'obligeant à la traîner de force. Il s'immobilisa et la dévisagea, un mince sourire aux lèvres.

— Voilà ce qui va se passer, mon cœur. Soit je vous embrasse dans la serre, soit je vous embrasse ici, tout de suite. Je vais vous prendre dans mes bras et...

— Vous n'oserez pas! s'exclama Roslynn avant de remarquer le nombre de gens qui soudain les observaient. Très bien, concéda-t-elle d'une voix sifflante. J'accepte de visiter la serre mais il n'y aura pas de baiser, espèce de vaurien. Donnez-moi votre parole.

Son sourire s'élargit.

— Venez, alors.

Cela n'avait rien d'une promesse. Mais elle ne pouvait courir le risque d'être embrassée ici au beau milieu du salon.

— C'est vraiment très joli, déclara-t-elle, mal à l'aise, dès qu'ils eurent pénétré dans la serre.

Anthony venait de passer un bras autour de sa taille et l'entraînait déjà dans l'allée circulaire qui faisait le tour de la grande pièce vitrée.

— Tout à fait d'accord, acquiesça-t-il, mais c'était elle qu'il regardait.

Elle garda les yeux soigneusement posés sur les statues qui, ici ou là, jaillissaient parmi la myriade de fleurs épanouies, sur la fontaine située au milieu de la pièce... tout en étant atrocement consciente de la main qui lui brûlait la hanche à travers le fin tissu de sa robe.

— Je devrais vous gronder, Sir Anthony, fit-elle d'une voix fluette, tremblante. C'est très mal de ne pas m'avoir laissé le choix.

— Je sais.

— Deviez-vous vraiment vous comporter de la sorte ?

Il s'arrêta, la forçant doucement à se tourner vers lui. Roslynn se rendit alors compte qu'il les avait entraînés à l'autre bout de la serre, à l'abri des regards derrière les branches des arbres. Ils étaient seuls, seuls dans cette pièce. Le murmure de la fontaine couvrait même tous les bruits.

— Oui, je le devais, répondit-il enfin. Depuis que je vous ai vue la première fois, je ne pense qu'à ceci.

Roslynn ne trouva pas la force de protester quand il l'attira dans ses bras. Sa main glissa le long de son cou. Du pouce, il lui redressa le menton et, le temps d'un souffle, leurs regards se nouèrent. Puis elle sentit ses lèvres chaudes, tentantes, se presser tendrement contre les siennes. Alors elle ferma les paupières, acceptant l'inévitable. En cet instant, plus rien ne comptait que le toucher, le sentir tout contre elle.

Anthony ne se souvenait pas d'avoir autant désiré un simple baiser, mais il prit grand soin de ne pas l'effrayer, d'éveiller son désir par paliers jusqu'à ce qu'elle eût envie de lui avec une égale intensité.

Ce fut la chose la plus difficile au monde : se retenir alors que son corps lui hurlait de la prendre sur-le-champ. Et, en fait, il ne se maîtrisait pas aussi bien que ça. Etourdi de désir, il ne se rendait même pas compte que ses doigts jouaient avec sa chevelure, délogeant les épingles; que son genou avait glissé entre les siens, à tel point qu'elle chevauchait sa cuisse. Mais heureusement elle avait, elle aussi, perdu la tête.

En fait, c'était Roslynn qui se frottait à lui tandis qu'il mettait de plus en plus de passion dans ses baisers. Graduellement, il explora ses lèvres puis sa bouche. Soudain, leurs langues se mêlèrent avec une douceur exquise.

C'était un expert et Roslynn ne pouvait lutter. Elle était déjà prête à succomber, à le laisser faire tout ce qu'il désirait. Et quand Anthony en devint conscient, il poussa un grognement de frustration: il avait mal choisi le lieu, n'ayant osé imaginer que cela irait aussi vite.

Ses lèvres glissèrent vers son oreille et il la supplia:

— Allez dans votre chambre, mon cœur. Je vous y rejoins.

Elle était hébétée, comme hypnotisée, incapable de faire le lien entre deux idées.

— Ma chambre?

Il la saisit par les épaules.

— Regardez-moi, Roslynn, fit-il vivement. Nous ne pouvons rester ici. Vous comprenez? Nous n'avons aucune intimité.

Elle fronça les sourcils.

— De l'intimité? Pourquoi?

Enfer et damnation! songea Tony. Regina avait-elle raison? Se pouvait-il qu'elle fût parfaitement innocente à son âge? Cette idée lui procura un sentiment de joie et de peine mélangées. Si c'était vrai, il risquait de rencontrer certaines difficultés. Et pourtant, une tendresse inconnue s'éveillait en lui à cette idée.

Il soupira.

— Nous allons faire l'amour, vous et moi. C'est la conclusion naturelle à ce que nous venons d'entreprendre. Et puisque nous en avons tous les deux envie, il faut trouver un endroit où nous ne serons pas dérangés. Votre chambre me paraît tout indiquée.

Roslynn secouait la tête.

— Mais je ne vous ai pas demandé de m'embrasser !

Il la serra contre son torse.

— Il est trop tard pour les regrets, mon cœur. Vous avez succombé. Allons, faites ce que je vous dis. Sinon, je vous y porte moi-même. Je jure que je le ferai, et que le diable emporte tous ceux qui chercheraient à m'en empêcher !

S'il espérait lui faire peur, c'était raté. Roslynn avait retrouvé son solide bon sens et elle se doutait qu'il ne ferait rien qui embarrasserait sa nièce. Elle aurait dû le comprendre plus tôt... avant d'entrer ici.

— Vous ne me tromperez pas deux fois de suite.

A cet instant précis, Anthony était réellement décidé à mettre sa menace à exécution. Mais le fait qu'elle lui répondît avec autant de sang-froid doucha un peu son ardeur.

Il lui offrit son sourire dévastateur.

— Si ce n'est pas maintenant, je viendrai dans votre chambre plus tard.

Elle le repoussa, secouant la tête. A nouveau, elle fut prise d'une incroyable nervosité.

— Vous ne franchirez pas la porte, je vous le promets.

— Ne la verrouillez pas.

— N'y comptez pas.

— Alors, j'essaierai la fenêtre.

Les yeux noisette de la jeune femme flamboyèrent.

— Pourquoi ne comprenez-vous pas? Je vous ai dit non!

— Mauvaise réponse, mon cœur, et tant que je n'aurai pas la bonne, vous pensez bien que je ne renoncerai pas. Je dois songer à ma réputation, vous savez.

Elle éclata de rire. Seigneur, il était vraiment incorrigible, absolument dépourvu de tout sens moral mais, oh… si séduisant. Jamais elle n'aurait cru qu'un homme pût être aussi attirant, aussi irrésistible. Quoi qu'il en soit, le seul moyen de ne pas succomber était de ne pas le prendre au sérieux.

Une lueur amusée dans les yeux, Roslynn le dévisagea.

— C'est précisément votre réputation qui m'inquiète, Sir Anthony.

— Dans ce cas, voyons si je puis chasser ces craintes…

— Non!

Elle cria tandis qu'il la saisissait. Elle se retrouva subitement assise sur la rampe qui encerclait la fontaine, en équilibre précaire. Derrière elle, il y avait au moins deux mètres de vide au-dessus de la surface de l'eau. Ses pieds ne touchaient plus le sol et elle n'avait rien à quoi se retenir… sinon lui.

Furieuse, elle essaya de sauter à terre mais

Anthony avança tout près d'elle et, à la stupéfaction horrifiée de Roslynn, souleva ses jupes sur ses cuisses. Puis il avança encore, la forçant à écarter les jambes. Il écrasa sa poitrine contre la sienne, la repoussant toujours plus en arrière...

— Tenez-vous à moi ou vous allez tomber.

Elle lui obéit car elle n'avait pas le choix. Mais il se garda bien de se redresser pour lui permettre de retrouver son équilibre.

— Vous allez devoir vous y prendre mieux que cela, mon cœur. Mettez vos bras autour de mon cou. (Il se pressait encore davantage contre elle.) Maintenant, serrez-moi fort, car je ne vais plus vous tenir.

— Non, ne faites...

— Chut, mon cœur. Si vous ne voulez pas tout me donner, donnez-moi au moins cela. J'ai besoin de vous toucher.

Elle retint sa respiration en sentant ses mains se poser sur ses genoux, puis remonter lentement vers l'intérieur de ses cuisses, relevant sa robe du même coup.

— Arrêtez! Vous êtes un... Laissez-moi descendre! Anthony!

La façon dont elle prononça son nom le fit frissonner. Ses mains atteignirent ses fesses et, dans un geste brusque, leurs ventres se réunirent.

Roslynn gémit doucement, renversant la tête en arrière. Elle n'avait jamais éprouvé de sensations aussi violentes et délicieuses en même temps. A présent, il léchait doucement le cou qu'elle lui avait offert...

— J'imagine que tu vas m'en vouloir de

vous déranger, Tony, mais Lady Grenfell cherche ta petite Ecossaise et elle risque d'entrer ici d'une seconde à l'autre.

Avec un juron, Anthony lança un regard à James. Pour une fois, son frère faisait preuve de tact, contemplant une énorme plante plutôt que le couple enlacé. Anthony souleva Roslynn et la garda encore un instant dans ses bras. Elle était perdue dans les limbes de la passion, les lèvres entrouvertes, les yeux fermés, les joues rosies. Il doutait même qu'elle eût entendu James.

— Ô Seigneur, murmura-t-il en la laissant glisser contre lui, frustré au-delà de toute expression. Il va falloir qu'on recommence très vite, mon cœur.

Elle recula, les jambes flageolantes. Pendant un long moment, il contempla ses yeux qui s'ouvraient graduellement. Fasciné par ce spectacle, Anthony ne vit pas la gifle arriver, qui claqua comme un coup de fouet sur sa joue.

— On ne recommencera rien du tout, dit-elle tranquillement mais fermement. Et je vous conseille de ne plus vous approcher de moi, espèce de vaurien !

Elle s'en fut le long de l'allée contournant la pièce. Anthony n'essaya pas de la suivre. Il s'adossa à la rambarde, se touchant vaguement la joue et la suivant des yeux jusqu'à ce qu'elle eût disparu.

— Je me demandais quand elle me donnerait un aperçu de son fichu caractère écossais.

Il souriait tandis que James le rejoignait.

— Je dirais qu'une seule gifle n'est pas trop cher payé.

— Tu as vu ? Elle ne s'est même pas rendu compte que tu étais là.

— Tu te vantes, petit frère ?

— Disons que je me suis rarement senti aussi satisfait, vieux frère.

— Bon, maintenant que tu l'as mise dans une rage épouvantable, j'imagine que tu ne verras aucun inconvénient à ce que je tente ma chance ?

La bonne humeur d'Anthony se dissipa aussitôt.

— Ne t'approche pas d'elle, James.

Celui-ci haussa un sourcil.

— Oh ! oh ! mais c'est qu'on est possessif ! Moi qui croyais que c'était elle qui t'avait dit de ne plus l'approcher. Après tout, mon petit, tu n'as pas encore gagné la partie.

11

Justin Warton se révéla un délicieux compagnon. Grâce à lui, Roslynn se calma en un temps record. D'ordinaire, quand elle était de mauvaise humeur, son tempérament enflammé ne lui permettait pas de se maîtriser aussi vite. Elle avait été furieuse, surtout quand Frances l'avait trouvée sortant à peine de la serre et l'avait promptement conduite au premier étage pour remettre de l'ordre dans sa coiffure. Elle ne s'était même pas aperçue qu'elle avait perdu pratiquement toutes ses épingles. Cet homme immonde l'avait laissée partir dans un état abominable qui pouvait laisser croire le pire. Et le pire avait bien failli arriver. Ce qui lui avait valu un solide sermon de la part de Frances.

Elle savait qu'elle avait été idiote, qu'elle avait pris un risque terrible. Et elle s'en voulait terriblement.

Après un long discours sur la réputation de Sir Anthony, Frances avait conclu par ces mots :

— Ne te retrouve plus jamais seule avec lui, Ros. Cet homme te fait trop d'effet.

— Je n'ai jamais dit une chose pareille, Frances.

— Tu n'as pas besoin de le dire. Je l'ai vu à l'instant où Regina nous l'a présenté. Et j'ai vu aussi comment il te regardait. Un baiser dans la serre est une chose, mais ç'aurait pu être plus grave.

Roslynn ne lui avoua pas qu'ils avaient été un peu plus loin qu'un simple baiser.

— Tu aurais dû me dire que tu l'avais rencontré chez les Crandal, poursuivit son amie d'un ton peiné. Je t'aurais prévenue contre lui car il est évident qu'il a décidé de faire de toi sa nouvelle conquête.

— Frances, tu n'avais pas besoin de me prévenir. J'ai entendu un tas de ragots sur son compte au cours du bal. Je savais que c'était le pire des débauchés.

— Et tu l'as quand même laissé t'entraîner là-bas !

— Je te l'ai dit, il m'a tendu un piège ! s'écria Roslynn, exaspérée, mais elle regretta aussitôt sa colère. Je suis désolée, mais il faut que tu arrêtes de t'inquiéter pour moi. Je lui ai dit de ne plus m'approcher.

Frances pinça les lèvres.

— Et tu crois que ça changera quelque chose ? Les hommes comme lui n'acceptent pas qu'on les repousse. Au contraire, cela ne fait que décupler leur intérêt. Et celui-là est vraiment le pire de tous, simplement parce qu'il est le plus beau, le plus recherché, le célibataire le plus endurci de tout le pays. Il ne se mariera jamais, Ros. Il ne se consacrera jamais à une seule femme. Et pourquoi le ferait-il quand il y en a des centaines qui sont prêtes à se jeter à ses pieds ?

— Frances, tu oublies ma situation. Je ne suis pas une petite débutante qui se lance dans la course au mariage. J'ai un but à atteindre et je ne laisserai rien ni personne m'en détourner. Les conséquences seraient atroces si j'échouais.

Frances soupira et hocha la tête d'un air d'excuse.

— Tu as raison, j'avais oublié. Mais je t'en prie, sois prudente, Ros. Un homme comme Malory, avec son expérience, pourrait te séduire avant même que tu ne t'en rendes compte. J'imagine qu'on peut remercier le Seigneur que son frère n'ait pas décidé de se lancer lui aussi à tes trousses.

Roslynn devait se souvenir de ces mots plus tard mais quand elles redescendirent, Justin Warton les invita aussitôt à se joindre à lui près du buffet. Et il parvint à faire oublier à la jeune femme l'épouvantable naïveté dont elle avait fait preuve avec Anthony Malory. Il était si charmant qu'elle envisagea sérieusement de le rajouter à sa liste des «possibles», malgré son jeune âge.

Malheureusement, Lady Warton interrompit leur conversation peu après en se plaignant d'une affreuse migraine. Justin fut forcé de la raccompagner chez eux, non sans avoir fait promettre à Roslynn qu'elle chevaucherait en sa compagnie le lendemain matin lors de la partie de chasse.

— Eh bien, en voilà un qui a été facile à conquérir, remarqua Frances après le départ des Warton.

— Tu crois? fit Roslynn en souriant. Il est plutôt gentil, tu ne trouves pas?

— Et d'une parfaite honnêteté. Ce n'est pas comme l'autre...

— Frances, ne recommence pas. Au cas où tu ne l'aurais pas remarqué, Sir Anthony semble être parti. Inutile de t'inquiéter.

Frances lui pressa la main.

— Très bien. Je sais que tu es capable de distinguer le bien du mal. Et puisque Lord Warton est parti également, ne devrais-tu pas en profiter pour discuter un peu avec Sir Artemus?

— En effet, soupira Roslynn. Et j'aimerais bien aussi retrouver Lady Eden pour les renseignements qu'elle m'a promis. Plus tôt je pourrai clore ma liste, mieux ce sera.

Mais Regina Eden était engagée dans une conversation animée avec plusieurs de ses voisins, et Sir Artemus jouait au whist.

Roslynn se dirigea alors vers un des balcons afin de savourer la brise qui soufflait dans le parc. Il régnait à présent une chaleur assez lourde dans le salon et elle aurait adoré se promener dehors, mais elle n'osait pas. Pas après ce qui était arrivé la dernière fois qu'elle s'était aventurée sur une terrasse : sa rencontre avec Sir Anthony. Il pouvait très bien rôder quelque part là dehors.

Soudain, un mouvement derrière elle la fit sursauter.

— Vous passez une bonne soirée, Lady Roslynn ?

Elle se retourna avec appréhension, ayant reconnu la voix de James Malory et craignant qu'Anthony ne se trouvât avec lui. Elle se détendit en voyant qu'il était seul. Ses cheveux blonds légèrement en désordre indiquaient qu'il venait de se promener dans le parc. Mais le répit fut de courte durée. La manière dont il la contemplait lui rappela que cet individu pouvait être très dangereux. Pour elle pas aussi dangereux qu'Anthony, peut-être, mais il n'en demeurait pas moins une fréquentation à éviter.

Elle hocha vaguement la tête.

— Oui, votre nièce m'a tout de suite mise à l'aise. Même si je dois avouer que j'ai été très surprise d'apprendre qu'elle était votre nièce. Sans doute la fille d'un de vos frères aînés ?

— De notre unique sœur, Melissa, corrigea-t-il. Mais celle-ci est morte alors que Regina n'était qu'un bébé. Mes frères et moi avons donc eu l'immense plaisir de l'élever.

Soudain, Roslynn se sentit quelque peu rassérénée. Un homme qui avait élevé une jeune fille ne pouvait être menaçant.

— On fait un tour près du lac?

Voilà qui était inattendu et menaçant.

— Non, merci.

— Alors, si on allait simplement sur la terrasse? Un peu d'air frais vous ferait du bien, il me semble.

— En fait, j'ai plutôt un peu froid. Je pensais aller chercher un châle.

Une si mauvaise excuse amusa James.

— Ma chère, les gouttes de sueur qui perlent à vos tempes disent le contraire. Venez. Vous n'avez pas à avoir peur de moi, vous savez, je suis parfaitement inoffensif.

Quand il s'empara de son coude, Roslynn eut une vague impression de déjà-vu, comme si elle avait déjà vécu cette scène, comme si elle se dirigeait tout droit vers le même désastre. A la différence, cette fois-ci, que James ne se laissa pas arrêter. En quelques pas, ils furent dehors. Mais au lieu de continuer à avancer, il la poussa derrière la porte contre le mur et, de la bouche, étouffa sa tentative de protestation.

Ce fut fait avec une telle rapidité, une telle adresse que Roslynn n'eut pas le temps de réagir. Elle n'osa pas non plus crier, alerter les gens à l'intérieur et provoquer un incident. Tout ce qu'elle pouvait faire était d'essayer de le repousser. Mais James était puissamment bâti. Alors elle arrêta de se débattre. Le sang lui martelait les tempes. Elle avait peur d'être découverte.

— Votre frère et vous devez avoir pris des cours ensemble, persifla-t-elle dès qu'il abandonna ses lèvres.

James s'esclaffa.

— C'est ce que vous croyez, petite Ecossaise ? Qu'est-ce qui vous le fait penser ?

Elle rougit brusquement. Elle venait d'admettre qu'Anthony l'avait embrassée.

— C'est cela que vous appelez inoffensif ? rétorqua-t-elle.

— J'ai menti, dit-il sans le moindre remords.

— Exactement ! Maintenant laissez-moi passer, Lord Malory.

Il recula juste assez pour séparer leurs corps, mais pas suffisamment pour qu'elle pût s'en aller.

— Ne soyez pas en colère, ma douce. Vous ne pouvez reprocher à un homme d'essayer, même si je dois admettre que Tony m'a battu cette fois. C'est vraiment dommage que vous l'ayez rencontré en premier.

— Qu'est-ce que vous racontez ? s'écria-t-elle, craignant de comprendre. Vous n'auriez pas osé parier ou je ne sais quoi sur...

— Absolument pas, ma chère. Il ne s'agit que d'une rivalité entre deux frères qui partagent les mêmes goûts.

D'un doigt, il repoussa une mèche humide près de ses sourcils et, l'espace d'un instant, Roslynn fut sidérée par l'intensité de ses yeux verts.

— Vous êtes incroyablement belle, vous savez... incroyablement. Ce qui rend la défaite difficile à accepter. (Soudain sa voix se voila.) J'aurais pu faire vibrer votre corps, petite. Etes-vous vraiment certaine de préférer Tony ?

Roslynn se secoua mentalement. Nom d'un

chien, ces Malory étaient maîtres dans l'art de séduire !

— Je n'ai jamais dit que je préférais votre frère, ce qui ne signifie pas que je vous préfère non plus. Le fait est, Lord Malory, que vous ne m'intéressez ni l'un ni l'autre. Maintenant, voulez-vous bien me laisser passer, ou dois-je abandonner toute prudence et appeler à l'aide ?

Il recula en s'inclinant, un sourire sur ses lèvres sensuelles.

— Je ne puis permettre cela, très chère. Si on vous trouvait ici seule avec moi, cela ruinerait votre réputation.

— Vous auriez pu y songer *avant* de me traîner ici ! rétorqua-t-elle.

Sur ce, elle s'enfuit à toutes jambes.

Comme Anthony un peu plus tôt, James la suivit des yeux mais, à la différence de son frère, nul sentiment de succès ne l'habitait. Bien au contraire. Il aurait tant aimé séduire cette jeune femme, mais il avait senti que sa réaction à son baiser était un écho affaibli de ce qu'elle avait éprouvé avec Anthony. Contrairement à son frère, il n'était pas parvenu à la bouleverser complètement. Le choix de Lady Roslynn était clair, même si elle ne s'en rendait pas encore parfaitement compte.

12

Roslynn s'étira, se frotta les yeux et risqua un regard vers l'horloge sur la cheminée. Flûte! Elle avait vraiment voulu participer à la chasse de ce matin. Elle avait même promis à Justin de l'accompagner, avec l'intention de l'impressionner un peu par ses talents équestres. Mais à cette heure-ci, la chasse devait être pratiquement terminée, sans parler du pique-nique prévu près du lac à midi. Il était déjà midi.

Elle se redressa en maudissant ce lit qui lui avait offert si peu de repos au cours de la nuit. Nettie avait bien essayé de la réveiller, elle s'en souvenait. Mais même un incendie ne l'aurait pas tirée du lit ce matin car elle ne s'était endormie qu'après l'aube. Encore un contretemps à mettre sur le compte d'Anthony Malory. Maudit soit-il!

Elle n'avait pourtant aucune excuse. Elle s'était retirée peu après minuit, réellement épuisée par sa très longue journée et le voyage depuis Londres — contrairement à Frances, elle n'avait pas fait la sieste dans l'après-midi. Elle avait fini par avoir sa conversation avec Regina et en savait maintenant un peu plus à propos de ses «possibles», même si cela ne lui permettait pas de rayer des noms sur la liste.

Sir Artemus Shadwell était un joueur invétéré mais sa fortune était considérable. Lord Grahame, le distingué comte de Dunstanton, était veuf pour la troisième fois. Au moins, le pauvre homme essayait encore. Lord Davis Fleming, le vicomte qui hériterait bientôt d'un duché, était un célibataire endurci à qui on ne connaissait aucune liaison féminine. Louable comportement. Quant à l'honorable Christopher Savage, il restait une énigme : les Montieth ne le connaissaient pas.

Mais ces gentlemen n'avaient guère occupé ses pensées cette nuit tandis qu'elle se retournait entre ses draps. L'effronterie de James Malory avait elle aussi été oubliée. Non, c'était une certaine canaille aux cheveux noirs et aux yeux cobalt qui avait provoqué son insomnie : elle n'avait cessé de revivre les instants passés dans la serre.

« Eh bien, c'est terminé désormais, pensa-t-elle, furieuse. Plus question de rêvasser une seconde de plus à cause de ce vaurien. » Elle allait se mettre au travail et tout de suite, en espérant que ses gentlemen auraient le bon goût de se montrer aujourd'hui.

Impatiente de quitter la chambre, elle sonna Nettie mais ne l'attendit pas pour commencer sa toilette. En un rien de temps, elle avait enfilé une jolie robe couleur pêche, aux manches bouffantes et copieusement garnie de dentelle au col. Elle pressa Nettie de la coiffer sans tarder, ce qui lui valut quelques remarques bien senties à propos des gens qui traînent au lit. Mais, malgré ses ronchonnements, Nettie lui confectionna un lourd chignon d'où s'échappaient de magnifiques anglaises du plus bel effet.

Roslynn ne perdit pas une seconde à admirer le résultat final. S'emparant d'une coiffe de satin garnie de plumes d'autruche et d'une ombrelle en dentelle, elle se rua hors de la chambre... et s'arrêta net dans le couloir. Adossé à la rampe de l'escalier, se tenait Anthony Malory.

Il n'y avait aucun doute : c'était elle qu'il attendait. Il ne manquait pas de toupet ! Bras et chevilles croisés, il avait une vue imprenable sur la porte de sa chambre. Et là où il se trouvait, elle n'avait aucun moyen de l'éviter.

Il était habillé de façon un peu trop négligée, sans cravate et avec plusieurs boutons de sa chemise brodée ouverts, révélant une poitrine bronzée. Ses longues jambes étaient moulées par une fine culotte de daim. Tout en lui évoquait la force et la sérénité. Qualités troublantes particulièrement dangereuses... « Sois prudente, ma fille, se dit-elle. Reste sur tes gardes. »

— C'est une bonne chose que vous soyez sortie maintenant, déclara-t-il. Je commençais à songer sérieusement à me glisser dans votre chambre et même dans votre lit...

— Sir Anthony !

— La porte était-elle verrouillée ? Ne faites pas ces gros yeux-là, mon cœur. Je plaisantais. En fait, vous n'avez rien à craindre. Aujourd'hui, je suis bien décidé à me tenir de façon impeccable, à ne pas vous brusquer.

— C'est une promesse ?

Il sourit.

— Le faut-il ?

— Oui.

— Très bien. Vous avez ma parole, solennelle

et sincère, jusqu'à ce que vous preniez pitié de moi et me la rendiez.

Le rire de Roslynn était comme une musique à ses oreilles.

— Je vous la rendrai, Sir Anthony, la semaine des quatre jeudis.

Elle le rejoignit enfin, s'arrêtant devant lui avec sa coiffe et son ombrelle à la main. De la voir ainsi, si belle, si fière, Anthony se dit qu'il avait eu raison de quitter Silverley la veille. S'il était resté, il aurait été irrésistiblement attiré vers elle alors qu'elle avait besoin de retrouver ses esprits. Il était donc parti au village pour fêter son succès. Elle l'avait peut-être giflé mais, par Dieu, il avait éveillé son désir et cela suffisait à le mettre en joie... et à l'exciter aussi. Il s'était donc mis en quête d'une femme pour la nuit.

Anthony réprima un sourire : son plan n'avait pas tout à fait fonctionné comme prévu. Il avait effectivement trouvé une fille mais il s'était alors aperçu qu'il ne voulait pas d'elle. Il ne voulait, ne désirait qu'une femme : celle qu'il avait laissée à Silverley. Aussi, quand James était arrivé à son tour dans cette auberge, il avait été très heureux de lui confier sa jeune conquête, préférant boire quelques verres tranquillement en songeant à ce qu'il allait faire maintenant.

Il avait pris la décision de changer de tactique. Une longue conversation avec sa nièce le matin avait achevé de le convaincre. Il attaqua d'une voix neutre, impersonnelle :

— Vous auriez grand avantage, Lady Roslynn, à me suivre là où nous pourrons parler en privé.

Elle retrouva aussitôt sa prudence.

— Je ne vois pas en quoi…

Il eut un sourire désarmant.

— Ma chère, j'ai dit parler, rien de plus. Si vous ne parvenez pas à me faire confiance, comment pourrai-je vous aider ?

— M'aider ? s'étonna-t-elle.

— Bien sûr. C'est ce que je veux faire. Venez, suivez-moi.

Curieuse malgré elle, Roslynn lui emboîta le pas et le suivit jusque dans la bibliothèque au rez-de-chaussée. Il l'aida à prendre place dans un sofa puis gagna l'autre bout de la pièce où se trouvait une table à liqueurs.

— Un cognac ? demanda-t-il par-dessus son épaule.

— Si tôt ?

Son ton incrédule le fit sourire.

— Non, bien sûr que non. Je suis idiot.

Mais lui avait besoin d'un verre car l'idée qu'ils étaient enfin seuls et qu'il n'avait qu'à verrouiller la porte le mettait au supplice. Non, ce n'était pas pour cela qu'il l'avait amenée ici, il ne devait pas l'oublier.

Il reposa la flasque de cognac et revint vers le sofa. Les jambes serrées, sa coiffe et son ombrelle en travers des cuisses, elle avait pris soin de s'asseoir à un bout du divan, lui offrant deux bons mètres pour s'installer. Il était parfaitement clair qu'elle ne désirait pas qu'il vînt à son côté mais c'est ce qu'il fit, ne laissant qu'un léger espace entre eux afin d'éviter qu'elle ne se mît à hurler.

— Sir Anthony… murmura-t-elle, déjà paniquée.

— Ne pensez-vous pas que vous pourriez commencer à m'appeler Anthony, ou mieux encore Tony ? Après tout, je vais devenir votre confident…

— Mon *quoi* ?

Il haussa un sourcil.

— Le mot est trop fort ? Alors, disons ami et conseiller. Après une longue conversation avec ma nièce, ce matin, il m'est apparu que vous en aviez grand besoin.

— Elle vous a dit ! s'écria Roslynn, hors d'elle. Par l'enfer, elle n'avait pas le droit !

— Oh, elle l'a fait avec les meilleures intentions du monde. Elle voulait me persuader de l'importance du mariage à vos yeux. Elle a l'air de croire que mes intentions à votre égard ne sont pas très honorables. Je me demande comment elle a pu avoir une idée pareille.

Elle lui lança un regard noir, mais elle fut incapable de garder son sérieux et se mit à pouffer.

— Vous êtes un vaurien, monsieur. N'êtes-vous donc jamais sérieux ?

— Pas si je peux m'en passer.

— Eh bien, dans ce cas, essayez de l'être pour m'expliquer pourquoi vous voudriez m'aider à trouver un mari.

— Il me semble simplement que plus tôt vous serez mariée, plus tôt cela vous ennuiera et plus tôt je vous aurai dans mon lit.

Roslynn n'aurait cru aucune autre explication. *Celle-là*, elle la croyait complètement.

— C'est un drôle de risque que vous êtes

prêt à courir, répliqua-t-elle avec la même ironie. Je pourrais tomber follement amoureuse de mon mari, vous savez.

— Ah, malheureuse ! s'exclama-t-il avec une horreur feinte. Plus personne ne tombe amoureux de nos jours, ma chère, en dehors des jeunes romantiques et de quelques vieux fous séniles. Et vous vous lancez dans cette affaire avec beaucoup trop de bon sens pour que cette catastrophe survienne.

— Je vous concède ce point pour l'instant. Qu'avez-vous donc à m'offrir ?

Le double sens de cette question alluma une étincelle dans les yeux d'Anthony.

— Votre situation n'est guère différente de celle de Regina à l'époque où elle cherchait un époux. Elle avait déjà une saison derrière elle et un voyage sur le continent sans avoir déniché la perle rare. Personne n'aurait pu l'en blâmer, bien sûr. Elle devait trouver un homme qui convienne à mes trois frères et à moi, ce qui n'était pas aisé.

— Oui, elle m'a effectivement raconté quelque chose comme cela.

— Vous a-t-elle dit comment elle a résolu le problème ?

— Elle a été compromise.

Roslynn fut surprise de le voir grimacer à cette réponse.

— Elle n'était en rien responsable. C'est Montieth qui, croyant jouer une bonne farce à sa maîtresse de l'époque, l'a mise dans de sales draps. Si cela ne vous dérange pas, nous ne parlerons plus de ce lamentable épisode. Mais, avant cela, Reggie avait loué les services d'un vieux lord qui connaissait absolument tout le monde. Il lui racontait tout ce qu'il savait sur les gentlemen qu'elle rencontrait. Pour ce faire, il l'accompagnait partout où elle allait.

Les yeux de Roslynn se plissèrent.

— J'espère que vous n'êtes pas en train de suggérer que je devrai vous emmener partout où j'irai, Sir Anthony, parce que...

Il la rassura promptement :

— Pas du tout, et ce serait tout à fait inutile. D'après Reggie, vous avez déjà plusieurs individus en vue. Il se trouve que je les connais beaucoup mieux que Montieth. Trois d'entre eux appartiennent à mon club, le quatrième fréquente mon gymnase. Je n'ai qu'une question à vous poser, ma chère. Pourquoi rejetez-vous les plus jeunes ?

Roslynn détourna les yeux avant de répondre :

— Un homme mûr sera plus patient avec mes défauts qu'un jeune homme.

— Vous avez des défauts ? Ne l'avouez jamais.

— Tout le monde a des défauts ! rétorqua-t-elle âprement.

— Un drôle de caractère que le vôtre, n'est-ce pas ?

Le regard furibond de Roslynn le fit sourire.

— Un homme plus âgé sera plus calme, ayant déjà largement profité de la vie. S'il me faut être fidèle à mon époux, j'attends la même chose de sa part.

— Mais vous n'allez pas lui être fidèle, mon cœur, lui rappela-t-il.

— Détrompez-vous. En fait, c'est mon grand-père qui a suggéré que je trouve un homme qui ne manque pas d'expérience et, à la vérité, je dois dire que les jeunes hommes que j'ai rencontrés jusqu'ici ne m'ont guère impressionnée... sauf un. Que j'ai décidé d'ajouter à ma liste.

— Qui ?

— Justin Warton.

— Warton ! s'exclama Anthony en se redressant brusquement. Mais c'est le fiston à sa maman !

— Vous n'êtes pas forcé de le dénigrer !

— Ma chère, si vous n'attendez de moi que des louanges sur vos heureux élus, je ne vois pas en quoi cela pourra vous aider. Ils présentent tous une apparence sans reproche, ce qui est la moindre des choses pour des gentlemen de leur rang. Je pensais que c'est la saleté cachée sous le tapis que vous vouliez découvrir.

— Hum, vous n'avez pas tort, bien sûr. Je suis désolée. Très bien, à votre avis, lequel ferait le meilleur mari ?

— Vous n'avez pas de préférence ?

— Pas vraiment. Je les trouve tous séduisants, dotés d'une réelle personnalité et tout à fait convenables... pour ce que j'en sais. C'est bien là le problème. Il n'y en a aucun qui se détache des autres.

Anthony se détendit à nouveau et passa un bras nonchalant sur le dos du sofa, juste derrière sa tête. Elle ne parut rien remarquer. Elle attendait avec une certaine impatience la réponse à sa question alors qu'il n'avait qu'une idée : éviter de la lui fournir.

— Cela pourrait m'aider de savoir quelles qualités vous appréciez chez un homme.

— Un caractère doux, compréhensif, de la sensibilité, de l'intelligence, de la patience, comme je l'ai déjà dit...

— Délicieux. Vous vous ennuierez à mourir, ma chère, ce qui signifie que nous nous retrouverons ensemble bien plus tôt que prévu. (Il gloussa devant son air réprobateur.) Vous disiez?

— Il y a aussi ce contrat de mariage, fit-elle, un peu gênée. Il interdira à mon mari de prendre le contrôle de mes biens.

— Une idée à vous?

— A mon grand-père. C'était un homme très têtu et aux opinions bien arrêtées. Me laissant sa fortune, il tenait à s'assurer que je la garde et qu'elle ne passe pas entre les mains d'un étranger. Il a fait rédiger le contrat de mariage avant sa mort.

— S'il était si difficile, pourquoi ne vous a-t-il pas choisi un époux lui-même?

— Nous étions très proches, Anthony, dit-elle avec soudain beaucoup de douceur dans la voix. Je ne voulais pas le quitter tant qu'il était en vie, et il ne m'aurait jamais forcée à le faire.

Il sourit en l'entendant utiliser son prénom. Cela prouvait qu'elle était plus à l'aise avec lui.

— C'est un point qui pourra prêter à discussion. Le seul qui, à mon avis, soulèverait des objections à ce contrat est Savage. Non qu'il convoite votre fortune, il est fort bien pourvu lui-même. Mais c'est un homme qui n'apprécie pas les restrictions. Cela dit, s'il vous veut vraiment, cela ne comptera pas.

— Vous me le recommandez donc?

— Ma chère, je dirais qu'il ne remplit qu'un seul de vos critères: l'intelligence. En fait, aucun de ces messieurs ne dispose de toutes les qualités qui vous semblent indispensables. Warton, j'imagine, est celui qui s'en rapprocherait le plus, mais si vous l'épousez vous devrez aussi épouser sa mère. À condition, bien sûr, qu'elle l'autorise à se marier. C'est elle qui tire les ficelles, ne l'oubliez jamais.

Roslynn fronçait les sourcils.

— Très bien, ne m'en recommandez aucun. Dites-moi simplement ce que vous savez sur les autres.

— Aucun problème. Commençons par Fleming, d'accord? Affectueusement surnommé le vicomte maladroit: il doit avoir un problème quelconque car aucune femme n'a été vue deux fois avec lui, mais vous serez peut-être l'exception. Il est doux. Certains l'ont même traité de lâche. Il paraît qu'il a été défié une fois par un jeune homme et qu'il a refusé le duel. Je n'ai jamais su pourquoi. Vous a-t-il témoigné un réel intérêt?

En fait non, mais inutile de l'avouer.

— Le suivant?

Anthony ricana devant son esquive.

— Le comte de Dunstanton est un type assez aimable. Mais l'écouter parler relève de l'exploit. Quoi qu'il en soit, il semble poursuivi par la tragédie: trois épouses décédées en moins de cinq ans. Ce qu'on sait moins, c'est qu'à la mort de chaque femme sa fortune a doublé.

— Vous ne suggérez pas...

— Pas du tout, la rassura-t-il, prenant avantage de sa distraction pour se rapprocher un peu plus d'elle. Il ne s'agit que de ridicules spéculations de la part de gens moins gâtés par le sort.

La graine avait néanmoins été semée. Deux épouses étaient mortes en donnant naissance à leur premier enfant. La troisième était tombée d'une falaise mais le comte ne pouvait nullement en être tenu pour responsable.

— Que savez-vous de Sir Artemus ?

— Il aime jouer... comme nous tous. (Un clin d'œil.) Et si vous le choisissez, vous gagnerez du même coup toute une famille. Il a des douzaines de rejetons...

— On m'a dit qu'il n'avait que cinq enfants !

— Cinq enfants légitimes, oui. Ah ça, vous aurez de quoi vous occuper, et ne comptez pas sur l'aide de Shadwell qui a plutôt tendance à négliger sa progéniture. Auriez-vous dans l'idée d'avoir des enfants vous-même ?

La façon dont elle s'empourpra fut une réponse éloquente. C'était un si charmant spectacle que les bonnes intentions d'Anthony s'envolèrent. Sa main glissa vers la nuque de Roslynn et il l'attira contre lui. Déjà, il se penchait pour l'embrasser...

Il n'y parvint pas. Elle le repoussa avec une telle violence qu'il la lâcha, surpris.

— Vous aviez promis !

Il se redressa, passant une main dans sa chevelure.

— Permettez-moi de vous rappeler, ma chère, que ce rôle de confident est tout à fait nouveau pour moi. Il me faut un peu de temps pour m'y habituer. (Il remarqua alors la fureur qui brillait dans ses yeux.) Oh, au nom du Ciel, ne m'en voulez pas. Cela n'arrivera plus, vous pouvez en être certaine.

Elle se leva, lui faisant face, agrippant son ombrelle comme s'il s'agissait d'un sabre d'abordage.

— Si vous n'avez plus rien à me dire...

— Il faudra faire la part des choses entre les ragots et la vérité. Si vous me donnez une semaine ou deux...

— Une semaine.

Il se renfonça dans le sofa, les bras étendus de part et d'autre sur le dossier, la dévorant du regard. Qu'elle lui parlât toujours, qu'elle fût encore prête à écouter ses conseils lui en apprenait assez. Elle n'était pas si en colère contre lui.

— Arrangez votre coiffure, ma chère, et je vous accompagnerai jusqu'au lac.

Il ravala un éclat de rire devant son soupir d'exaspération. Décidément, cet homme en voulait à ses cheveux. Avec impatience, elle fourragea dans ses mèches et s'enfonça la coiffe jusqu'aux oreilles. Il opina de la tête, ce qui lui valut un regard assassin.

Mais quelques minutes plus tard, alors qu'ils marchaient vers le lac, il déploya tout le charme de sa conversation et elle ne put s'empêcher de sourire et de sourire encore, bêtement. Sa bonne humeur s'envola pourtant dès qu'ils approchèrent de la foule des invités rassemblés au bord de l'eau. Elle n'avait pas songé à un infime détail : qu'allaient-ils tous s'imaginer en les voyant ensemble, Anthony et elle ?

Un seul regard vers Justin qui la contemplait avec une stupéfaction mêlée de chagrin lui donna la réponse. Elle se figea sur place.

— Je ne pense pas que ce soit une bonne idée qu'on nous voie ensemble, dit-elle.

— Je serais d'accord avec vous si nous étions n'importe où ailleurs. Ici, je suis un parent de notre hôtesse et il est normal que je m'occupe de ses invités.

Elle se rappelait ce qu'on lui avait dit : il suffisait qu'une femme fût aperçue en compagnie de cet homme pour que sa réputation fût définitivement ruinée et son nom jeté en pâture à toutes les mauvaises langues. Le fait d'avoir manqué la chasse et d'arriver aussi tard au pique-nique à son bras aggravait les choses.

Lord Grahame et Lord Fleming étaient là, eux aussi. Ils étaient donc finalement venus...

— Vous savez, Anthony, même si effectivement mon mari m'ennuie, cela ne signifie pas que vous en tirerez profit.

Cela ne parut guère l'émouvoir.

— C'est là où vous vous trompez, mon cœur. Un jour, vous serez ma maîtresse. Si je n'en étais pas absolument certain, je n'aurais jamais accepté de vous aider.

13

— Non, mon Dieu, faites que ce soit un rêve !

Mais le cauchemar était bien réel. Elle venait de se réveiller dans cette chambre inconnue sans savoir comment elle y était arrivée.

Roslynn écarquilla les yeux, regarda autour d'elle. Des murs humides dont la peinture s'écaillait; une bassine rouillée à moitié remplie d'eau autour de laquelle se promenait un cafard, posée sur une table branlante coincée contre le mur car il lui manquait un pied; un lit étroit avec une couverture de laine grossière qui la recouvrait jusqu'à la taille. Le sol nu, des murs nus, une fenêtre sans vitres.

Comment était-ce possible? Elle se massa les tempes, essayant désespérément de se souvenir. Avait-elle été malade? Avait-elle eu un accident? Tout ce qu'elle se rappelait, c'était la nuit précédente... s'il s'agissait bien de la nuit précédente.

Elle avait été incapable de s'endormir: une circonstance fort ennuyeuse qui se répétait trop souvent depuis sa rencontre avec Anthony Malory. Cela faisait trois jours qu'elles étaient revenues de la campagne, trois jours pendant lesquels Roslynn n'avait cessé de penser à ces moments avec Anthony.

Malgré sa promesse de ne plus tenter de la séduire, il ne l'avait pas quittée une seule seconde ce jour-là. Oh, bien sûr, il s'était éloigné d'elle parfois afin de lui permettre de bavarder avec les autres pique-niqueurs, mais chaque fois qu'elle le remarquait dans la foule, il avait les yeux posés sur elle, comme s'il la surveillait constamment. Ce soir-là, au grand dam de Roslynn, il avait dansé avec elle pas une mais trois fois... sous le prétexte qu'il devait distraire les invités de sa nièce. Pourtant, ce vaurien n'avait dansé avec personne d'autre, même pas avec Regina.

Quand elle avait enfin compris où il voulait en venir, elle s'était fâchée mais le mal était fait. De retour à Londres, Lord Grahame avait décommandé leur soirée au théâtre. Il prétendait se rappeler soudain un autre engagement. Elle n'était pas dupe : il était tout simplement refroidi par l'évident intérêt que lui portait Anthony.

Aucun de ces gentlemen n'était plus entré en contact avec elle depuis. Elle ne se faisait aucune illusion : le responsable était Anthony. Voilà pourquoi elle avait été incapable de trouver le sommeil la veille...

Comment était-il donc possible, puisqu'elle se souvenait de tout ceci, qu'elle fût incapable de se rappeler comment elle était arrivée dans cette horrible petite chambre ? Anthony n'oserait pas... non, il n'oserait pas. Ce qui ne laissait plus qu'une alternative... Geordie l'avait enlevée. D'une manière ou d'une autre, il était parvenu à l'enlever dans la maison de South Audley Street et à l'amener ici, à l'insu de tous. C'était inconcevable, mais que croire d'autre ?

Pourtant, quelque chose en elle se révoltait à cette idée, elle continuait à chercher frénétiquement une autre explication. Aussi fut-elle sincèrement surprise quand la vérité se présenta devant ses yeux. Une peur terrible la saisit, lui serra la gorge. Les mains moites, elle contempla Geordie Cameron qui pénétrait dans la chambre, l'air triomphant. Le connaissant, sachant de quoi il était capable, cette peur était tout à fait normale.

Il souriait. C'était une des raisons pour lesquelles elle n'avait jamais pu le supporter : ses sourires n'étaient jamais sincères. Toujours moqueurs ou sarcastiques, ils éclairaient ses yeux glacés d'une lueur mauvaise. Des yeux bleus qui, sans cela, auraient pu être beaux.

Roslynn l'avait toujours trouvé grand, même si les Malory l'étaient plus encore. Sa chevelure carotte s'était épaissie depuis leur dernière rencontre : tout à sa traque, il n'avait pas dû consacrer beaucoup de temps à son aspect extérieur. Il n'était pas gros, loin de là, mais son corps possédait une lourdeur inquiétante. Elle savait qu'elle n'aurait aucune chance si jamais elle essayait de se battre contre lui.

— Alors, ma jolie ? lança-t-il tandis qu'elle l'examinait. Tu ne souhaites pas la bienvenue à ton cher cousin ?

Cette question provoqua la colère de Roslynn. C'était à cause de lui qu'elle se trouvait à Londres, à cause de lui qu'elle cherchait désespérément un mari, à cause de lui qu'elle entretenait cette étrange relation avec Anthony. Elle oublia sa peur pour se dresser contre le responsable de tous ses maux.

— La bienvenue ? répéta-t-elle, sarcastique. La seule chose que je veux savoir, *cousin*, c'est comment tu es parvenu à m'amener ici.

Il ricana, trop heureux d'expliquer avec quelle astuce il avait réussi son enlèvement.

— C'était facile, ch'tiote, très facile. Je savais que tu tenterais quelque chose dès que le vieux serait dans sa tombe. Seulement je ne pensais pas que tu viendrais jusqu'ici. Mais j'avais fait surveiller la plupart des routes. Donc, le seul endroit où tu pouvais aller, c'était l'Angleterre.

— Brillante déduction.

Il ne parut pas apprécier le sarcasme.

— Ouais, brillante. Assez brillante, en tout cas, pour t'avoir à ma merci.

Roslynn accusa le coup. Sur ce point, il avait parfaitement raison.

— Mais comment m'as-tu retrouvée aussi vite ? Londres n'est pas une petite ville.

— Je me souvenais que tu avais une amie, ici. Ce n'était pas difficile de la retrouver et toi avec. Mais je t'aurais eue plus tôt si ces idiots que j'ai payés n'avaient pas été aussi froussards l'autre jour sur Oxford Street.

Ainsi, c'était bien lui qui avait manigancé cela aussi, songea Roslynn. Malheureusement, cette fois-ci Nettie n'était pas intervenue.

— Et puis tu as quitté la ville et j'ai bien cru t'avoir perdue, poursuivit-il avec un froncement de sourcils. J'ai dû envoyer des hommes dans toutes les directions pour retrouver ta trace. Heureusement tu es revenue toute seule, comme une grande. (Il ricana.) Et là, je n'avais plus qu'à attendre…

Visiblement, il mourait d'envie de lui raconter la suite, de se vanter encore un peu plus. Roslynn décida de lui gâcher son plaisir :

— Et maintenant, on fait quoi, cousin ?

Il en resta bouche bée.

— Tu ne veux pas savoir comment tu es arrivée jusqu'ici ?

— Quelle importance ? dit-elle d'un ton las.

Il semblait si chagriné qu'on aurait dit qu'il allait se mettre à pleurer.

— Eh bien, je vais te le dire quand même. Parce que c'était à la fois facile et malin.

— Si ça t'amuse, répliqua-t-elle.

Et, pour faire bonne mesure, elle se mit à bâiller. Geordie la fusilla du regard, ce qui la réjouit grandement. Il était si prévisible, si égoïste... mais il ne fallait pas le pousser trop loin.

— C'était la bonne, une petite futée que j'ai introduite dans la maison. Pour ça, il suffisait d'empêcher une des domestiques de se rendre à son travail et de la remplacer par cette fille.

La colère de Roslynn se ranima.

— Et qu'as-tu donc fait à cette malheureuse pour l'empêcher d'aller à son travail?

— Ne te fâche pas, cousine. Elle n'a rien du tout, juste une légère bosse sur le crâne. J'ai déjà envoyé un gars pour la libérer. Alors, comme je le disais, avec ma petite dans la maison, c'était facile de te faire boire une potion.

Le lait! Ce maudit lait chaud qu'elle avait demandé la nuit précédente, espérant qu'il l'aiderait à dormir enfin. En fait, elle avait tellement bien dormi qu'elle ne s'était même pas réveillée tandis qu'on l'enlevait!

— Dès qu'elle l'a pu, la petite a fait entrer mes hommes dans la maison. Tout le monde dormait, ils n'ont eu qu'à t'emballer. Tu ne t'es même pas réveillée.

— Alors, quelles sont tes intentions à présent? demanda-t-elle sèchement. Tu as sûrement une sale idée derrière la tête.

Il savourait tellement sa victoire qu'il s'empressa de tout lui révéler.

— J'ai trouvé un homme d'Eglise qui n'a pas besoin d'entendre deux «oui» pour prononcer un mariage. Il sera là d'un moment à l'autre. Dès que mes hommes auront retrouvé l'endroit où il cuve son vin. Mais ne t'inquiète pas, cousine, il ne tardera pas... Je laisse quelqu'un juste derrière la porte, au cas où tu aurais envie de faire du ramdam.

Là-dessus, il quitta la pièce en verrouillant soigneusement la porte.

Roslynn rejeta alors la couverture et courut jusqu'à la fenêtre. Elle eut la mauvaise surprise de découvrir qu'elle se trouvait au deuxième étage et que rien n'amortirait sa chute. Pas étonnant que Geordie n'eût pas pris la précaution d'y faire poser des barreaux. Et inutile de songer à crier pour appeler à l'aide : le garde derrière la porte se chargerait très vite de la faire taire.

A nouveau, elle examina la chambre. La seule arme possible était le broc à eau en terre cuite. Il ne pourrait servir qu'une fois et elle ignorait s'il était vraiment assez solide pour assommer quelqu'un.

Non, son unique chance était la fenêtre. Elle donnait sur une ruelle assez large pour que des voitures y circulent. Mais à cette heure-ci, il n'en passait guère. C'était le soir. A chaque extrémité, elle distinguait les lumières de rues plus animées. Elle entendait le bruit des voitures.

Elle retourna chercher la couverture. La laissant pendre par la fenêtre, elle s'aperçut que si elle s'y suspendait, elle serait au niveau du premier étage. Cela lui laissait encore une chute de trois bons mètres mais elle n'avait pas le choix. Il ne restait qu'à trouver un endroit où attacher la couverture. Elle en chercha un. En vain. Désespérée, elle s'assit par terre sous la fenêtre.

C'est alors qu'elle entendit le chariot. Toute à son abattement, elle n'y prêta aucune attention jusqu'à ce qu'elle se rendît compte qu'il roulait dans la ruelle et allait passer sous la fenêtre. D'un bond, elle se redressa et se pencha au-dehors.

Le chariot de foin était pratiquement sous elle. Le cocher, visiblement ivre, injuriait ses deux chevaux avant d'avaler une longue rasade de gin. En tout cas, celui-là n'entendrait pas grand-chose.

Plus une seconde à perdre. Sans prendre la peine de réfléchir davantage, elle enjamba le rebord de la fenêtre et sauta dans le vide.

14

C'était de la folie. Cette pensée se répercuta dans l'esprit de Roslynn tandis qu'elle tombait, tombait... Ses pieds s'agitaient devant ses yeux, ses mains s'accrochaient machinalement au vide, sachant qu'elle allait bientôt s'écraser. Elle maudit Geordie tout en éprouvant une certaine satisfaction : il n'allait pas tarder à découvrir qu'elle avait préféré mourir plutôt que de l'épouser. Cette satisfaction avait un goût amer car cette crapule serait sûrement capable de produire un certificat de mariage pour faire main basse sur sa fortune.

Elle atterrit sur le dos dans un choc si effroyable, si violent qu'elle s'évanouit. Cela ne dura pas. Une vive secousse lui fit reprendre ses esprits deux secondes plus tard : le chariot venait de passer dans une ornière. Elle gémit en se disant qu'elle devait sûrement avoir une douzaine d'os brisés. Mais le cahot suivant ne lui procura qu'une faible gêne. Incroyable. Avoir commis un acte aussi stupide et s'en tirer sans une égratignure ! Elle devait être bénie par les dieux, mais les fous le sont, généralement. Elle aurait pu se briser le cou...

Par bonheur, le cocher ivre ne s'était pas rendu compte qu'il transportait à présent un passager clandestin. Il avait dû prendre l'impact de sa chute pour une ornière particulièrement défoncée.

Elle était presque recouverte de foin de la tête aux pieds mais, après un regard vers la fenêtre qu'elle venait de quitter, elle améliora rapidement son camouflage. Et bien lui en prit : Roslynn réalisa soudain avec horreur qu'elle ne portait que sa fine chemise de nuit en coton et qu'elle était pieds nus.

Au moins, cette chemise de nuit n'était pas un des délicats déshabillés de dentelle qu'on avait rajoutés à son trousseau. Celle-ci la couvrait des chevilles au cou, avec de longues manches bouffantes fermées aux poignets. Si elle trouvait quelque chose pour lui servir de ceinture, elle pourrait passer, au premier coup d'œil, pour une robe très simple.

Malheureusement, Roslynn n'eut guère le temps de songer à cela ou au moyen de rentrer chez elle. Le chariot pénétra dans une écurie. Elle eut juste le temps de bondir à terre et de se cacher dans une stalle vide avant que le cocher ne vînt décharger le foin. Un autre homme, grand et fort, le rejoignit, le grondant avec bonhomie pour son retard. Tandis qu'ils rangeaient le foin, Roslynn réfléchit.

Après tout, cet endroit n'était pas plus mauvais qu'un autre. En fait, il était même idéal. Si elle pouvait louer une monture, elle arriverait à la maison bien vite et sans autre incident. Le problème était que la seule chose de valeur en sa possession était le crucifix de sa mère qu'elle ne quittait pratiquement jamais et dont elle ne voulait à aucun prix se séparer. Mais, là encore, elle n'avait guère le choix. Il était impensable de rentrer à pied.

D'après ce qu'elle avait vu, cette partie de la ville n'était pas des plus recommandables. S'y promener à moitié nue risquait de lui valoir quelques désagréments. Non, elle n'avait pas le choix : il lui fallait louer un cheval.

De plus, elle ignorait si Geordie avait déjà découvert sa disparition. Dans ce cas, il devait probablement être à sa recherche. Cette pensée rendit Roslynn très nerveuse mais elle attendit néanmoins le départ du cocher ivre. L'autre homme semblait honnête, et mieux valait éviter que trop de gens la voient ainsi vêtue. Elle imaginait déjà le scandale. *Lady Chadwick se promène la nuit dans les bas-fonds en petite tenue.* Impossible après cela d'espérer un mariage décent !

Ce fut au prix d'un terrible effort sur elle-même qu'elle se montra. Elle était mortifiée à l'idée qu'un homme, quel qu'il fût, allait la voir en chemise de nuit. Et sa gêne ne diminua nullement quand l'inconnu, l'apercevant enfin, en eut les yeux qui lui sortirent de la tête. Debout, un pied nu essayant de cacher la nudité de l'autre, les bras noués sur sa poitrine — sinon elle se *sentait* nue —, sa chevelure rousse couverte de brins de paille, elle présentait un surprenant tableau, un tableau splendide, en fait, même si elle ne s'en doutait pas le moins du monde.

L'homme, en tout cas, en resta bouche bée, pétrifié d'admiration. D'âge moyen, les cheveux grisonnants, il possédait des mâchoires impressionnantes. Roslynn bafouilla sa demande si vite qu'elle douta que l'autre l'eût comprise. Et, en fait, il ne répondit pas immédiatement. Puis il gloussa, remonta son pantalon et s'avança vers elle.

— Un ch'val, hein ? Z'auriez dû l'dire tout d'suite, mam'selle. Et moi qui pensais que c'bon vieux Zeke m'avait envoyé un joli cadeau d'anniversaire. Un ch'val ? (Il gloussa encore, secouant la tête.) On peut pas en vouloir à un gars pour les idées qu'y s'fait.

Roslynn était rouge comme une pivoine.

— Vous pouvez m'en louer un ?

— Y m'en reste deux. Deux vieilles carnes, mais c'est les bonnes bêtes qui partent toujours les premières.

Elle lui tendit son crucifix.

— Vous voudrez bien accepter ceci ? Il vaut sûrement le prix de ces deux carnes plus quelques autres. Mais je voudrais le récupérer. J'enverrai quelqu'un vous rendre le cheval et vous payer à votre juste prix.

Il retourna la croix d'or sertie de pierres

précieuses entre ses mains et eut même l'audace de la mordre avant d'acquiescer.

— Ça ira.

— Vous n'auriez pas une paire de chaussures que je pourrais vous emprunter aussi ?

Il baissa les yeux vers ses pieds nus et gloussa de plus belle.

— Ça non, mam'selle. Mes enfants ont grandi maint'nant, y vivent plus ici.

— Et un manteau ? Ou quelque chose pour me couvrir ?

— Ah ça, j'y peux quelque chose. Ouais, et ça vaudrait mieux. Vous allez provoquer une émeute si vous sortez comme ça dans les rues.

Roslynn était trop soulagée pour prendre ombrage de son rire tandis qu'il allait lui chercher le vêtement.

15

Il faisait nuit noire quand Roslynn arriva enfin à South Audley Street. La balade à cheval d'une demi-heure avait en fait duré trois fois plus longtemps. Mais c'était aussi bien. A cette heure, il n'y avait plus grand monde pour l'apercevoir et la reconnaître. D'autant que la capuche du manteau la dissimulait complètement.

Bon sang, cette journée était interminable et elle était loin d'être finie. Il était hors de question de rester chez Frances une heure de plus. Elle devait se marier le plus vite possible. L'intervention de Geordie avait tout changé. Elle s'attendait même à le trouver sur le seuil de sa porte !

Mais la chance demeura de son côté car elle rentra sans encombre. Mieux encore, Frances n'était pas là. Son amie n'aurait sûrement pas approuvé la décision qu'elle venait de prendre. Or Roslynn n'avait pas de temps à perdre à essayer de la convaincre.

Mais il restait Nettie. Après avoir envoyé un laquais à l'écurie avec le cheval et de l'argent pour récupérer le crucifix, la jeune femme se précipita dans les escaliers. Nettie se trouvait dans sa chambre, arpentant anxieusement la pièce.

Mais dès qu'elle la vit, son visage s'éclaira.

— Ooh, ma ch'tiote, si tu m'as point donné la plus grande frousse de ma vie ! (Son ton changea soudainement.) Mais où diable étais-tu passée ? J'croyais b'en qu'ton cousin t'avait mis le grappin d'ssus.

Roslynn faillit sourire mais elle n'avait pas une seconde à perdre. Elle se rua vers la penderie en lançant par-dessus son épaule :

— Et c'est bien ce qui s'est passé, Nettie. Maintenant, aide-moi à m'habiller, et vite, pendant que je te raconte tout.

Ce qu'elle fit. Son récit terminé, Nettie avait retrouvé son angoisse.

— Oh, ma pauv' ch'tiote, tu peux point rester ici p'us longtemps.

— Je sais, répondit Roslynn. Je pars, nous partons cette nuit... mais pas ensemble.

— Mais...

— Ecoute, l'interrompit la jeune femme avec

132

impatience. J'ai eu largement le temps de réfléchir. Maintenant, Geordie est vraiment prêt à
tout. Et il pourrait bien blesser ou même tuer
quelqu'un pour m'avoir. J'ai mis si longtemps
à revenir que je pensais le trouver ici à m'attendre. Mais il a dû se dire que je ne pouvais
pas rentrer sans argent ni vêtements.

— Tu crois qu'y t'cherche près de chez lui ?

— Oui. Ou alors il a déjà un autre plan. Il
est aussi fort probable qu'il a posté quelqu'un
ici pour surveiller la maison. J'espère qu'il n'a
envoyé qu'un seul homme. Si nous partons
ensemble mais dans des directions opposées, il
ne saura qui suivre.

— Mais où allons-nous ?

Roslynn sourit enfin.

— On retourne à Silverley. Il n'a aucun
moyen de nous retrouver là-bas.

— Comment tu sais ça ?

— C'était bien lui qui a tenté de m'enlever
le jour où on faisait les courses mais, après, il
a complètement perdu ma trace. Il a envoyé
des hommes à ma recherche mais aucun d'eux
n'a pu nous dénicher à Silverley. Tant que
nous éviterons les endroits publics, nous ne
risquons rien.

— C'est y là-bas qu'tu vas t'marier ?

— Oui. J'enverrai chercher le gentleman de
mon choix dès que nous serons à Silverley. Et
je lui ferai ma proposition. Si tout se passe
bien et si Regina le permet, on pourra faire la
cérémonie là-bas.

Nettie haussa les sourcils.

— Alors, t'as donc fait ton choix ?

C'était là le seul infime détail qu'elle n'avait pas tout à fait réglé.

— Pas encore, mais ça ne saurait tarder. Pour le moment, l'important est de ficher le camp d'ici sans laisser la moindre trace derrière nous. J'ai déjà envoyé un serviteur chercher une voiture de louage.

— Et Brutus? demanda Nettie avant de contempler la garde-robe très fournie de sa protégée. Et toutes tes affaires? On n'a point le temps de...

— Il faudra les laisser ici jusqu'au mariage, Nettie. Nous pouvons prendre quelques vêtements et je suis sûre que Regina a une couturière qui pourra nous dépanner en attendant. Tout ce qu'il me reste à faire, c'est de laisser un mot à Frances. Au fait, où est-elle?

Nettie émit un grognement.

— D'abord, elle a pleuré toutes les larmes de son corps en s'apercevant d'ta disparition. Puis, elle a fini par écouter une de ses servantes. La ch'tiote a un frère qui connaît un gars qu'est détective, pour retrouver des disparus sans rien dire à la police...

— La police! s'exclama Roslynn, horrifiée à l'idée que le scandale n'éclatât au grand jour. Mon Dieu, elle n'a pas signalé ma disparition, j'espère?

Nettie secoua la tête.

— Elle a b'en failli mais elle a compris qu'on pourrait point garder l'secret. Elle voulait point t'faire perdre tes dernières chances de trouver un mari décent. Alors elle a écouté cette fille et elle a insisté pour aller voir le gars elle-même. Elle y est encore.

— Pauvre Frances ! murmura Roslynn. Bon, va te chercher quelques affaires pendant que j'en fais autant, et retrouve-moi en bas. Il faut qu'on parte exactement au même moment, tu comprends ? Tu iras vers le nord jusqu'à ce que tu sois certaine de ne pas être suivie. Alors seulement change de route et dirige-toi vers le Hampshire. J'irai vers le sud, quant à moi. Ne t'inquiète pas si je suis un peu en retard par rapport à toi. J'ai l'intention d'aller le plus loin possible vers le sud, juste pour être sûre. Je ne veux à aucun prix retomber entre les mains de Geordie. Il ne se laissera pas tromper aussi facilement la prochaine fois…

16

Une éternité s'écoula avant que la grande porte d'entrée s'ouvrît enfin sous les coups répétés de Roslynn. Et celle-ci continua même à cogner quand le battant bougea. Elle avait les nerfs à fleur de peau. Même son ombre lui faisait peur lorsqu'elle jetait un coup d'œil derrière elle. Sa voiture et le cocher étaient toujours là. Mais le vieil homme ne lui serait pas d'un grand secours si Geordie et ses sbires se montraient.

Elle n'aurait pas dû se trouver là. Elle avait promis à Nettie de quitter Londres sur-le-champ alors qu'elle était venue tout droit ici, sans même s'assurer qu'on ne la suivait pas.

Voilà pourquoi son cœur cognait plus fort que son poing sur cette porte.

Quand enfin on lui ouvrit, elle se glissa à l'intérieur avec une telle véhémence qu'elle faillit expédier le vénérable maître d'hôtel au tapis. Elle referma la porte elle-même, s'y adossa avant de regarder le bonhomme qui la contemplait avec consternation.

Il se reprit le premier, rajustant sa veste, s'entourant de toute sa dignité.

— Vraiment, Miss...

Elle s'avança machinalement dans le hall, ce qui ne diminua guère la mauvaise impression qu'il avait déjà d'elle.

— Excusez-moi, je suis désolée de vous déranger à cette heure mais c'est urgent. Je dois parler à Sir Anthony.

— Hors de question, assura-t-il avec dédain. Sir Anthony ne reçoit pas ce soir.

— Il n'est pas là ?

— Il n'accepte aucune visite, répliqua froidement le maître d'hôtel. J'ai des ordres, Miss. Maintenant, si vous voulez bien être assez bonne...

— Non ! s'exclama-t-elle tandis qu'il posait déjà la main sur la poignée de la porte. Je *dois* le voir !

Il ouvrit la porte.

— Cette règle ne souffre aucune exception, dit-il en lui prenant le bras pour la jeter dehors.

Roslynn lui flanqua un bon coup de sac à main sur le nez.

— Enfin, voyons ! s'exclama le malheureux, outragé.

— Mais vous êtes sourd ou quoi ? fit-elle, les

yeux étincelants. Je ne partirai pas tant que je n'aurai pas vu Anthony. Allez lui dire... dites-lui qu'une dame veut le voir. Et dépêchez-vous, sinon je jure que...

Dobson détala avant qu'elle ne formulât sa menace. Le dos raide, il grimpa les marches, prenant délibérément son temps. Une dame ? Et puis quoi encore ? Jamais au cours de ses nombreuses années de service il n'avait rencontré pareil phénomène. Les ladies n'agressent pas un homme qui accomplit tout simplement son devoir. Qu'arrivait-il à Sir Anthony pour se compromettre avec de telles créatures ?

A l'étage, Dobson envisagea de redescendre immédiatement pour se débarrasser de cette femme. Après tout, Sir Anthony était rentré de fort méchante humeur le soir, car il était en retard à une réunion de famille chez son frère Edward. Lord James et Jeremy y étaient déjà partis. Même si Sir Anthony éprouvait une quelconque inclination pour cette femme, il n'avait pas une seconde à lui consacrer. Il se changeait en ce moment même pour rejoindre au plus vite sa famille. Or la famille passait toujours en premier pour Sir Anthony. Toujours.

Et pourtant... Se mettrait-elle à hurler ou, pire encore, userait-elle à nouveau de violence ? Impensable. Mais il valait peut-être mieux informer Sir Anthony de ce problème.

La réponse à son coup fut sèche. Dobson pénétra avec crainte dans la chambre à coucher. Un seul regard vers Willis, le valet de Sir Anthony, lui apprit que l'humeur de leur maître ne s'était guère améliorée.

Sir Anthony fit volte-face. Dobson avait rarement eu le privilège de le voir ainsi vêtu : il portait uniquement un pantalon et séchait ses cheveux de jais avec une serviette.

— Qu'y a-t-il, Dobson ?

Toujours aussi impatient.

— Une femme, monsieur. Elle s'est littéralement introduite ici, en exigeant de vous parler.

Anthony se détourna.

— Débarrassez-vous d'elle.

— J'ai essayé, monsieur. Elle refuse de partir.

— Qui est-ce ?

Là, Dobson ne put dissimuler son dégoût.

— Elle n'a pas voulu donner son nom mais elle prétend être une lady.

— L'est-elle ?

— J'en doute, monsieur.

Visiblement ennuyé, Anthony jeta sa serviette sur un dossier.

— Bon sang, elle est probablement ici pour James.

— Que monsieur me pardonne, mais elle a bien mentionné votre nom, pas celui de Lord Malory.

Anthony se renfrogna encore un peu plus.

— Alors, utilisez votre cervelle, Dobson. Les seules femmes qui viennent ici sont invitées, n'est-ce pas ?

— Oui, monsieur.

— Et aurais-je envoyé une invitation ce soir alors que j'ai déjà un engagement ?

— Non, monsieur.

— Alors pourquoi me dérangez-vous avec cette histoire ?

Dobson avait de plus en plus de mal à supporter le col de sa jaquette.

— Pour avoir votre permission de la chasser de force, si besoin est, monsieur. Elle ne partira pas de son plein gré.

— Ne vous gênez pas pour moi, rétorqua Anthony. Et prenez même un laquais avec vous si vous pensez ne pas être de taille. Mais débarrassez-vous d'elle avant que je ne descende.

Les joues de Dobson le brûlaient.

— Merci, monsieur. Je me ferai aider. Je n'ai guère envie d'affronter cette Ecossaise tout seul.

— Quoi? demanda Anthony avec une telle force que le visage de Dobson perdit soudain toutes ses couleurs.

— Je... je...

— Elle est écossaise?

— Euh... c'est-à-dire qu'elle a un léger acc...

— Bon sang, mon vieux, pourquoi ne le disiez-vous pas? Faites-la vite monter.

— La faire mon... monter? (Dobson déglutit en regardant la chambre autour de lui.) *Ici*, monsieur?

— *Dépêchez-vous*, Dobson!

17

Anthony n'y croyait pas. Même quand elle franchit la porte de sa chambre, gratifiant au passage Dobson d'un coup d'œil assassin, il n'y crut toujours pas. Dobson et Willis s'esquivèrent promptement.

— C'est un goujat que vous avez pour maître d'hôtel, Sir Anthony.

Il se contenta de sourire. Elle était là, debout devant lui, les bras croisés sur la poitrine.

— Quand je vous ai donné mon adresse, mon cœur, c'était pour que vous puissiez m'envoyer un message en cas de besoin, pas pour que vous fassiez le siège de ma porte au milieu de la nuit. Vous rendez-vous compte de ce qu'on pourrait dire ? Cette demeure est celle d'un farouche célibataire. Et, en ce moment, mon frère et mon neveu habitent ici avec moi...

— Eh bien, je ne suis donc pas seule avec vous.

— Désolé de vous décevoir, ma chère, mais ils sont sortis pour la soirée. Comme vous le voyez, je me préparais à partir moi aussi. C'est la raison pour laquelle Dobson rechignait à vous faire entrer.

Ce qu'elle voyait, au contraire, c'est qu'il semblait prêt à se coucher. Il portait une robe de chambre de satin bleu sur son pantalon, et rien d'autre. Il finissait de nouer sa ceinture mais elle avait eu le temps d'apercevoir fugitivement sa poitrine nue et la toison noire qui la recouvrait. Ses cheveux étaient humides, peignés en arrière avec quelques mèches qui s'échappaient vers les tempes. Il ne lui avait jamais paru aussi attirant.

Soudain, tandis qu'elle détournait les yeux et apercevait le lit, un nouvel élément la frappa : il la recevait dans sa *chambre à coucher* ! Bon sang !

— Vous saviez que c'était moi... non, vous

140

ne pouviez pas le savoir. Vous recevez toujours les gens ici?

Anthony éclata de rire.

— Seulement quand je suis pressé, ma chère.

Elle fronça les sourcils, nullement amusée, mais se força à retrouver son calme. Elle dut à nouveau éviter de le regarder.

— Je ne vous retiendrai pas longtemps, Sir Anthony. Je n'ai guère de temps à perdre moi-même. Quelque chose est arrivé... qu'il est inutile de vous expliquer. Disons simplement que je n'ai plus le choix. Il faut que vous me donniez un nom et il me le faut tout de suite.

La bonne humeur d'Anthony s'envola. Il avait peur de comprendre exactement ce qu'elle voulait dire et cela lui nouait le ventre d'une façon fort désagréable.

— Bon sang, qu'est-ce qui s'est passé?

Sa dureté soudaine la fit tressaillir.

— Je vous l'ai dit, je ne désire pas vous ennuyer avec cela.

— Vous ne m'ennuyez pas.

— Ce n'est pas votre affaire, insista-t-elle.

— Si vous voulez un nom, ma chère, cela devient mon affaire.

— C'est... c'est... Oh, vous êtes insupportable!

Cette brusque colère adoucit Anthony. Dieu, qu'elle était belle quand ses yeux étincelaient! Soudain, il songea qu'elle se trouvait chez lui, dans sa maison, dans sa chambre à coucher, là où il l'avait imaginée déjà des dizaines de fois sans trouver un moyen de l'y attirer.

Un sourire apparut sur les lèvres d'Anthony.

«Tu es venue dans ma tanière, mon cœur, pensa-t-il. Tu es à moi, maintenant. »

— Un verre ? offrit-il.

Elle ne répondit pas et il prit cela pour un acquiescement. Il lui tendit un verre de cognac dont elle avala une solide rasade.

— Eh bien ? reprit-il alors qu'elle continuait à le contempler avec fureur.

— C'est à cause de mon grand-père et de la promesse que je lui ai faite de me marier aussi vite que possible.

— Je sais cela, fit Anthony avec calme. Maintenant, dites-moi pourquoi il tenait tant à cette promesse.

— Très bien ! aboya-t-elle. J'ai un cousin qui cherche à m'épouser par n'importe quel moyen.

— Et alors ?

— Je n'ai pas dit qu'il désire mais qu'il cherche à le faire, que cela me plaise ou non. Vous comprenez maintenant ? Si Geordie Cameron me met la main dessus, il me forcera à l'épouser.

— Dois-je en conclure que vous n'y tenez guère ?

— Ne soyez pas idiot, s'impatienta-t-elle. Pourquoi voudrais-je épouser un parfait inconnu sans ça ?

— Oui, bien sûr.

Roslynn, surprenant son sourire, fronça les sourcils.

— Vous trouvez ça drôle ?

— Ce que je trouve, mon cœur, c'est que vous prenez cette histoire trop au sérieux. Tout ce qu'il faut, c'est demander à quelqu'un de persuader votre cousin qu'il vaudrait mieux pour lui et pour sa santé qu'il se cherche une autre épouse.

— Quelqu'un comme vous, par exemple?

Il haussa les épaules.

— Pourquoi pas? Cela ne me dérangerait pas de vous rendre ce petit service.

Elle faillit le gifler. Au lieu de cela, elle termina son cognac.

— Laissez-moi vous dire une chose, Anthony Malory. Vous ne connaissez pas Geordie. Mettre la main sur la fortune de mon grand-père est une véritable obsession pour lui. Il est prêt à tout. Même à arranger un petit accident après m'avoir épousée, ou bien à m'enfermer quelque part en prétendant que je suis devenue folle. Un simple avertissement de votre part ne l'effraiera pas. Rien ne le fera reculer. La seule façon de me protéger efficacement, c'est d'épouser quelqu'un d'autre.

Anthony lui avait repris son verre pour le remplir à nouveau. Elle l'accepta machinalement.

— Très bien, maintenant je sais pourquoi vous devez vous marier sans tarder. Mais pourquoi devez-vous le faire immédiatement? Pourquoi avoir pris le risque de ruiner votre réputation en venant ici au beau milieu de la nuit?

Elle sursauta. Il n'avait vraiment pas besoin de lui rappeler ce dernier point.

— Geordie m'a retrouvée. Il a réussi à me droguer et à me kidnapper dans la maison de Frances.

— Nom d'un chien!

Elle poursuivit comme si elle ne l'avait pas entendu :

— Je me suis réveillée enfermée dans une chambre près des docks. Geordie s'est fait un plaisir de m'expliquer comment il m'y avait amenée. Si je n'avais pas sauté par la fenêtre...

— Bon sang, vous n'êtes pas sérieuse !

Elle arpentait la pièce puis s'arrêta pour le contempler avec un franc mépris.

— Vous ne manquerez pas de voir sur moi quelques brins de paille qui proviennent du chariot de foin dans lequel j'ai atterri. Je n'ai guère eu le temps de me brosser les cheveux convenablement. Je dois avoir l'air d'une... d'une...

Anthony s'esclaffa car elle semblait incapable de finir sa phrase. Roslynn lui tourna le dos et se dirigea droit vers la porte. Il y arriva en même temps qu'elle, passant sa main par-dessus son épaule pour l'empêcher de sortir.

— C'est quelque chose que j'ai dit ? chuchota-t-il avec innocence tout près de son oreille.

Roslynn n'hésita pas à lui flanquer un solide coup de coude. A cette distance, elle ne le manqua pas. Ravie d'entendre son grognement de douleur, elle en profita pour lui échapper et se poster à bonne distance.

— Je crois que vous vous êtes suffisamment amusé à mes dépens, Sir Anthony. J'avais l'intention de ne rester ici qu'un très court instant. J'ai un cocher qui m'attend et un long voyage à faire. Vous-même, vous prétendiez être pressé. Le nom, s'il vous plaît.

144

Il s'adossa à la porte. Quel « long voyage » ?

— Vous quittez Londres ?

— Evidemment. Je ne vais pas rester alors que Geordie m'a retrouvée.

— Comment espérez-vous convaincre un de vos admirateurs de vous épouser si vous n'êtes plus là pour qu'il vous fasse sa cour ?

— Par tous les diables ! Comme si j'avais le temps pour ça, dit-elle, exaspérée par ses questions interminables. Je ferai la demande moi-même, si vous voulez bien me donner un nom !

A l'évidence, elle était à bout. Il valait mieux changer de tactique, se dit Anthony, mais il ne voyait pas laquelle adopter. Il ne lui aurait pas donné de nom même s'il en avait eu un à lui recommander, ce qui n'était pas le cas. Mais s'il le révélait, elle partirait sur-le-champ pour Dieu savait quelle destination.

Il vint jusqu'à elle, désignant une immense chaise capitonnée près de la cheminée.

— Asseyez-vous, Roslynn.

— Anthony... commença-t-elle d'un ton menaçant.

— Ce n'est pas aussi simple.

Elle le scruta, soupçonneuse.

— Vous avez largement eu le temps de faire la part des choses entre la vérité et les ragots, comme vous me l'aviez promis.

Il n'avait rien fait du tout. Mais pas question de le lui avouer.

— J'avais demandé une semaine, si vous vous souvenez.

— Alors, vous n'avez...

— Au contraire, la coupa-t-il vivement.

Mais vous n'allez pas apprécier ce que j'ai trouvé.

Elle gémit, ignorant le siège offert, et se remit à arpenter la pièce.

— Dites-moi.

L'esprit d'Anthony se mit à fonctionner à toute vitesse tandis qu'il cherchait quelles horreurs il pourrait débiter sur ses prétendants. Il commença par le seul bout de vérité qu'il connaissait, espérant que l'inspiration viendrait en parlant :

— Ce duel dont je vous ai déjà parlé, celui auquel David Fleming a refusé de prendre part. Cela ne lui a pas simplement valu une réputation de froussard mais aussi... ah, le malheureux...

— Oh, dites-le ! J'imagine que c'était à cause d'une femme ? Cela ne serait guère surprenant.

— La dispute n'était pas au sujet d'une femme, ma chère, mais à propos d'un autre homme. Et il s'agissait bien d'une querelle amoureuse...

Il prit avantage de son désarroi pour remplir à nouveau son verre de cognac.

— Vous voulez dire...

— J'en ai bien peur.

— Mais il semblait si... si... Oh, peu importe. Il ne peut vraiment pas convenir.

— Il faudra barrer Dunstanton aussi, poursuivit Anthony. (Puisqu'elle quittait Londres, elle ne pourrait vérifier qu'il s'agissait d'une pure invention.) Il vient d'annoncer ses fiançailles.

— Je ne le crois pas ! s'étrangla-t-elle. Au début de la semaine, il m'a invitée au théâtre.

Bien sûr, il a annulé mais… oh, très bien. Je voulais que cette liste soit réduite. Qu'il en soit donc ainsi. Et Savage?

Le nom inspira Anthony.

— Lui non plus ne peut convenir, ma chère. Sa jeunesse dissolue l'a sans doute incité à prendre son nom trop à cœur. C'est un sadique.

— Oh, voyons…

— C'est vrai. Il adore blesser tout ce qui est plus faible que lui : les animaux, les femmes. Ses serviteurs sont terrifiés…

— Assez! Inutile de me donner les détails. Ce qui me laisse encore Lord Warton, dont même votre nièce dit le plus grand bien… et Sir Artemus.

Ce fut au tour d'Anthony de se mettre à arpenter la pièce car, en ce qui concernait Warton, il ne trouvait absolument rien. La passion de Shadwell pour le jeu pouvait être démesurément grossie, mais comment jeter le discrédit sur Warton? En fait, ce type ferait le mari idéal. Heureusement pour Anthony, cette idée le troubla tellement qu'il trouva les arguments décisifs.

Il se retourna vers Roslynn, mimant le regret à la perfection.

— Vous pouvez tout aussi bien oublier Justin Warton. Son intérêt à votre égard n'était qu'une comédie pour rassurer sa mère.

— Que diable cela veut-il dire?

— Il est amoureux de sa sœur.

— *Quoi?*

— Oh, c'est un secret bien gardé, assura Anthony. Reggie n'en sait rien car Montieth ne veut pas la peiner. Après tout, elle est très amie avec les Warton. Et il ne m'en aurait jamais parlé si je n'avais pas mentionné votre intérêt subit pour cet homme. Mais il les a surpris un jour dans les bois dans une situation fort embarrassante et...

— Assez! (Roslynn termina son troisième verre de cognac.) Vous avez fait exactement ce que je vous avais demandé et je vous en remercie. Sir Artemus était le premier que j'avais sélectionné, il semble donc juste que finalement je fixe mon choix sur lui.

— Il est ruiné, ma chère.

Elle sourit.

— Pas de problème. J'ai assez d'argent pour le renflouer.

— Je crois que vous ne comprenez pas, Roslynn. Ces dernières années, son amour pour le jeu est devenu une véritable maladie. Il était, il n'y a pas si longtemps, l'un des hommes les plus fortunés d'Angleterre. A présent, il n'a plus rien. Il a dû vendre tous ses domaines sauf un, dans le Kent... qui est hypothéqué.

— Comment pouvez-vous savoir une chose pareille?

— Mon frère Edward s'est occupé de toutes ses ventes.

Elle fronçait les sourcils mais insista encore:

— Cela ne me dérange pas. En fait, je suis au moins sûre qu'il ne refusera pas ma proposition.

— Oh, il sautera dessus avec joie. Et, dans moins d'un an, vous serez aussi ruinée que lui.

— Vous oubliez que je garderai le contrôle de ma fortune, Anthony.

— Exact, mais *vous* oubliez le simple fait qu'un homme peut jouer à crédit, ce qui est pratiquement impossible à contrôler. Et ses créanciers n'hésiteront pas à venir trouver son épouse pour être payés ni même à vous poursuivre devant un tribunal. Et les tribunaux, ma chère, ne tiendront aucun compte de votre contrat de mariage quand il sera prouvé que vous avez épousé Shadwell en connaissant très précisément son penchant pour le jeu et l'état de sa fortune. Vous serez forcée d'honorer ses dettes, que vous le vouliez ou non.

Roslynn pâlit, ouvrant de grands yeux incrédules. N'ayant aucune connaissance en droit, elle était bien obligée de croire Anthony sur parole.

— Ils semblaient tous si parfaits, dit-elle d'un ton lointain, incroyablement triste, avant de lever ses grands yeux noisette vers Anthony.

Son expression misérable déchira le cœur du jeune homme. Il en était responsable avec ses demi-vérités et ses affabulations. Il chamboulait sa vie dans un but parfaitement égoïste. Pourtant, il refusait de la pousser vers un autre homme. Il en était tout simplement incapable. L'idée qu'un autre pût la toucher le rendait fou.

Non, il ne regrettait pas d'avoir agi comme il venait de le faire. Mais il ne supportait pas non plus sa tristesse.

Dans un effort pour ranimer sa gaieté, il proposa d'un ton léger :

— Fleming pourrait vous épouser, vous savez, au moins pour sauver les apparences. Pour vos desseins, il est presque idéal. Et j'aurais ainsi la certitude de vous avoir toute à moi.

— Alors que ça le dégoûterait de me toucher ? Sûrement pas. Si je dois me marier, je veux avoir des enfants.

— Aucun problème, ma chère. Je suis tout à fait disposé à vous apporter toute mon aide sur ce plan-là.

Mais elle ne l'écoutait plus. Elle paraissait soudain très loin de lui.

— Je pourrais rentrer chez moi et épouser un petit fermier. Quelle importance ? La seule chose qui compte, c'est que je me marie le plus vite possible, peu importe avec qui.

Anthony tressaillit. Tous ses efforts n'allaient donc servir à rien !

— Attendez, vous ne pouvez…

Elle était toujours perdue dans ses pensées.

— C'est ce que j'aurais dû faire dès le départ. Au moins, je saurais à quoi m'en tenir.

Il la prit par les épaules, la forçant à l'écouter.

— Ça suffit comme ça. Je ne vais pas vous laisser vous jeter dans les bras d'un quelconque fermier !

Et avant même qu'il se rendît compte de ce qu'il disait, les mots franchirent ses lèvres :

— Vous allez m'épouser !

18

Quand le fou rire de Roslynn cessa, elle se dit, avec un peu de retard, que sa réaction ne pouvait constituer qu'une grossière insulte envers Anthony. Aveuglée par ses larmes de rire, elle ne l'avait pas vu s'éloigner. Elle le retrouva assis sur le lit, nonchalamment appuyé sur un coude.

Il ne *semblait* nullement insulté. Il paraissait plutôt sidéré. Eh bien, au moins n'avait-elle pas provoqué sa colère. Mais c'était si ridicule. L'épouser ! Epouser le débauché le plus célèbre de Londres ! Quelle blague !

Mais ce fou rire lui avait fait du bien. Elle s'approcha du lit.

— C'est un talent rare que vous possédez, Anthony, de semer la bonne humeur autour de vous. Personne ne peut vous accuser de manquer de charme. Mais il est évident que les demandes en mariage ne sont pas votre fort. Je crois qu'en général on exprime une requête et non une exigence. Vous devrez vous en souvenir la prochaine fois que vous aurez envie de pousser votre sens de l'humour jusqu'à l'absurde.

Il ne répondit pas tout de suite mais ses yeux se levèrent pour croiser les siens. Soudain, son regard la mit très mal à l'aise.

— Tout à fait exact, ma chère. J'ai bien peur d'avoir perdu la tête. Mais je fais rarement ce qu'on attend de moi.

Elle tira sur sa pelisse d'hermine dans un geste de nervosité.

— Eh bien... je crois que j'ai suffisamment abusé de votre temps.

Il s'assit, les mains sur les genoux.

— Ne partez pas encore. Vous ne m'avez pas donné votre réponse.

— Ma réponse à quoi ?

— Voulez-vous m'épouser ?

Même posée ainsi, elle trouvait cette question parfaitement absurde.

— Mais vous plaisantiez ! fit-elle, incrédule.

— J'ai bien peur que non, mon cœur. Même si cela constitue une surprise aussi grande pour moi que pour vous, je suis tout à fait sérieux.

Roslynn pinça les lèvres. Ce n'était pas drôle du tout.

— C'est hors de question. Je ne vous épouserai pas, pas plus que je n'épouserai Geordie.

— Corrigez-moi si je me trompe, ma chère. Vous n'avez pas d'autre offre pour l'instant, n'est-ce pas ? Et je me rappelle vous avoir entendue dire que peu importait le mari, du moment que vous en trouviez un.

Elle lui lança un regard noir.

— C'est exact, mais il se trouve que vous êtes l'exception.

— Pourquoi ?

— Disons simplement que vous feriez un abominable mari.

Elle fut surprise de le voir acquiescer.

— C'est ce que j'ai toujours pensé. Sinon, pourquoi aurais-je évité le mariage avec une telle constance ?

— Ah, vous voyez bien !

Il sourit.

— Je ne vois rien du tout. J'évoquais simplement une possibilité. Mais regardons l'autre face de la pièce, voulez-vous ? Je pourrais remplir parfaitement mon rôle d'époux. Montieth l'a bien fait, et j'étais le premier à dire qu'il n'en serait pas capable.

— Il se trouve qu'il aime sa femme, lui, remarqua-t-elle sèchement.

— Bon sang, vous n'espérez tout de même pas m'entendre dire que je vous aime ? C'est un peu tôt...

— Certainement pas ! le coupa Roslynn avec raideur, les joues enflammées.

— Mais nous savons tous les deux que je vous désire, n'est-ce pas ? Et nous savons aussi que vous...

— Sir Anthony, je vous en prie ! Rien de ce que vous direz ne me fera changer d'avis. Jamais je n'épouserai un débauché. Et vous admettez que vous en êtes un. Les hommes de votre espèce ne changent jamais.

— C'est sans doute à Lady Grenfell que je dois cette inflexibilité ?

Abasourdie, elle ne se demanda même pas comment il était parvenu à cette juste conclusion.

— Oui, Frances sait exactement ce qui arrive quand on donne son cœur à un débauché. Son amant s'est tout simplement évaporé au moment où elle avait le plus besoin de lui, la forçant à prendre pour mari le premier qui voulait bien d'elle dans son état. Elle a donc épousé un vieil homme répugnant.

— Il est temps que vous appreniez toute

l'histoire, Roslynn. George Amherst a juste paniqué quand il a appris qu'il allait devenir père. Il s'est absenté deux semaines pour se faire à l'idée qu'il allait perdre son célibat et, quand il a retrouvé ses esprits, Frances avait déjà épousé Grenfell. Elle ne lui a jamais permis de voir son fils… pas même une fois. Elle a refusé de le voir après la mort de Grenfell. Cette histoire a été aussi terrible pour lui que pour elle, croyez-moi. Et pour tout dire, George l'épouserait sur-le-champ si elle voulait de lui aujourd'hui.

Roslynn se laissa tomber sur la chaise près de la cheminée et fixa le foyer éteint. Pourquoi fallait-il qu'il connût George Amherst? Pourquoi lui avait-il dit cela? Frances épouserait probablement Amherst dans la minute si elle parvenait à lui pardonner une réaction somme toute assez naturelle.

Par l'enfer, comme ce serait merveilleux d'épouser Anthony Malory… *S'il* l'aimait, *s'il* était fidèle, *si* elle pouvait lui faire confiance. Mais rien de cela n'était vrai. Nicholas Eden aimait peut-être Regina, son grand-père avait peut-être aimé sa grand-mère, il était possible que George Amherst aimât encore Frances, mais Anthony avait admis qu'il ne l'aimait pas. Et, malheureusement, il lui serait beaucoup trop facile de tomber amoureuse de cet homme. Dans le cas contraire, elle aurait accepté son offre. Mais elle n'était pas assez idiote pour s'offrir à la douleur et à la peine qu'Anthony lui occasionnerait.

Elle sursauta en sentant qu'on lui enlevait son chapeau. Elle le vit voler et atterrir non loin d'elle. Elle se retourna pour trouver Anthony appuyé sur le dossier de sa chaise.

Elle s'éclaircit la gorge.

— Je suis désolée, mais ce que vous avez dit à propos de Frances et de George ne change rien.

— Je m'en doutais, répliqua-t-il en secouant la tête avec un sourire qui ne fit qu'accroître la gêne de Roslynn. Vous êtes une tête de mule d'Ecossaise, Lady Chadwick, mais c'est une des choses que j'apprécie chez vous. Je vous offre ce dont vous avez désespérément besoin et vous refusez pour une raison ridicule. Je pourrais me révéler le plus exemplaire des maris, vous savez, si vous m'accordiez l'occasion de le prouver.

— Je ne suis pas une joueuse, Anthony. Je ne veux pas risquer le reste de ma vie sur un « peut-être », alors que tout indique que cela ne marchera pas.

Il se pencha pour poser son menton sur ses mains croisées.

— Vous rendez-vous compte que si je vous garde ici toute la nuit, vous serez compromise ? Je n'aurai même pas à vous toucher, ma chère. Les circonstances parleront d'elles-mêmes. C'est pour cette raison que Reggie a dû se marier alors que sa première rencontre avec Montieth était parfaitement innocente.

— Vous n'oseriez pas !

— Je crois bien que oui.

Roslynn bondit, le toisant avec fureur.

— C'est... c'est... ça ne marcherait pas, de toute façon ! Je retourne chez moi, en Ecosse. Je me fiche pas mal que ma réputation soit ruinée ici ! J'aurai encore ma... (Elle fut incapable de prononcer le mot.) Mon mari saura bien faire la différence et c'est tout ce qui importe.

— Vraiment? demanda-t-il avec une étincelle diabolique dans ses yeux cobalt. Alors, vous ne me laissez guère le choix, mon cœur. Il va falloir vous compromettre pour de bon, et pas seulement en apparence.

— Anthony!

Son gémissement le fit sourire.

— Je doute fort, d'ailleurs, que je me serais satisfait des apparences. Et comme vous ne cessez de le répéter, je suis trop débauché pour ne pas profiter de votre présence dans ma chambre.

Elle commença à battre en retraite vers la porte. Il la suivit sans se presser.

— Je... je suis d'accord pour les apparences.

Il secoua la tête.

— Ma pauvre, puisque tout le monde va s'imaginer que vous avez partagé mon lit, pourquoi vous priver de ce plaisir?

Roslynn dut combattre le délicieux frisson que ces mots provoquèrent en elle. Elle savait qu'il ne faisait que jouer, et c'était cette insouciance qui l'empêchait d'être vraiment angoissée. Par contre, plus il s'approchait d'elle et plus elle était troublée...

Elle savait ce qui se passerait s'il l'embrassait. C'était déjà arrivé.

— Je ne veux pas...

— Je sais, dit-il doucement en la prenant par les épaules et en l'attirant contre lui. Mais vous le ferez, mon cœur, je peux vous le promettre.

156

Il avait raison, bien sûr. Il sentait ce qu'elle désirait, au plus profond d'elle-même, ce qu'elle refusait d'admettre. Elle pouvait s'acharner à le combattre, mais ce désir ne disparaîtrait jamais. Il était l'homme le plus attirant, le plus fascinant qu'elle eût rencontré et elle l'avait désiré dès le premier instant. De tels sentiments n'avaient rien à voir avec la logique ou la raison. C'était la soif du cœur et du corps. Au diable le bon sens...

Roslynn se laissa aller tandis qu'il l'enlaçait tendrement. C'était comme de rentrer chez soi. Elle avait si souvent imaginé qu'il la tenait ainsi. La chaleur de son corps, la force de ses bras... Et pourtant c'était tout nouveau encore, toujours plus merveilleux.

Il l'embrassa enfin, si doucement, avec une telle délicatesse qu'elle le sentit à peine. Elle comprit alors qu'il lui donnait sa dernière chance : elle pouvait encore l'arrêter maintenant ; après il serait trop tard. Il possédait assez d'expérience et d'habileté pour vaincre toutes ses résistances, tous deux le savaient. Cette attention réchauffa le cœur de Roslynn qui ne l'en désira que davantage.

Alors, pour montrer son acceptation, elle noua les bras autour de son cou. Anthony faillit en perdre la tête. Il se jeta contre elle mais se reprit immédiatement. Roslynn ne lui en voulut pas de cette brève violence. Au contraire, elle faisait partie de la magie de l'instant. Avec une douceur infinie, il baisa ses lèvres.

Il la garda longtemps dans ses bras, l'embrassant, éveillant mille sensations délicieuses. Puis il s'occupa des boutons de sa robe. Elle l'observa tandis qu'il la déshabillait lentement. Elle était incapable de bouger et, d'ailleurs, ne le voulait pas. Ses yeux, d'un bleu soudain plus sombre, plongeaient en elle comme pour atteindre son âme. Elle sentit sa robe glisser sur ses hanches puis s'effondrer doucement à ses pieds. Elle ne bougea pas. Et elle ne bougea pas non plus quand ses sous-vêtements suivirent le même chemin.

Il ne la toucha pas tout de suite, sinon avec les yeux. Sur ses lèvres apparut ce sourire sensuel qui avait le pouvoir de l'envoûter. Elle tituba. Alors il posa les mains sur ses hanches pour lui permettre de garder l'équilibre. Avec une exquise douceur, il savoura sa peau nue, sa taille fine pour finalement s'arrêter sous ses seins. Il n'en fit pas davantage mais, déjà, ses mamelons étaient dressés, son cœur battait à tout rompre et une chaleur insoutenable l'habitait.

Le sourire d'Anthony s'élargit. On aurait dit qu'il triomphait comme s'il était capable de savoir exactement ce qu'elle ressentait. Il avait gagné mais elle s'en moquait. Elle aussi souriait car elle avait également gagné. Elle avait vaincu ses préjugés pour enfin s'autoriser ce qu'elle désirait depuis si longtemps : faire l'amour avec cet homme... Qu'il l'initiât, qu'il fût son premier amant parce qu'elle savait qu'avec lui ce serait beau.

Mais si elle était prête à s'abandonner à son désir, elle avait aussi envie d'y prendre une part active. Elle avait si souvent imaginé cette scène que l'audace lui vint naturellement.

Elle dénoua sa ceinture. Sa robe de chambre s'ouvrit. Elle posa alors ses paumes sur sa peau puis le caressa, le toucha comme elle en avait si souvent rêvé. Ecartant le vêtement de satin sur ses épaules, elle le laissa glisser le long de ses bras. Elle voulait le regarder. Elle voulait se rassasier de sa peau, de ses muscles, des poils bouclés, de ce torse si solide. Magnifique et puissant, bien plus que ce qu'elle avait imaginé.

— Comme vous êtes beau, Anthony...

Il était ensorcelé. La fascination avec laquelle elle l'examinait l'hypnotisait, mais cette phrase prononcée d'une voix rauque lui fit perdre la tête. Il l'attira à lui pour écraser sa bouche contre la sienne et, dans le même mouvement, la souleva pour la porter jusqu'au lit.

Il la déposa gentiment puis s'écarta à nouveau. Ses yeux brillaient tandis qu'il l'admirait, étendue sur le couvre-lit. Elle était si belle, si femme. Splendide. Et elle était là, offerte. Elle était à lui, elle se donnait à lui.

Il avait envie de hurler sa joie. Il se contenta de poser les mains sur son visage avec une infinie tendresse, ses doigts se faufilant vers sa chevelure, vers son cou. Jamais il ne se lasserait de la toucher.

— Tu ne peux pas imaginer ce que tu me fais.

— Je sais ce que toi tu me fais, répondit-elle doucement, l'observant. Est-ce pareil ?

Il émit un son qui tenait à la fois du gémissement et du rire.

— Seigneur, je l'espère !

Il l'embrassa. Sa langue écarta ses lèvres, sa poitrine se posa sur la sienne. Quand elle voulut l'enlacer, il lui saisit les mains et les écarta, nouant ses doigts aux siens. Elle ne pouvait plus bouger mais elle sentait. Et ce qu'elle sentait, c'était cette poitrine se frottant à la sienne, frôlant ses mamelons, déclenchant une série de frissons incontrôlables.

Puis il se pencha pour prendre un sein dans sa bouche, faisant tourner sa langue autour du téton. Il ne lâchait toujours pas ses mains et elle crut devenir folle : elle avait tant besoin de le toucher, de le caresser.

Il s'arrêta, un sourire aux lèvres.

— Tu es un démon, dit-elle.

— Je sais. (Et il lécha son autre sein.) Ça te plaît ?

— Si ça me plaît ? répéta-t-elle comme si elle n'avait jamais rien entendu d'aussi stupide. Ce que j'aimerais, c'est te toucher moi aussi. Tu veux bien ?

— Non.

— Non ?

— Plus tard, tu pourras me toucher autant que tu le voudras. Pour l'instant, je ne pense pas que je pourrais le supporter.

Il la débarrassa très vite de ses bas et de ses chaussures qu'elle portait encore. Le désir le submergeait à présent. Il était incapable de continuer avec la lenteur qu'il avait adoptée jusque-là.

Ce fut la dague tombant de sa chaussure qui lui fit retrouver un semblant de mesure. Il réprima un sourire. Décidément, sa petite Ecossaise était pleine de surprises. La vie avec elle ne serait pas seulement plaisante mais aussi passionnante. Soudain, oubliant toutes ses hésitations, il eut très envie d'être son mari.

Il montra la dague.

— Tu sais vraiment t'en servir ?

— Oui, et je l'ai déjà fait quand un des sbires de Geordie a essayé de m'enlever en pleine rue.

Anthony rangea la dague en souriant.

— Voilà un souci que tu n'auras plus après ce soir, mon cœur.

Roslynn nourrissait quelques doutes là-dessus mais elle les garda pour elle. Rien n'était réglé. Elle ne pouvait l'épouser même si elle en mourait d'envie. Il était un amant et, comme tel, elle l'acceptait. De toute façon, à quoi lui servait sa virginité à présent ? Les événements récents lui prouvaient que son mariage ne serait qu'une pure transaction.

Mais les grandes décisions pouvaient attendre car les mains d'Anthony glissaient sur ses jambes et elle fut soudain incapable de penser à autre chose. Il se pencha pour embrasser le creux de ses hanches, puis sa langue fouilla son nombril. Le feu s'empara d'elle. Elle lui saisit les cheveux, le forçant à remonter, mais il s'arrêta néanmoins en chemin pour payer un délicieux tribut à chacun de ses seins. Elle se tordait sous son contact. Ce n'était pas assez. Elle ignorait ce dont elle avait besoin, mais elle comprenait instinctivement que quelque chose d'encore plus merveilleux s'annonçait.

Il décida enfin de remonter un peu plus, assaillant son cou de baisers. Sa langue glissa jusqu'à l'oreille de Roslynn qu'il mordilla avant de la sucer. Une onde de plaisir déferla sur la jeune femme qui se cambra un peu plus. Un délicieux tremblement s'empara d'elle.

Son ventre brûlait et fondait et lorsqu'elle sentit pour la première fois son membre contre sa féminité, elle serra les jambes autour d'Anthony de façon à ne pas le perdre.

Elle ne voulait plus le laisser partir. La pression grandit en elle chaque fois plus. Soudain, elle eut l'impression d'être transpercée. Une voie nouvelle s'ouvrit en elle, déclenchant une série de sensations merveilleuses qui chassèrent la douleur.

Il l'embrassa à nouveau, avec une passion sauvage égale à la sienne. Ses doigts fouillaient sa chevelure, son corps bougeait contre le sien avec une urgence à laquelle elle répondait, une urgence qu'elle éprouvait elle aussi. Puis ce fut l'explosion, formidable et merveilleuse, l'extase qui effaçait tout...

Quelques instants plus tard, Anthony s'effondra sur elle. Jamais il n'avait connu un tel bonheur, et il était sur le point de le lui dire quand il se rendit compte qu'elle n'était plus consciente. S'était-elle endormie, ou évanouie ? Il sourit, repoussant délicatement les cheveux qui tombaient sur ses joues.

L'envie le prit de la réveiller et de recommencer sur-le-champ mais il se retint, se rappelant la barrière qu'il avait sentie. Elle était vierge. Regina l'avait bien dit. Cette idée l'emplit d'un indicible plaisir. Et même si elle n'avait pas paru souffrir de la perte de sa virginité, elle avait besoin de se reposer. Ils auraient le matin, ils auraient le restant de leur vie...

Il secoua la tête, médusé. Depuis quand était-il devenu si chevaleresque ?

Prudemment, il quitta le lit. Elle s'étira langoureusement et soupira, lui arrachant un sourire. Dieu, qu'elle était belle... et si provocante. Il se promit d'explorer chaque centimètre de son corps et plutôt mille fois qu'une. Mais, pour le moment, il avait autre chose à faire. Il enfila sa robe de chambre et quitta la pièce en silence. Il devait renvoyer le cocher, prendre quelques dispositions...

Cette dame ne partirait plus d'ici.

19

La caresse d'un pétale de rose contre sa joue réveilla Roslynn. Elle ouvrit les yeux, aperçut la fleur délicate puis l'homme qui lui souriait.

— Bonjour, ma chérie. Il fait un temps splendide, ce matin. Le soleil a décidé de briller pour fêter notre mariage.

Roslynn gémit et enfouit la tête sous l'oreiller, réticente à affronter cette journée et les conséquences de ses actes. Par l'enfer, qu'avait-elle fait ? Nettie devait se ronger les sangs à Silverley, pensant que leur ruse avait échoué, que Geordie lui avait remis le grappin dessus. Et le cocher ! Elle l'avait complètement oublié, il avait dû attendre toute la nuit ! Ou alors il avait filé avec toutes ses affaires, sa cassette contenant la plupart de ses bijoux et tous ses papiers, dont son contrat de mariage. Et tout ça à cause de trois cognacs !

Elle sentit alors la main d'Anthony qui remontait le long de son dos.

— Si tu désires vraiment rester au lit...

— Va-t'en ! marmonna-t-elle dans l'oreiller, furieuse contre elle-même de réagir à cette simple caresse.

— Je ne vois pas où est le problème, dit-il avec bon sens. Je t'ai soulagée du fardeau d'une pénible décision. Tu es absolument et parfaitement compromise, mon cœur.

Elle se retourna.

— Tais-toi et laisse-moi réfléchir.

— Réfléchir à quoi ? Pendant que tu dormais ce matin, j'ai obtenu une licence spéciale qui nous permettra de nous marier dès aujourd'hui.

Il semblait si fier de lui qu'elle eut envie de le gifler.

— Je n'ai pas dit que je t'épouserais.

— Non, tu ne l'as pas dit. Mais tu le feras...

Il gagna la porte pour faire entrer le maître d'hôtel.

— Lady Chadwick désire ses vêtements et une collation, Dobson. Tu as faim, n'est-ce pas, mon cœur ? Je suis toujours affamé après une nuit d'a...

L'oreiller l'atteignit en pleine figure et Anthony eut du mal à réprimer un rire tonitruant en voyant la tête du malheureux Dobson.

— Ce sera tout, Dobson.

— Oui, oui, bien sûr, monsieur. Très bien, monsieur.

Le pauvre homme quitta la pièce comme s'il était poursuivi par une horde de démons. La porte était à peine refermée que la fureur de Roslynn éclata :

— Espèce de misérable porc ! Pourquoi lui as-tu dit mon nom ?

Il haussa les épaules, ne regrettant pas le moins du monde son aveu délibéré.

— Ne t'inquiète pas, mon cœur. Dobson n'oserait jamais répandre le moindre ragot sur la future Lady Malory.

— Tu oublies que je me fiche pas mal que ma réputation soit ruinée ici.

— Ah, voilà qui n'est pas exactement vrai, répliqua-t-il avec confiance. Je suis sûr que c'est important pour toi. Simplement, pour l'instant, tu ne t'en rends pas encore compte.

Elle décida de passer à la contre-attaque.

— Pourquoi un homme comme toi a-t-il subitement envie de se marier ? C'est ma fortune qui t'intéresse ?

— Bon sang, où as-tu pris cette idée ?

Il paraissait si surpris qu'elle eut un peu honte d'elle-même, mais elle remarqua néanmoins :

— Tu es le quatrième fils.

— C'est juste. Mais tu oublies que je sais déjà tout à propos de ton étrange contrat de mariage… et puisqu'on en parle, je suis tout à fait prêt à le signer. Tu oublies aussi que nous avons fait l'amour cette nuit, Roslynn. Tu pourrais très bien porter mon enfant.

Elle détourna les yeux en se mordant les lèvres. Ils avaient fait l'amour et elle pouvait porter son enfant : elle lutta de toutes ses forces contre le plaisir inexplicable que lui procurait cette idée.

— Quel bénéfice retireras-tu de ce mariage? reprit-elle.

Il revint près du lit, enleva un brin de paille de ses cheveux et la contempla en souriant.

— Toi, dit-il simplement.

Exaspérée, elle poussa un soupir.

— J'ai besoin de temps pour y réfléchir.

— Combien de temps?

— J'allais à Silverley. Nettie doit déjà y être, il faut que je la rejoigne. Si tu me laisses jusqu'à cet après-midi, j'aurai une réponse à te donner. Mais je dois te l'avouer, Anthony, je ne me vois pas t'épouser.

Soudain, Roslynn fut soulevée du lit et embrassée avec une passion qui l'électrisa jusqu'aux doigts de pieds.

— Vraiment pas?

Elle le repoussa jusqu'à ce qu'il la laissât retomber sur le lit.

— Je n'arrive pas à réfléchir quand tu es près de moi. Je dois partir maintenant, si tu veux bien m'apporter mes vêtements. Et pourquoi diable les as-tu fait enlever?

— Je voulais m'assurer que tu serais encore ici à mon retour.

— As-tu... dormi avec moi?

Il sourit devant son hésitation.

— Ma chère, je t'ai fait l'amour. Dormir avec toi est plutôt anecdotique à côté de cela, non?

Elle décida de ne pas approfondir cette question, regrettant même de l'avoir posée.

— Mes vêtements?

166

— Dobson les apporte. Et la malle que tu as laissée dans la calèche est dans ma penderie, si tu as besoin de quelque chose.

Roslynn haussa les sourcils.

— Tu as aussi pris ma malle ? Seigneur !

— Bon sang, sais-tu que tu avais laissé toutes tes affaires dans une voiture de louage ?

— J'étais très troublée, la nuit dernière, se défendit-elle.

— Exact. Mais tu ferais bien de vérifier que rien ne manque.

— Tout ce qui compte, c'est que le contrat de mariage soit encore là. Ça prendrait du temps d'en faire établir un autre.

Une lueur amusée dansa dans les yeux bleus d'Anthony.

— Ah... le fameux contrat. Tu devrais le laisser ici afin que j'y jette un coup d'œil avant de te rejoindre.

— Pour que tu le perdes en chemin ? Non, merci.

— Ma chère enfant, il faudra vraiment que tu essayes de me faire un tout petit peu confiance. Cela rendrait notre relation beaucoup plus agréable, tu ne crois pas ? (Comme elle refusait obstinément de répondre, il soupira.) Très bien, comme tu veux. C'est bien à Silverley que tu vas, n'est-ce pas ? Et tu y seras cet après-midi ?

— Oui. Tu m'as fait une offre, je te dois une réponse. Mais tu devras accepter ma décision, quelle qu'elle soit. Je refuserai toute discussion, d'accord ?

Avec un sourire ensorcelant, Anthony quitta la pièce, sans prendre la peine de protester.

Il ne doutait pas une seule seconde de son choix. Son infâme cousin avait trouvé un concurrent de taille : personne d'autre que lui n'épouserait cette fleur d'Ecosse.

20

— C'est impossible ! Tony vous a demandé de l'épouser ? *Mon* oncle Tony ?

Roslynn trouvait l'émerveillement et la stupeur de Regina plutôt amusants.

— Je vous comprends. J'ai eu moi-même du mal à y croire.

— Mais c'est si soudain… Oh, bien sûr, il connaît votre situation. Il fallait qu'il se décide très vite, n'est-ce pas ? Oh, c'est incroyable ! Oncle Jason va en faire une maladie. Toute la famille va en faire une maladie. Nous pensions qu'il ne se marierait jamais. C'est tout simplement merveilleux !

Merveilleux ? Cela restait encore à prouver, mais Roslynn ne voulait pas ternir la joie évidente de Regina. Elle avait pris sa décision au cours du trajet jusqu'à Silverley et elle avait bien fait car, depuis son arrivée, elle n'avait pas eu une seconde à elle. D'abord, Nettie lui avait infligé un fameux sermon — mérité ! — pour son retard. Puis Regina avait voulu connaître tous les détails de son enlèvement et de son évasion, dont Nettie lui avait déjà un peu parlé.

A présent, Anthony ne tarderait pas à arriver

pour connaître sa réponse. Regina n'avait même pas songé à lui demander la teneur de cette réponse : voilà qui était éloquent. Mais, bien sûr, elle avait un préjugé favorable envers son oncle.

— Il faudra prévenir tout le monde, poursuivit-elle avec enthousiasme. Je m'en chargerai, si vous le voulez bien. Et je suis certaine que vous souhaiterez que le mariage ait lieu dès que les bans...

— Pas de bans, mon chou, déclara Anthony qui venait d'entrer dans la pièce. Préviens simplement la famille : ils peuvent nous féliciter. J'ai déjà fait chercher le prêtre. Il dînera avec nous et, après cela, nous aurons une petite cérémonie. Est-ce assez rapide pour te convenir, Roslynn ?

Il la forçait à révéler sur-le-champ sa décision. Ce n'était pas exactement ce qu'elle avait envisagé. Mais il la fixait droit dans les yeux, attendant sa confirmation ou son refus. Il semblait... nerveux ? Sa réponse était-elle donc si importante pour lui ?

— Oui, cela me convient... mais nous devons discuter de certaines choses d'abord.

Anthony soupira longuement mais un large sourire se dessina sur ses lèvres.

— Mais bien sûr... si tu veux bien nous excuser, mon chou ?

Regina lui sauta au cou.

— J'ai envie de t'étrangler ! Tu ne m'avais rien dit !

— Je voulais t'en faire la surprise.

— Oh, c'est merveilleux, Tony, fit-elle, folle

169

de joie. Ah, il faut que je le dise à Nicholas tout de suite. Je vous laisse…

Anthony lui adressa un sourire affectueux et continua à fixer la porte par où elle avait disparu, retardant le moment où il devait faire face à Roslynn.

— J'espère que tu ne seras pas toujours aussi cavalier ?

La voix de Roslynn était coupante. Il pivota, l'air espiègle.

— Oh, je suis très docile entre les mains de celle qui sait s'y prendre.

Cela n'amusa pas du tout Roslynn.

— Assieds-toi, Anthony. Il y a des choses que tu vas devoir accepter avant que je ne t'épouse.

— Oh là là, ça va faire mal ? (Elle plissa les yeux et il soupira.) Très bien, vas-y, je m'attends au pire.

— Je veux un enfant.

— Seulement un ?

Par l'enfer, si seulement elle avait quelque chose à lui lancer au visage ! Il n'était donc jamais sérieux ?

— En fait, j'en veux au moins trois mais un suffira pour l'instant.

— Bon, tu as raison, ça mérite de s'asseoir. (Il la rejoignit sur le sofa.) As-tu une préférence pour le sexe ? Je veux dire que si tu veux des filles et que nous n'avons que des garçons, je suis tout à fait prêt à continuer d'essayer…

Il s'exprimait sur le ton de la plaisanterie mais elle avait l'impression qu'il était sincère.

170

— Tu acceptes d'avoir des enfants?

— Ma chère petite, qu'est-ce qui te fait croire le contraire? Après tout, la façon de les faire a toujours été mon passe-temps préféré.

Elle rougit et contempla ses mains serrées sur son ventre. Bon, il n'avait pas encore tout entendu.

— Je suis ravie que tu te montres si conciliant, mais j'ai une autre condition qui est assez... peu orthodoxe. Il s'agit de ta maîtresse ou de tes maîtresses...

Posant un doigt sous son menton, il lui souleva doucement le visage.

— Ce n'est pas nécessaire, tu sais, fit-il gentiment. Un gentleman abandonne toujours ses maîtresses quand il se marie.

— Pas toujours.

— C'est juste, mais dans mon cas...

— Tu aurais dû me laisser terminer, Anthony. Je ne te demande pas d'abandonner quoi que ce soit. Au contraire. J'insiste pour que tu gardes tes maîtresses.

Il recula sur le sofa en secouant la tête.

— J'avais déjà entendu parler d'épouses accommodantes, mais tu n'as pas l'impression d'en faire un peu trop?

— Je suis très sérieuse.

Il grimaça, les sourcils froncés.

— Mon œil! Si tu crois une seule seconde que je veux d'un mariage blanc...

Sa fureur la surprit. Elle avait pensé que cette suggestion le ravirait.

— Non, non, tu m'as mal comprise. Comment pourrais-je avoir un enfant si nous faisions un mariage blanc?

— Oui, comment, en effet !

— Anthony, soupira-t-elle. J'ai bien l'intention d'être une véritable épouse pour toi. C'est le moins que je puisse faire puisque tu m'as sauvée, pour ainsi dire. Si tu veux bien m'écouter un moment.

— Je retiens mon souffle.

Elle soupira à nouveau.

— Je ne vois pas pourquoi tu es aussi susceptible sur ce sujet. Tu ne m'aimes pas, tu l'as dit toi-même. Et moi non plus. Mais tu me plais beaucoup et nous sommes… Au moins, je suis attirée par toi.

— Tu sais parfaitement que cette attirance est mutuelle !

Elle ignora cette interruption.

— C'était l'une de mes conditions au départ : que celui que je choisirais me plaise afin de ne pas trop…

Il la coupa d'un grondement méprisant. Encore une fois, elle poursuivit sans broncher :

— Tu as de la personnalité et tu es plus que séduisant. Inutile de le nier. Je suis certaine que nous nous entendrons assez bien. Mais comme il ne s'agit pas d'amour entre nous, tu n'as pas à te sentir engagé. Pas plus que moi, en fait. Il serait tout à fait irréaliste de ma part d'espérer que tu sois parfaitement fidèle à tes vœux. Voilà pourquoi je ne te le demande pas. Ce mariage est en fait une transaction, un mariage de convenance, si tu veux. La confiance n'est pas exigée.

Il la contemplait comme si elle avait perdu l'esprit. Bien sûr, elle venait de lui annoncer qu'elle ne lui faisait aucune confiance mais, au moins, elle y avait mis les formes. Bon sang, il était le premier à admettre qu'il était un débauché. Et un débauché ne change pas, à moins que son cœur ne soit pris... C'étaient les propres mots de son grand-père. Or Anthony ne l'aimait pas.

— On devrait peut-être oublier cela, dit-elle avec raideur.

— Splendide.

Elle pinça les lèvres.

— Je ne voulais pas t'épouser. Je te l'ai dit. Il est donc inutile de continuer cette mascarade.

Il se redressa vivement.

— Quoi ? s'alarma-t-il. Attends une minute, Roslynn, je croyais que tu parlais de cette histoire de...

— Eh bien non ! rétorqua-t-elle, perdant son sang-froid. Et si tu refuses de garder tes maîtresses, cette discussion est terminée. Je sais que tu ne pourras pas mettre un terme à ta vie dépravée. Tu es ainsi fait.

— Bon sang ! Peut-être que j'étais disposé à te donner davantage. Cette idée n'a pas traversé ton esprit si clairvoyant ?

Le sarcasme la fit se raidir.

— En fait, c'est très simple, Anthony. Je ne pourrai jamais te faire confiance à propos des autres femmes. Si je devais... si je devais éprouver quelque chose pour toi, une trahison serait trop douloureuse. Je préfère savoir dès le départ que tu ne me seras pas fidèle. Ainsi, notre relation n'ira pas plus loin. Nous serons amis et...

— Amants ?

— Euh… oui, c'est ça. Mais puisque tu ne veux pas, tout est terminé, n'est-ce pas ?

— Ai-je dit que je ne voulais pas ? rétorqua-t-il avec un calme forcé, le dos raide. Voyons si j'ai bien compris, ma chère. Tu veux un enfant de moi mais, en même temps, tu ne veux pas de moi. Tu te comporteras en tout comme mon épouse mais je dois continuer à vivre comme je le faisais, à voir autant de femmes qu'il me plaira.

— Discrètement, Anthony.

— Ah oui, discrètement. Donc, pour te faire plaisir, il faudra que, deux ou trois soirs par semaine, je ne rentre pas à la maison. C'est cela ?

Elle ne daigna pas répondre et demanda :

— Tu acceptes ?

— Bien sûr. (Son sourire était figé, sans chaleur, mais Roslynn, qui ne le regardait pas, ne s'en rendit pas compte.) Quel homme résisterait à un tel cadeau ?

Elle grimaça à cette dernière phrase. Et elle n'aimait pas sa reddition maintenant qu'elle l'avait obtenue. Il avait résisté pour la forme. Le misérable ! Il devait être ravi des conditions qu'*elle* avait édictées et désormais elle allait devoir vivre avec.

21

La voiture des Eden était confortable, bien équipée de coussins, de couvertures et même de verres et de bouteilles de champagne. Roslynn n'avait guère besoin des coussins, l'épaule de son époux les remplaçant avantageusement. Elle refusa le champagne aussi car elle avait bu suffisamment au cours des toasts échangés après la cérémonie.

Ils l'avaient fait : ils s'étaient mariés. Ils avaient fait l'amour une nuit et s'étaient mariés le lendemain. Mais elle ne devait pas oublier que ce mariage était une comédie. Pourtant, en cet instant, elle refusait d'y penser. Il était son mari…

Elle sourit, se blottissant contre lui, heureuse que le champagne l'empêchât de réfléchir trop sérieusement. Anthony sirotait une coupe tout en observant le paysage qui défilait par la fenêtre. Le silence était agréable, tout était parfait.

Elle ne comprenait pas très bien pourquoi ils n'étaient pas restés à Silverley. Anthony avait marmonné quelque chose à propos du bruit qu'ils allaient faire et qu'il préférait son lit, pour commencer dignement. Cette histoire de bruit lui avait paru assez étrange et menaçante. Bah, il s'agissait sûrement d'une plaisanterie. Décidément, cet homme était plein de surprises.

Il l'avait étonnée à deux reprises ce jour-là. La première en discutant ses conditions, la seconde en signant son contrat de mariage sans même prendre la peine de le lire. Nicholas, qui lui servait de témoin, avait protesté. Elle aussi, d'ailleurs. Et maintenant, Anthony la ramenait à Londres. Ce qui était bien la dernière chose à laquelle elle s'était attendue.

Franchement, elle se serait sentie beaucoup plus en sécurité chez les Eden pour sa nuit de noces. Mais elle avait formulé suffisamment d'exigences pour l'instant et n'avait donc pas protesté quand Anthony avait abrégé la soirée. Ils avaient dîné très tôt et la cérémonie avait été très brève. Ils arriveraient à Londres peu après minuit.

Nettie les suivrait un peu plus tard dans une autre voiture. Ils étaient donc seuls dans cette confortable cabine. La lampe à huile projetait une lueur douce, romantique. Mais Anthony avait simplement suggéré qu'elle dormît un peu pendant le trajet. Il n'avait même pas mis leur isolement à profit pour l'embrasser, se contentant de la prendre dans ses bras et de l'installer contre son épaule.

«Voilà une nuit qui commence de façon étrange», songea-t-elle. D'ailleurs, allaient-ils avoir une nuit de noces? Et s'il se bornait à la déposer chez lui, pour aller rejoindre une autre femme? Après tout, elle lui en avait donné l'autorisation.

Anthony entendit le soupir de son épouse et se demanda à quoi elle pensait. Mais elle ne tarda pas à s'assoupir…

Une demi-heure plus tard, un coup de pistolet déchira le silence de la nuit et la voiture s'immobilisa brutalement. Réveillée en sursaut, Roslynn se redressa en clignant des paupières. Anthony étouffa un juron.

— Sommes-nous arrivés? questionna-t-elle en regardant par la fenêtre.

Dehors, c'était le noir complet.

— Pas tout à fait, ma chère.

— Alors…

— Je crois que nous sommes sur le point d'être dévalisés.

Elle le contempla avec stupeur.

— Des bandits de grand chemin ? Mon Dieu, qu'est-ce que nous allons faire ?

— Ma chère enfant, nous sommes en Angleterre et les vols sont fréquents par ici. Il ne viendrait à l'esprit de personne de voyager la nuit avec des objets de valeur. Nous allons vider nos poches et poursuivre notre route sans qu'aucun mal ne nous soit fait. Ce sera terminé dans quelques minutes.

Elle le fixa avec des yeux ronds.

— C'est tout ? Et si je ne veux pas qu'on me vole ?

Il soupira.

— Je présume que c'est la première fois ?

— Evidemment ! Et je suis stupéfaite que tu puisses rester assis tranquillement sans rien faire.

— Et que veux-tu que je fasse ? Je n'ai aucune arme à ma disposition.

— J'en ai une, moi.

Il lui saisit le poignet tandis qu'elle se penchait vers sa botte.

— N'y pense même pas.

— Mais...

— Non !

Elle se renfonça dans le siège en le toisant d'un regard noir.

— En Ecosse, les maris ont le devoir de protéger leurs femmes.

— Ça suffit, Roslynn. Il ne s'agit que de quelques livres et autres babioles.

— Et d'une fortune en bijoux dans mon sac.

Il la dévisagea avant de tourner les yeux vers le sac posé sur le siège en face d'eux. Ce même sac qu'elle avait oublié dans la voiture de louage la veille. Il grogna.

— Bon sang! Il fallait bien que tu te promènes avec ça! Très bien... (Soudain, il la considéra d'un air pensif.) Repousse ton manteau sur tes épaules... oui. Et baisse un petit peu ta robe, qu'on voie le décolleté.

— Anthony!

— Ce n'est pas le moment de jouer les pudiques effarouchées, rétorqua-t-il tandis qu'il s'installait sur le siège en face d'elle. Tu serviras de diversion.

— De diversion?

Anthony n'eut pas le temps de répondre car le voleur fit son apparition. Il ouvrit la porte avec violence et se pencha à l'intérieur de la voiture. Roslynn tressaillit. C'était une chose de parler d'un brigand, c'en était une autre de se retrouver face à lui.

Seul le torse de l'homme était engagé dans la cabine mais c'était un torse énorme, surmonté de larges épaules à l'étroit dans une veste déchirée. Son gros visage plat était enveloppé dans une écharpe crasseuse d'où s'échappaient quelques cheveux gras. Ses doigts boudinés agrippaient un vieux pistolet rouillé qu'il pointait sur Anthony.

Roslynn était incapable de bouger, hypnotisée par le pistolet. Son cœur battait la chamade. Ce n'était pas tout à fait ce qu'elle avait imaginé... En fait, elle n'avait rien imaginé du tout. N'ayant jamais rencontré de brigands de sa vie, comment pouvait-elle se douter qu'ils étaient aussi dangereux ? Mais elle avait incité Anthony à tenter quelque chose. S'il se faisait tuer, ce serait sa faute. Et tout cela pour quelques maudits bijoux qu'on pouvait remplacer.

Elle leva les yeux vers Anthony, cherchant un moyen de lui dire de renoncer. Mais le bandit prit la parole :

— 'Soir, m'sieu. C'est bien d'êt' resté sage en m'attendant. A fallu que j'calme mon ch'val après avoir tiré pour… Ben ça alors !

Il venait enfin d'apercevoir Roslynn. C'était exactement ce qu'attendait Anthony. Il attrapa le poignet armé de l'homme et tira violemment, avant de l'assommer d'un coup de poing.

Tout était allé si vite que Roslynn n'eut même pas le temps de crier. Le bandit, pas assez méfiant, gisait à présent inconscient sur le sol de la cabine. Un pied sur son dos, Anthony le désarma tranquillement.

— Ne bouge pas d'ici. Je vais voir s'il est seul ou accompagné.

Avant qu'elle n'ait pu dire un mot, il s'était glissé dehors et le bonhomme tomba à l'extérieur. Elle se retrouva seule dans la voiture vide, attendant avec angoisse d'autres détonations.

Heureusement, il ne tarda pas à revenir, le sourire aux lèvres.

— D'après notre pauvre cocher — il semble bien que pour lui aussi ce soit la première fois — le gredin était seul.

Roslynn éprouva un tel soulagement qu'elle explosa :

— Mais qu'est-ce que tu cherches? A me faire mourir de peur? Tu aurais pu te faire tuer!

Abasourdi par une telle véhémence, il haussa les sourcils.

— Ma chère petite, qu'espérais-tu? C'est toi qui m'as demandé d'intervenir.

— Mais je ne voulais pas que tu te fasses tuer!

— Heureux de te l'entendre dire, répliqua-t-il, très sec. C'est fini maintenant, alors n'insiste pas.

— Ne me dis pas...

Il la prit dans ses bras et étouffa ses protestations avec un baiser. Elle commença par résister puis se mit à gémir tout doucement. Il s'écarta, hilare.

— Voilà qui est mieux. Et crois-moi, nous continuerons cela plus tard. (Il la réinstalla gentiment sur le siège avant de prendre la bouteille de champagne.) Mais pour l'instant, je n'ai rien contre un petit verre. Tu n'as qu'à te rendormir.

— Comme si je le pouvais!

— Tu ferais mieux car je te le promets, mon cœur, tu n'auras guère l'occasion de dormir plus tard.

Elle ne répondit pas. Une coupe à la main, il se réinstalla sur le siège et la serra contre son épaule. Son cœur battait à nouveau normalement. Seigneur, ce genre de choses n'arrivait pas une nuit de noces!

— La prochaine fois, ne m'écoute pas et ne joue pas les héros, murmura-t-elle. Les bijoux ne sont pas si importants.

— Peut-être, mais alors il aurait fallu que je les remplace et ça m'aurait coûté très cher.

— Ah! Tu m'as donc épousée pour mon argent!

— Evidemment, fit-il avec une telle ironie qu'elle leva les yeux sur lui.

Son regard était planté dans son décolleté qu'elle n'avait pas songé à remettre en place. Elle faillit éclater de rire. Evidemment! Cet homme était un débauché et rien ne le ferait changer. Mais elle l'avait toujours su...

Elle soupira. S'il l'avait épousée pour son argent, il aurait une agréable surprise. Son contrat de mariage lui prévoyait une rente fort généreuse.

Epuisée nerveusement par cette dure journée, elle ne tarda pas à se rendormir.

22

Quelqu'un la secouait. Mais elle n'avait qu'une envie : continuer à dormir. Son mariage, sa nuit de noces, le vol, tout cela était enfoui dans les limbes du sommeil. On continua à la secouer.

Anthony resta perplexe quand Roslynn se contenta d'émettre un gémissement irrité et refusa d'ouvrir les yeux. Il avait effectivement suggéré qu'elle fît la sieste durant le trajet, mais pas toute la nuit. Il avait d'autres projets, nom d'une pipe!

Il essaya encore.

— Allons, mon cœur, aurais-tu déjà oublié quelle est cette nuit ?

— Hum ?

— As-tu déjà oublié ton époux qui rêve de te voir dans un délicieux déshabillé rien que pour lui ?

Elle bâilla mais parvint à se redresser, se frottant les yeux comme un enfant.

— Je n'ai rien de la sorte dans mes bagages.

Il sourit. Au moins, son esprit s'était remis à fonctionner.

— Ne t'inquiète pas, ma chérie. J'ai fait chercher tes affaires ce matin.

- Voilà qui la réveilla complètement.

— Quoi ? Mais tu ne savais même pas si j'allais t'épouser ! Geordie surveillait peut-être la maison. Il a pu faire suivre ton homme pour essayer de me retrouver.

C'était bien ce qu'espérait Anthony. Avec un peu de chance, l'homme qu'il avait envoyé pour suivre les «suiveurs» aurait bientôt une adresse à lui communiquer. Mais il se garda bien de le dire à Roslynn.

— Je sais que tu ne te maries pas tous les jours, mon cœur, mais c'est un peu déconcertant et même parfois blessant que tu ne cesses d'oublier ton nouveau statut. Tu es mariée maintenant. Plus tôt ton cousin l'apprendra, plus tôt il te laissera tranquille.

D'abord hésitant, un sourire s'épanouit sur le visage de Roslynn.

— Mais oui, bien sûr. J'ai tellement l'habitude de me cacher de Geordie. J'imagine qu'il me faudra un peu de temps avant d'être parfaitement détendue. Je suis libre !

— Pas exactement, ma chérie. (Il lui saisit tendrement le menton.) A présent, tu es à moi. Et je suis en train de m'apercevoir que je deviens soudain très possessif.

Cette affirmation était si absurde que Roslynn fut persuadée qu'il la taquinait comme à son habitude.

— Anthony, pourquoi as-tu insisté pour que nous revenions à Londres ce soir ?

Une lueur amusée dansa dans ses yeux cobalt.

— Les jeunes épouses ont tendance à être nerveuses pendant leur nuit de noces. Je pensais que tu serais moins gênée dans un lit qui t'est déjà familier.

Rougissante, elle murmura :

— Je n'aurais pas dû poser cette question…

— Tu l'as posée.

— Mais tu as parlé de bruit.

— Vraiment ? N'y pense pas. Nous serons aussi silencieux que des souris dans une église.

Il la taquinait encore. Elle n'était pas certaine d'apprécier cela ce soir.

A cet instant, la voiture s'arrêta et Anthony bondit dehors sans même attendre que le cocher dépliât la marche.

— Enfin ! dit-il. Venez, ma chère, je suis impatient de vous porter dans mes bras pour franchir le seuil.

Elle accepta sa main et se retrouva soulevée dans les airs.

— Ce n'est pas nécessaire…

— Permets-moi de jouer mon rôle. Après tout, il doit y avoir une bonne raison à une coutume aussi ancienne. Peut-être pour empêcher la mariée de s'enfuir ?

— Ridicule, gloussa-t-elle en passant les bras autour de ses épaules. Cela a dû commencer parce que certaines jeunes femmes s'évanouissaient sur le seuil et qu'il fallait les porter à l'intérieur. Elles devaient être terrorisées.

Il atteignit la porte et frappa.

— Mais tu n'étais pas terrorisée, hier soir, mon cœur ?

— Tu ne m'as pas vraiment donné le temps de l'être, admit-elle en s'empourprant à nouveau. Je ne savais pas ce qui allait se passer.

— Et maintenant que tu sais ?

— Je ne vais pas tarder à m'évanouir.

Il éclata de rire. La porte s'ouvrit sur un Dobson stoïque, et Roslynn fut un peu désappointée que le bonhomme se montrât aussi blasé, comme s'il avait l'habitude de trouver son maître sur le pas de la porte avec une femme dans ses bras. Mais, un instant plus tard, après qu'ils furent passés devant lui, elle eut la satisfaction de le surprendre alors qu'il ne se surveillait plus. Oui, voilà qui était beaucoup mieux : il semblait complètement abasourdi ! Elle dissimula son sourire contre l'épaule d'Anthony.

Observant le maître d'hôtel, elle ne vit pas James Malory faire son entrée dans le hall, un verre à la main. Sa voix, qui attira l'attention de Roslynn, était parfaitement neutre :

— Je suppose que je ne devrais pas être témoin de cette scène...

— C'est ce que j'espérais, rétorqua Anthony sans ralentir sa marche vers l'escalier. Mais puisque tu es là, je t'annonce que j'ai épousé cette demoiselle.

— Quoi ?

— C'est vrai ! confirma Roslynn en riant, encore plus ravie de sa réaction que de celle de Dobson. Vous ne croyez tout de même pas que je laisserais n'importe qui me porter pour franchir le seuil d'une maison ?

Anthony s'immobilisa, lui-même surpris d'être parvenu à stupéfier son frère.

— Grand Dieu, James, jamais je n'aurais pensé te voir un jour à court de paroles ! Mais tu m'excuseras si je n'attends pas que tu aies recouvré tes esprits, n'est-ce pas ?

Il gravit les marches. Arrivés au sommet, Roslynn chuchota d'un ton enjoué :

— C'était vraiment impoli de notre part, tu ne trouves pas ?

— Pas du tout, ma chérie. Et avoir réussi à le laisser sans voix n'a pas de prix, crois-moi.

Il franchit la porte de sa chambre et s'y adossa avec un soupir.

— Enfin seuls.

Avant que Roslynn ne pût répondre, il la reposa à terre et l'embrassa. Il taquina ses lèvres de petits baisers tout en lui caressant la joue. Elle ouvrit lentement les yeux. Ceux d'Anthony étaient assombris par la passion et sa voix était comme une caresse :

— Tu sais que c'est la seule nuit où tout le monde est sûr que nous allons faire l'amour ? Ah, mon cœur, j'adore te voir rougir.

— Je ne rougissais jamais avant... de t'avoir rencontré.

Sa voix rauque ravagea les sens d'Anthony. Il la repoussa légèrement, les mains tremblantes.

— J'ai été idiot d'attendre aussi longtemps.

Je te donne cinq minutes pour faire ce que tu as à faire, mais au nom du Ciel, aie pitié de moi, Roslynn, et sois au lit à mon retour.

— Avec un délicieux déshabillé pour mon mari ?

— Seigneur, non ! s'exclama-t-il. Je ne crois pas que je le supporterais.

Là-dessus, il disparut dans son antichambre afin de se préparer lui aussi. Elle esquissa un sourire devant son empressement. Savoir ce qui allait arriver rendait l'attente délicieuse. Mais elle manquait encore trop d'expérience pour ne pas être un peu nerveuse.

Elle se déshabilla avec maladresse mais sans perdre une seconde. Son cœur battait trop vite. Les sens en alerte, elle guettait le moment où il ouvrirait la porte. Elle se mit au lit et se couvrit entièrement avec le drap. Sa pudeur ne l'avait pas abandonnée. Elle se demanda si cela changerait avec le temps...

Il apparut enfin, portant une robe de chambre de velours cramoisi. Avec une gêne croissante, Roslynn se rendit compte qu'elle n'avait même pas songé à enfiler une chemise de nuit. Mais le sourire appréciateur d'Anthony lui indiqua qu'elle n'avait pas eu tort.

— Je peux ?

Il s'assit auprès d'elle et commença à enlever les épingles qui retenaient sa chevelure.

Elle toucha une mèche qui tombait sur son épaule.

— Oh, j'ai oublié de le faire.

— Tant mieux.

Il adorait ses cheveux. Il adorait les toucher, glisser ses doigts dedans. Après avoir ôté les

épingles, il lui massa doucement le crâne jusqu'à ce qu'elle fermât les yeux et qu'un sourire
rêveur apparût sur ses lèvres.

— C'est bon, souffla-t-elle.

— Vraiment ? Et ça ?

Ses lèvres se posèrent sur ses tempes puis
descendirent vers sa bouche pour un long baiser passionné, avant de poursuivre leur chemin le long de sa gorge vers ses seins. Des
ondes de chaleur la parcoururent.

— C'est *trop* bon, murmura-t-elle.

— Ah, mon cœur, était-ce seulement la nuit
dernière ? J'ai l'impression que cela fait une
éternité.

Elle posa une main sur sa joue et caressa ses
lèvres du bout des doigts.

— Seulement une éternité ?

Embrasé, il lui saisit le poignet et embrassa
sa main sans la quitter des yeux. Ce fut comme
si un éclair les foudroyait en même temps. Il
se débarrassa de son peignoir, rejeta le drap et
couvrit son corps du sien. Il se mit alors à
l'embrasser avec une telle soif, une telle rage
qu'elle crut en devenir folle. Quand finalement
il la pénétra, elle était dans un tel état qu'elle
explosa immédiatement avec une violence
inouïe. Son cri de bonheur fit écho à celui
d'Anthony…

Enfermée dans une bulle irréelle, Roslynn
serrait son corps couvert de sueur, attendant
que leurs souffles retrouvent leur rythme normal. Ils restèrent longtemps ainsi.

— Je me suis conduit comme un jeune
marié maladroit, soupira-t-il finalement. Im-

patient, pressé et maintenant plein de regrets. Tu as le droit de m'en vouloir.

Il se redressa sur un coude pour la soulager de son poids.

— Pourquoi ?

— Eh bien, si tu ne le sais pas...

— Pourquoi, Anthony ?

— Pour mon manque de contrôle, bien sûr. Un homme de mon âge et de mon expérience n'a aucune excuse. Mais tu me fais perdre la tête.

— C'est si mal ?

— Tu en jugeras toi-même dans un petit moment quand je te referai l'amour en prenant tout mon temps.

Elle émit un petit rire délicieux.

— Si je ne te connaissais pas mieux, je penserais que tu attends quelques compliments. Tu sais très bien que ta performance était parfaite, mon cher mari. C'était merveilleux.

Il la gratifia de son sourire ensorcelant et se pencha pour l'embrasser.

Mais il se redressa aussitôt. Elle eut alors la surprise de le voir remonter le drap et passer sa robe de chambre. Il se rassit au bord du lit, mais à bonne distance... ce qui aurait dû l'alerter.

Avec un soupir moqueur, il annonça :

— Le moment des cris est arrivé.

Elle ouvrit de grands yeux.

— Des cris ?

— Oui, connaissant ton sale caractère d'Ecossaise.

Roslynn sourit. Il la taquinait encore.

— Oh, je vais donc piquer une crise de nerfs ?

— C'est fort probable puisque je dois avouer t'avoir menti aujourd'hui.

Elle n'était plus du tout amusée.

— A quel propos?

— Tu ne devines pas, ma chérie? Je n'ai aucune intention d'avoir une maîtresse maintenant que je suis marié. C'est absolument incompatible.

— Mais tu étais d'accord!

— J'aurais accepté n'importe quoi pour faire de toi mon épouse légitime. J'aurais même signé un papier. Ce que, fort heureusement, tu n'as pas exigé.

Roslynn le fixait avec incrédulité. Elle se sentait trahie, trompée. Elle était furieuse.

— Tu ne m'as pas épousée honnêtement!

— Au contraire, je t'ai épousée en toute bonne foi.

— Je te proposais un arrangement parfait!

— Un arrangement dont je ne veux pas. Après tout, c'est moi qui t'ai demandé d'être ma femme et tu sais très bien que je n'avais jamais fait cela auparavant. Ce n'est donc pas quelque chose que je prends à la légère. J'ai eu assez de maîtresses comme ça. Ce que je veux à présent, c'est une épouse.

Elle se força à contenir sa voix.

— Tu dis ça maintenant mais dans un mois, dans un an? Tes yeux ne resteront pas en place.

Anthony lui sourit, sachant pourtant que cela ne ferait que décupler sa colère.

— Mes yeux ne sont pas restés en place, comme tu dis, pendant des années. Laisse-les se reposer un peu, Roslynn. Ils se sont posés sur toi et ils n'ont plus envie de bouger.

Elle le fusilla d'un regard meurtrier.

— Alors, pour toi, c'est un sujet sur lequel on peut plaisanter? Eh bien, laisse-moi te dire...

Elle n'en eut pas l'occasion. Il la saisit par la taille et l'attira contre lui. Le drap tomba mais elle était trop furieuse pour s'en apercevoir. Pas Anthony. Et la chaleur qui lui chatouillait à nouveau les reins exigeait qu'il mît un terme rapidement à cette discussion. La petite folle! Tout ce tapage parce qu'il ne voulait personne d'autre qu'elle.

— Si on faisait un compromis, mon cœur? Tu tiens toujours à ce que j'aie une maîtresse?

— Oui! Car je sais que tu ne pourras pas t'en empêcher.

— Très bien. (Du regard, il caressa son visage et sa voix prit un ton plus grave.) Es-tu prête à tenir le rôle?

— Moi?

Il sourit. Elle avait envie de hurler: il était insupportable, affolant, ensorcelant.

— Qui d'autre? Il se trouve que tu es la seule femme qui m'intéresse en ce moment.

— Ce n'est pas ce que je voulais dire et tu le sais!

— Peut-être, mais c'est le mieux que je puisse faire.

Roslynn n'en croyait pas un mot.

— Tu devais bien voir une femme, non?

— Assurément. Plusieurs même. Mais aucune qu'on pourrait appeler une maîtresse, mon cœur. Et si tu veux le savoir, je ne les ai

190

plus revues depuis notre première rencontre. Mais peu importe. Ce qui compte c'est que je n'ai aucune envie d'en inviter une dans mon lit. Tu vas être forcée de me supporter.

— Anthony, sois sérieux pour une fois! supplia-t-elle, exaspérée.

— Ma chérie, je n'ai jamais été aussi sérieux de toute ma vie. Comment pourrais-je faire l'amour à une autre alors que tu es la seule que je désire? C'est impossible, tu sais. On ne désire pas les gens par devoir. Mais peut-être n'y as-tu pas songé?

Elle l'étudiait, un peu perdue et un peu ravie aussi. Pourtant, elle ne tarda pas à froncer les sourcils et à pincer les lèvres.

— Mais ça ne veut pas dire qu'un jour tu n'en verras pas une qui te plaira.

Anthony soupira profondément.

— Si cela arrive, je te le jure, Roslynn, cela n'aura aucune importance. Il me suffira de t'imaginer, là comme tu es maintenant, pour la chasser de mon esprit.

Elle renifla avec mépris.

— Tu oublies que tu ne m'aimes pas.

Il la renversa sur le lit et l'écrasa de tout son poids.

— Alors, passons en revue mes sentiments, d'accord? (Il commençait visiblement à perdre patience.) Il y a du désir, énormément de désir. Il y a la jalousie dont je souffre depuis quelques semaines. (Il haussa les sourcils en la voyant ouvrir de grands yeux.) Ne me dis pas que c'est une surprise pour toi.

— Tu étais jaloux? De qui?

— Bon sang, mais de tout le monde! Même

de mon satané frère. Et il est bon que tu saches, puisqu'on y est, que tous les gentlemen étaient parfaitement dignes de t'épouser... à l'exception de Fleming, peut-être. Le reste n'était que des mensonges, Roslynn, parce que je ne pouvais supporter l'idée de te perdre pour l'un d'entre eux.

Il la clouait solidement sur le lit car il redoutait sa colère après cet aveu. Mais Roslynn restait parfaitement calme. En fait, elle était plus amusée qu'enragée.

— Alors... tu dois tenir un petit peu à moi? fit-elle d'un ton hésitant.

— T'aurais-je épousée, sinon?

— Tu m'as épousée pour me sortir d'une situation horrible, ce dont je te suis reconnaissante.

Anthony ferma les yeux, appelant tout son sang-froid à la rescousse.

— Ma chérie, si j'avais simplement voulu te porter secours, je n'aurais eu aucun mal à intimider ton cousin. Mais je te voulais pour moi. C'est aussi simple que cela. Et si tu me dis encore une fois de prendre du bon temps avec d'autres femmes, je vais te flanquer une fessée dont tu te souviendras. Est-ce bien clair? Il n'y aura pas d'autres femmes, ni maintenant ni jamais!

Il attendait une explosion de rage. Il eut droit à un sourire à la place. Un très beau sourire qui fit briller ses yeux noisette.

— Ne m'avais-tu pas promis de me refaire l'amour plus lentement? demanda-t-elle, aguicheuse. Je devais juger...

Il l'interrompit d'un rire joyeux.

— Ne change jamais, mon cœur.

Et il se mit en devoir de lui prouver ses dires, avec sa pleine et délicieuse coopération.

23

— Oh... b'en, qu'est-ce que c'est que ça ? Tu rigoles tout'seule, ma ch'tiote ?

Roslynn tourna son miroir à main pour y voir le reflet de Nettie derrière elle. Elle sourit de plus belle et pivota avec son air le plus innocent.

— Je riais ? Je ne vois pas pourquoi.

Nettie lui rendit son sourire.

— T'es contente de toi, hein ?

— Oui ! Oh, Nettie, je n'aurais jamais pensé qu'on puisse être aussi heureuse !

— Mouais, c'est point étonnant. C't'un beau gars que t'as attrapé. Mais t'avais point besoin d'le garder secret.

— Ce n'était pas un secret. Je n'envisageais tout simplement pas de le choisir pour mari, Nettie. C'est lui qui me l'a demandé et ça a surpris tout le monde, moi y comprise.

— Si t'es heureuse avec lui, c'est b'en tout ce qui compte. C't'un vrai coup d'chance vu comme t'étais pressée. C'est point vraiment important qu'c'te maison soit tenue en dépit du bon sens et qu'tous les domestiques soient des snobs qu'ont la tête trop grosse pour leur chapeau.

Roslynn éclata de rire.

— Oh! oh, tu as rencontré Dobson?

— Quel épouvantail, ç'ui-là! Gelé comme un coing. Y a même point de gouvernante ici, aucune fille, rien que deux malheureuses qui viennent faire le ménage plusieurs fois par semaine. Même le cuisinier est un gars! C'est tout dire!

— Je comprends tes réticences, Nettie, mais tu oublies que c'était une demeure de célibataires jusqu'à aujourd'hui. Je suis sûre qu'Anthony ne fera aucune objection si nous apportons quelques changements. Il faudra acheter des meubles. (Elle considéra sa nouvelle chambre à coucher, imaginant déjà quelles améliorations lui apporter.) Embaucher des domestiques. Nous allons être très occupées pendant quelques semaines.

— Faut point que t'oublies d'consulter ton mari avant d'dépenser son argent. Les bonshommes sont bizarres quand y s'agit de leurs sous.

— Ne t'inquiète pas, Nettie. Je ne vais pas dépenser son argent alors que j'en ai à ma disposition.

— Tu f'rais mieux d'lui en causer d'abord, ch'tiote. Un gars aime b'en payer les notes de sa femme. (On frappa à la porte.) C'doit être l'eau d'ton bain. Tu devrais t'dépêcher si tu veux r'joindre ton homme pour déjeuner.

— J'ai largement le temps, Nettie. Anthony est sorti, je crois. (Roslynn rougit.) Je dormais encore à moitié quand il me l'a dit. Mais il a parlé de quelques affaires à régler. Je ne l'attends pas avant le dîner. D'ailleurs, il faut que je fasse connaissance avec les domestiques et que j'écrive un mot à Frances.

Après avoir si peu dormi durant la nuit, cela suffirait largement pour son premier jour dans cette maison.

Une heure plus tard, portant une robe de mousseline ornée de fleurs roses et jaunes, Roslynn quitta la chambre d'Anthony. *Leur* chambre, à présent, se dit-elle en empruntant le couloir. Elle n'avait pratiquement rien vu encore de cette maison. Elle aurait besoin de l'aide de Dobson pour la visiter. Il y avait d'autres Malory ici : elle ne pouvait ouvrir toutes les portes sans crier gare.

Elle songea alors aux autres occupants des lieux : le frère et le fils d'Anthony. Son mari allait-il enfin reconnaître que Jeremy était son fils ? Il n'avait plus aucune raison de le lui cacher. C'était un beau garçon dont on pouvait être fier. En fait, il était ridicule de la part d'Anthony de nier sa paternité alors qu'ils se ressemblaient comme deux gouttes d'eau.

Elle devrait se lier d'amitié avec le garçon mais cela ne lui posait aucun problème. Il n'en allait pas de même avec James Malory. Il n'y avait aucune raison pour qu'elle se montrât trop amicale envers lui... au contraire. Fallait-il avouer à Anthony que James l'avait embrassée ? Peut-être le savait-il déjà : il prétendait avoir été jaloux de son frère.

Elle sourit, se souvenant de leur étrange conversation de la veille. Sans trop savoir comment, elle s'était laissé convaincre qu'il serait un merveilleux mari. Tous ses préjugés à l'encontre des débauchés n'existaient plus. Il serait fidèle. Elle le sentait, elle le croyait de tout son cœur à présent. Que pouvait-elle demander de plus que d'avoir Anthony Malory pour elle toute seule ? Son amour, se rappela-t-elle. Mais cela viendrait aussi. Il le fallait.

— Par l'enfer, qu'est-ce que *vous* faites ici ?

Roslynn s'arrêta au sommet de l'escalier que Jeremy était en train de gravir. Bouche bée, les yeux ronds, il la contemplait comme s'il venait d'apercevoir un cheval à trois têtes. Visiblement, il ignorait encore tout du mariage.

— J'ai passé la nuit ici, fit-elle, espiègle. Vous ne le saviez pas ?

— Passé la nuit ? répéta-t-il.

— Oui, et j'envisage même de m'installer ici.

— Mais... mais il n'y a que des célibataires ici !

— Oh, il y a assez de place pour tout le monde, non ? Et cette maison a besoin d'une touche féminine.

— Une touche fém... ? (Il secoua la tête.) Mais ce ne serait pas convenable ! Je veux dire, vous êtes une lady... enfin... vous voyez bien ce que je veux dire. Ce ne serait pas convenable !

Elle sourit.

— Non ? Alors il faudra que j'en parle à votre père. C'est lui qui a insisté pour que je reste.

— Il a fait *quoi* ? s'étrangla Jeremy. Par l'enfer, il a fait ça et il est parti ! Oncle Tony va être fou de rage. Il vous avait à l'œil, lui aussi. Bon sang, il va sûrement nous jeter dehors.

Il prenait cela trop à cœur, Roslynn décida de ne plus le taquiner.

— Jeremy, commença-t-elle gentiment. Il est inutile de continuer à faire semblant. Je sais qu'Anthony est ton père. Et excuse-moi, je me suis un peu moquée de toi. La raison de ma présence ici, c'est que j'ai épousé ton père hier. Il aurait pu te le dire, quand même !

Jeremy ouvrit la bouche, la ferma, la rouvrit. Puis il se ressaisit :

— Vous voulez dire... Anthony ? Vous avez épousé Anthony Malory ?

— Tu n'es vraiment pas obligé de couiner comme ça.

— Mais... Non, je n'y crois pas. Tony s'est marié ? Impossible.

— Et pourquoi pas ?

— C'est pas son genre. C'est le plus endurci des célibataires. Toutes les femmes lui courent après. Pourquoi aurait-il besoin d'une épouse...

— Attention, mon garçon, le prévint-elle sèchement. Tu ne vas pas tarder à m'insulter.

Il s'empourpra violemment.

— Je... je vous demande pardon, Lady Chadwick. Je ne voulais pas vous offenser.

— C'est Lady Malory maintenant, Jeremy. (Elle lui montra son alliance.) C'est arrivé hier soir à Silverley et Regina, ta cousine, m'a servi de témoin. Je n'ai aucune raison de te mentir et tu n'auras qu'à demander à ton père quand il rentrera.

— Mon père y était aussi ?

Elle soupira.

— Comment aurait-il pu être absent à son propre mariage ?

— Non, je voulais dire James. James *est* mon père, vous savez. Pour de bon.

Ce fut au tour de Roslynn d'être surprise car sa sincérité était évidente.

— Mais tu ressembles tellement à Anthony! Il sourit, espiègle à son tour.

— Je sais. Mais Reggie et Amy, la fille d'oncle Edward, aussi. Et ma tante Melissa, la mère de Reggie, même si je ne l'ai pas connue. Elle est morte quand Reggie était toute petite. Tous les autres Malory sont blonds. Nous ne sommes que cinq à ressembler à mon arrière-grand-mère.

— Oh, j'ai encore beaucoup à apprendre sur cette famille.

— Alors, il vous a épousée? Vraiment?

— Oui, Jeremy, vraiment. (Elle le rejoignit pour le prendre par le bras.) Viens, je vais te raconter. James était ici hier soir quand Anthony m'a portée pour franchir le seuil. Tu aurais vu sa tête...

— Mince! J'aurais bien aimé voir ça!

24

Roslynn se tenait près de la fenêtre dans le salon, la joue pressée contre la vitre froide, ses mains agrippant les rideaux de velours bleu. Cela faisait une demi-heure qu'elle n'avait pas bougé d'un centimètre... depuis qu'elle avait quitté la salle à manger après un dîner un peu gênant en compagnie de Jeremy.

Mais Jeremy était sorti pour la soirée et Roslynn se morfondait devant sa fenêtre à surveiller la circulation sur Piccadilly.

D'un côté, elle était malade d'inquiétude. Il était sûrement arrivé quelque chose à Anthony. Il devait être blessé, dans l'incapacité de la prévenir : il ne pouvait y avoir une autre raison à son silence. D'un autre côté, ce qui avait été une simple irritation de se sentir abandonnée s'était, à mesure que le temps passait, transformé en colère noire. D'autant que, au cours du dîner, elle avait été incapable d'expliquer l'absence d'Anthony à son neveu. Il s'était tout simplement évanoui dans la nature sans même songer qu'il avait désormais une femme qui s'inquiétait pour lui.

Ces émotions contradictoires avaient gâché le dîner très spécial qu'elle avait fait préparer et retarder pendant plus d'une heure, dans l'espoir de le voir enfin rentrer. Il n'était toujours pas là et, maintenant, l'anxiété prenait le pas sur la colère. Elle avait le ventre noué.

Seigneur, où était-il ? Ce n'était que le deuxième jour de leur mariage. L'avait-il déjà oubliée ? Ils auraient dû être ensemble, à essayer de mieux se connaître...

Un fiacre s'arrêta enfin devant la maison. Roslynn se rua hors de la pièce, écartant Dobson qui se dirigeait vers la porte. Elle l'ouvrit elle-même et examina la haute silhouette d'Anthony à la recherche d'éventuelles blessures. Rien. Il semblait en parfaite santé. Elle eut envie de le serrer dans ses bras et de l'assommer en même temps.

Quand Anthony la vit, son visage s'éclaira d'un sourire éblouissant.

— Seigneur, tu es ravissante dans cette robe, mon cœur. Moi j'ai passé une journée infecte. Tu ne peux pas imaginer...

Roslynn ne s'écarta pas pour le laisser entrer mais resta solidement plantée sur le seuil.

— J'exige une explication!

Stupéfait, il recula d'un pas pour mieux l'étudier et remarqua ses mâchoires serrées, ses lèvres pincées.

— Il y a un problème, ma chérie?

— Tu sais l'heure qu'il est?

Il gloussa.

— Oh, c'est ça! Je t'ai manqué, mon cœur?

— Espèce de crapaud! Je me moque pas mal de ce que tu fais. Mais quand on est poli, on prévient!

— Oui, tu as raison, approuva-t-il à la grande surprise de Roslynn. Et je me le rappellerai la prochaine fois que je passerai la journée à rechercher ton cousin.

— Geordie? Mais... pourquoi?

— A ton avis? Pour lui annoncer la bonne nouvelle, pardi! Te rends-tu compte que tant qu'il ne connaîtra pas ton nouveau statut, tu seras en danger?

Roslynn se sentit rougir des pieds à la tête. Il était en retard à cause d'elle et voilà comment elle l'accueillait! Comme une mégère.

— Je suis désolée, Anthony.

Sa mine déconfite était irrésistible. Il l'attira contre lui.

— Petite idiote, la taquina-t-il gentiment. Tu n'as pas à être désolée. En fait, ça me plaît que tu te fasses du souci pour moi. C'est bien ça, hein ? Tu t'inquiétais pour moi ?

Elle hocha vaguement la tête car quelque chose venait de la distraire. Une odeur bizarre provenant de son manteau. On aurait dit du... parfum, du mauvais parfum. Elle s'écarta, les sourcils froncés, et aperçut alors un fil doré sur son épaule. Non, pas un fil, un cheveu. Elle tira dessus : il faisait bien trente centimètres. Ce n'était pas l'un des siens, il était trop clair et trop lisse.

— Je le savais ! siffla-t-elle en levant vers lui des yeux outragés.

— Tu savais quoi ? Qu'est-ce qui t'arrive maintenant ?

— Ceci ! (Elle brandit le cheveu devant son nez.) Il n'est pas à moi, et certainement pas à toi !

Anthony fit la moue.

— Ce n'est pas ce que tu crois, Roslynn.

Elle recula et croisa les bras.

— Tiens donc ? C'était seulement une garce un peu audacieuse qui s'est assise sur tes genoux et s'est frottée contre toi sans que tu puisses l'en empêcher ?

— En fait, c'est exact mais...

— Par l'enfer ! Tu pourrais au moins te donner la peine d'inventer des mensonges ! hurla-t-elle.

C'était si ridicule que c'en était risible, mais Anthony n'osa pas rire.

— C'était une serveuse, expliqua-t-il très calmement. Et je ne me serais pas retrouvé avec cet encombrant fardeau sur les genoux si je n'avais été dans une taverne avec James à la recherche de ton cousin.

— Voilà ! C'est ma faute, en plus ! Je n'ai jamais rencontré quelqu'un d'aussi arrogant. Mais je vais te dire quelle est ma faute : c'est de t'avoir cru hier soir ! Je ne referai plus jamais cette erreur !

— Roslynn…

Elle bondit en arrière quand il essaya d'approcher et, dans le même élan, lui claqua la porte au nez.

Poussant un juron, Anthony fit volte-face, vers la rue déserte. Bon sang de bonsoir ! Mis à la porte de chez lui ! C'était le bouquet après cette journée catastrophique.

Il pivota à nouveau. C'était *sa* maison. Pour qui se prenait-elle ? Elle n'allait pas le flanquer à la porte de chez lui, quand même !

Fort heureusement, il eut la bonne idée d'essayer la poignée avant de défoncer le battant. Il l'ouvrit violemment et aperçut sa femme à mi-hauteur dans l'escalier.

— Revenez ici, Lady Malory. Cette discussion n'est pas terminée.

Il fut ébahi de la voir lui obéir sur-le-champ, redescendant les marches avec raideur. Mais quand elle arriva devant lui, ce fut pour lui jeter un regard de mépris.

— Si tu ne pars pas, alors c'est moi qui le ferai.

Et elle se dirigea vers la porte grande ouverte.

Anthony la saisit par le poignet et la fit tournoyer sur place.

— Pas question ! Tu ne quitteras pas cette maison et moi non plus. Nous sommes mariés, tu te rappelles ? Les gens mariés vivent ensemble.

— Tu ne peux pas m'obliger à rester !

— Tu crois ça ?

Elle s'arracha à son étreinte.

— Très bien, mais je dormirai dans une autre chambre.

Là-dessus, elle voulut repartir vers l'escalier. Il la força une nouvelle fois à se retourner.

— Tu me condamnes sans preuve, fit-il sombrement.

— Tu as ramené la preuve avec toi, mon cher.

Exaspéré, il ferma un instant les yeux.

— Même si c'était vrai — et ça ne l'est pas —, tu ne me laisses aucune occasion de me défendre. C'est injuste.

— Injuste ? rétorqua-t-elle en le fusillant du regard. Je ne fais que t'éviter de t'enfoncer dans tes mensonges. Je ne te croirai plus jamais.

A nouveau, elle essaya de partir. A nouveau, il la força à se retourner.

— Mais bon sang, je cherchais Cameron !

— Peut-être, et peut-être t'es-tu aussi offert une petite distraction. De toute façon, je t'en avais donné la permission.

Il en aurait mangé son chapeau.

— Alors pourquoi une telle scène ?

— Tu m'as menti ! Tu as essayé de me faire croire le contraire et c'est ça que je ne te pardonnerai pas !

Elle pivota une nouvelle fois. La voix d'Anthony l'arrêta :

— Fais encore un pas et je te flanque une fessée ici même.

— Tu n'oserais pas !

Ses yeux bleus n'étaient plus que deux fentes.

— Crois-moi sur parole, mon cœur, rien ne me ferait plus plaisir en cet instant. Bon, je vais te le répéter une dernière fois. Que tu me croies ou non, peu m'importe désormais. J'étais dans une taverne avec James. La petite serveuse qui s'est étalée sur moi ne faisait que son travail. Elle m'a fait une offre que j'ai refusée. Point final. Il n'y a rien de plus à ajouter.

Hautaine et glaciale, Roslynn demanda :

— Tu as terminé ?

Cette fois-ci, ce fut Anthony qui tourna les talons.

25

Pour la première fois depuis son enfance, Roslynn pleura toute la nuit. Elle fut soulagée qu'Anthony ne tentât pas de forcer la porte de sa nouvelle chambre mais, pour une raison inconnue, elle n'en pleura que davantage. Elle le haïssait, ne voulait plus le revoir.

Si seulement elle n'avait pas été aussi naïve, aussi idiote. Elle s'était laissé convaincre que leur mariage serait normal et maintenant elle payait cher sa crédulité. Pendant quelques heures la veille, elle avait connu le paradis, ce qui rendait le retour sur terre d'autant plus pénible. Elle ne lui pardonnerait jamais cela : la perte du bonheur.

Pourquoi avait-il fait cela ? Pourquoi lui avait-il donné cet espoir pour le briser ensuite ?

Nettie — à qui elle n'avait pas eu besoin de raconter ce qui s'était passé puisque toute la maisonnée avait entendu leur dispute dans le hall — avait sagement gardé le silence en l'aidant à déménager ses affaires dans cette chambre. Et, au matin, elle lui prépara des compresses froides pour ses yeux gonflés. Oui, les yeux de Roslynn étaient dans un bien triste état. Par la faute de qui ?

Mais la décoction de Nettie effaça toute trace de la mauvaise nuit de sa maîtresse. Dommage qu'elle ne possédât pas un philtre magique pour la guérir de ce qui la rongeait à l'intérieur !

Pourtant, quand elle descendit l'escalier dans une robe d'un jaune éclatant afin de combattre son humeur noire, il était impossible de se douter de son désespoir. Ce qui était fort heureux car elle pénétra dans le salon pour y trouver les Malory au grand complet. A l'exception de son mari, Dieu merci.

Ils avaient bien choisi leur moment !

Elle arbora un sourire rayonnant. Ce n'était pas parce qu'elle ne s'entendait pas avec son mari qu'elle devait en vouloir à toute la famille.

James fut le premier à remarquer son entrée et il se leva immédiatement pour faire les présentations.

— Bonjour, ma chère. Comme vous pouvez le voir, les aînés sont venus vous admirer. Mes frères, Jason et Edward…

Jason était une version plus âgée de James, plus sérieuse, mais possédant lui aussi un air impitoyable. Edward, le plus enrobé de tous, était leur parfait contraire, comme elle n'allait pas tarder à s'en rendre compte : de bonne humeur, facile à vivre, drôle mais excessivement précis quant à ses affaires.

Ils se levèrent tous les deux : Edward pour la serrer dans ses bras ; Jason, plus réservé, pour lui baiser la main. Jeremy se contenta de lui adresser un clin d'œil. Grâce au Ciel, James et lui avaient été absents la veille lors de cette scène atroce.

— Vous n'imaginez pas notre plaisir, ma chère, déclara Jason en la guidant vers le sofa. Je désespérais de voir Tony se marier.

— Je ne pensais pas que ce garçon se fixerait un jour, renchérit gaiement Edward. Ravi de m'être trompé. Absolument ravi.

Roslynn ne savait que répondre. Anthony n'avait certainement aucune envie de se fixer. Mais, apparemment, ses frères voulaient le croire. Elle n'allait pas briser leurs illusions mais elle ne pouvait les laisser imaginer qu'il s'agissait d'un mariage d'amour.

Elle commença d'une voix hésitante :

— Il y a certaines raisons pour lesquelles nous...

— Nous savons tout, ma chère, l'interrompit Edward. Reggie nous a prévenus à propos de votre cousin. Mais si Tony n'avait pas été prêt, il n'aurait pas fait le grand saut.

— Il l'a fait pour m'aider. (Trois sourires dubitatifs accueillirent cette affirmation.) Si, si, je vous assure...

— Sornettes, répliqua Jason. Tony n'est pas du genre à se marier pour sauver une demoiselle en détresse.

— Plutôt le contraire, gloussa Edward.

James intervint :

— Il n'y a qu'à vous regarder une seconde, ma chère petite, pour comprendre ses motivations.

Jason remarqua son sourire concupiscent à l'intention de Roslynn qui rougissait.

— Pas de ça! gronda-t-il.

— Oh, laisse tomber, Jason. Elle n'a rien à craindre de moi dès la seconde où elle s'est mariée.

— Depuis quand cela t'arrête-t-il? interrogea Jason, très sec.

James haussa les épaules.

— Un point pour toi. Mais je ne séduis pas mes belles-sœurs.

Roslynn ignorait que ces frères-là n'étaient jamais aussi heureux que lorsqu'ils faisaient semblant de se disputer. Et ils le faisaient très bien...

— Messieurs, s'il vous plaît, déclara-t-elle. Je suis certaine que James ne pensait pas à mal.

— Là, tu vois, mon vieux, fit celui-ci à son aîné. Elle sait ne pas me prendre au sérieux. Et puis, qu'est-ce qu'un regard, de toute manière?

— En général, l'extension de nos véritables sentiments, rétorqua Jason, toujours sombre.

— Ah, mais pas le mien! Je trouve bien plus amusant de ne pas m'afficher aussi ouvertement… Je ne suis pas comme toi, mon cher frère.

Edward éclata de rire.

— Là, il t'a eu, Jason. Tu as l'air vraiment féroce en ce moment.

— Oui, renchérit James. Si féroce que notre nouvelle belle-sœur risque fort d'être effrayée.

Jason haussa un sourcil vers Roslynn.

— Je suis navré, ma chère. Vous devez penser que…

James ne put résister à la tentation.

— Que tu es un tyran, le coupa-t-il.

— Pas du tout, intervint-elle à nouveau. Je suis moi-même fille unique. C'est très… intéressant de voir comment se comporte une grande famille. Mais dites-moi : qui, dans cette grande famille, sert d'arbitre ?

Cette question déclencha de francs éclats de rire. C'était plus qu'elle n'en avait espéré. La gaieté adoucissait les traits de Jason, montrant qu'il restait un homme incroyablement séduisant à quarante-six ans. Quant à Edward, il était tout simplement adorable.

— Je vous avais bien dit qu'elle était merveilleuse, déclara James à ses frères. Tony a enfin rencontré sa moitié.

— Il semble bien, approuva Edward en essuyant ses larmes de rire. Mais tu nous avais dit qu'elle était écossaise. Elle n'a pas d'accent.

Une voix calme s'éleva alors depuis l'entrée :

— Elle le retrouve quand elle s'énerve, au moment où l'on s'y attend le moins.

James ne pouvait pas laisser passer ça.

— Et tu le sais d'expérience, pas vrai ?

— Exactement, répliqua Anthony en fixant sa femme droit dans les yeux.

De le voir ainsi, si nonchalant, si insouciant, la mit en rage. Elle serra les poings. Ah, il voulait jouer avec les mots ?

Elle lui adressa un sourire sirupeux.

— Je ne m'énerve que contre ceux qui le méritent.

James retourna le couteau dans la plaie :

— Dans ce cas, Tony, tu n'as rien à craindre, si ?

— Quand ton navire met-il les voiles, mon frère ? Très vite, j'espère.

James éclata de rire tandis que leurs deux aînés et Jeremy rejoignaient Anthony pour le congratuler. Roslynn observa cette joyeuse scène. Il allait donc jouer la comédie ? Se comporter comme si tout allait pour le mieux dans le meilleur des mondes ? Eh bien, elle pouvait faire pareil, tant qu'il ne l'approcherait pas de trop près.

Mais il l'approcha, et de très près : il prit la place de Jason sur le sofa et posa un bras sur ses épaules, tel l'époux idéal.

— La nuit a été douce, mon cœur ?

— Va au diable, siffla-t-elle à mi-voix tout en continuant à sourire.

Anthony gloussa, se débrouillant pour ne pas grimacer malgré la douleur qui lui martelait le crâne. Grâce à l'obstination de sa chère épouse, il tenait une gueule de bois royale. Il s'était soûlé pour ne pas fracasser la porte de sa chambre. Et maintenant, il le regrettait : il aurait dû défoncer cette maudite porte.

Il choisit d'ignorer Roslynn. Mais, pervers, il laissa son bras sur ses épaules.

— Alors, Eddie, quand débarque le reste du régiment?

— Ils seront là dès que Charlotte aura réuni tout le monde. Ah, au fait, elle veut donner une soirée en votre honneur, à Roslynn et à toi... puisqu'on a raté le mariage. Oh, rien d'exceptionnel. Juste la famille et les amis.

— Pourquoi pas? approuva Anthony. Un bonheur immense comme le nôtre, il faut en faire profiter tout le monde.

Il réprima un sourire en sentant Roslynn se crisper.

26

— J'espère que tu ne t'es pas trop inquiétée, l'autre soir?

Frances éclata d'un rire sans joie.

— Pas inquiétée? Tu as été enlevée dans ma propre maison. C'était moi la responsable!

— Absolument pas. Comment aurions-nous pu imaginer que Geordie serait aussi vicieux? Mais tu comprends pourquoi j'ai dû partir sans attendre ton retour.

— Oui, ça, je le comprends. Tu ne pouvais plus rester. Mais ce mot que tu m'as envoyé il y a deux jours, voilà ce que je ne comprendrai jamais. Comment as-tu pu faire une chose pareille, Ros? Anthony Malory? Le pire de tous!

Eh bien voilà, ça y était. La question qu'elle

avait redoutée entre toutes. Celle qu'elle ne cessait elle-même de se poser. Elle avait bien quelques réponses, des réponses qui ne valaient rien. Mais elle les devait à son amie.

— La nuit où je suis partie pour Silverley, je me suis arrêtée ici pour voir Anthony.

— Quoi ?

— J'ai eu tort mais je l'ai fait. Tu comprends, il m'avait offert son aide. Le mari de Regina ne connaissait pas si bien mes gentlemen, après tout. Anthony, oui. Ou, du moins, il le prétendait. Il devait éclaircir certaines rumeurs sur leur compte... Bon, après avoir échappé aux griffes de Geordie, je n'avais plus une seconde à perdre. Je suis venue ici pour obtenir un nom, rien d'autre. Je voulais juste savoir lequel me conviendrait le mieux.

— Bon. C'était raisonnable, j'imagine, à défaut d'être convenable, concéda Frances. Tu étais effrayée, bouleversée. Tu ne devais plus avoir les idées claires cette nuit-là. Alors, comment se fait-il que tout soit allé de travers ? Comment t'es-tu retrouvée mariée avec Sir Anthony ?

— Il m'a menti, dit simplement Roslynn. Il m'a convaincue qu'aucun d'entre eux ne faisait l'affaire. Qu'ils étaient tous abominables. Si tu savais les histoires horribles qu'il a inventées sur leur compte ! Et il faisait semblant d'être désolé d'avoir à me les raconter. Je n'ai pas soupçonné une seule seconde qu'il mentait.

— Alors, comment sais-tu...

Roslynn rit brièvement.

— Il l'a admis plus tard, après le mariage. Il m'a tout avoué, et avec une arrogance !

— Le goujat !

— Oui, soupira Roslynn. Cette nuit-là, j'étais déjà désespérée en venant ici et voilà que je me retrouvais au point de départ. Je ne savais plus quoi faire.

— Alors tu lui as demandé de t'épouser, conclut Frances. Oui, je te comprends maintenant… Tu pensais ne plus avoir le choix.

— Cela ne s'est pas passé exactement ainsi, répondit Roslynn, qui était néanmoins décidée à ne pas évoquer comment il l'avait séduite. (Frances n'avait pas besoin de *tout* savoir.) Même après cela, je n'envisageais pas cette solution. J'étais même prête à retourner en Ecosse pour épouser un fermier. C'est lui qui m'a suggéré de l'épouser.

Frances ouvrit de grands yeux incrédules.

— Il a *quoi* ? Il t'a vraiment proposé le mariage ?

— Oui, et j'ai été aussi surprise que toi. En fait, je pensais qu'il plaisantait.

— Mais il ne plaisantait pas ?

— Non, pas du tout. J'ai refusé, bien sûr.

— Tu as refusé ?

— Oui, et j'ai poursuivi ma route vers Silverley. (Frances n'avait pas besoin de savoir que cela s'était passé le lendemain matin.) Mais, comme tu le vois, j'ai changé d'avis. Il m'offrait une solution et j'ai décidé de faire comme s'il s'agissait d'une transaction commerciale. Voilà, tu connais toute l'histoire maintenant.

Moins certaines parties qu'elle était incapable de révéler.

Frances poussa un soupir désolé.

— Eh bien, j'espère simplement que tu ne le regretteras pas. Je prierai pour ton salut, pour un miracle…

— Alors, on parle de moi dans mon dos ? fit Anthony en pénétrant tranquillement dans la pièce.

La pauvre Frances rougit comme une tomate. Roslynn foudroya son mari du regard.

— Vous écoutez aux portes, milord ?

— Pas du tout, madame, je passais dans le coin, se moqua-t-il. Ainsi, les renforts sont arrivés ?

Ce fut au tour de Roslynn de rougir tandis qu'il considérait Frances d'un air éloquent. Il lui rappelait que la veille, à chaque fois qu'il avait tenté de lui parler, elle s'était esquivée pour bavarder avec un autre membre de sa famille. Et voilà qu'aujourd'hui non plus ils n'étaient pas seuls. Mais cette fois-ci, la visiteuse était clairement dans le camp de Roslynn. Le mot «renforts» était parfaitement adéquat, même si Frances n'avait aucune idée de ce à quoi il faisait allusion.

— Vous sortiez ? s'enquit Roslynn avec espoir.

— Précisément. Je dois me remettre en quête de ton cher cousin.

— Tiens donc ? Et trouver une nouvelle distraction ? Eh bien, à un de ces jours !

Anthony s'approcha d'elle, la toisant de toute sa hauteur.

— A ce soir, ma chère. Tu peux en être certaine, tu me verras ce soir. (Il s'écarta avec un mauvais sourire.) Bonne journée, mesdames.

Je vous en prie, continuez à me traîner dans la boue…

Il tourna les talons et s'en fut avec son habituelle nonchalance, laissant Roslynn de fort méchante humeur et Frances mal à l'aise. Mais s'il avait quitté la pièce tranquillement, il claqua violemment la porte d'entrée.

Roslynn grimaça en entendant le bruit. Frances haussa un sourcil interrogateur.

— Il a un problème ?
— On peut dire ça.
— Et toi aussi ?
— Frances, je n'ai aucune envie d'en discuter.
— C'est si grave que ça ? Eh bien, tout ce que je peux dire, c'est que tu as accepté ce mariage en sachant pertinemment à qui tu avais affaire. Il n'est sûrement pas facile à vivre, mais tu dois essayer de t'en accommoder au mieux. A toi de ne pas te faire trop d'illusions…

27

Peu après le départ de Frances, Jeremy vint la trouver avec un sourire enjoué et un tas de journaux. Dans chacun d'eux, Roslynn trouva l'annonce de leur mariage mais elle devait admettre que, sur ce sujet, Anthony n'avait pas tort : rien ne prouvait que Geordie lirait les journaux. Malgré leur brouille, il continuait à le rechercher pour l'écarter de son chemin. Elle ne put s'empêcher de lui en être reconnaissante.

Elle était certes mariée mais si Geordie l'ignorait, elle n'était pas plus en sécurité qu'avant. S'il réussissait à l'enlever à nouveau pour apprendre de sa bouche qu'il était trop tard, Dieu seul savait ce qu'il pourrait faire dans sa fureur d'avoir été berné.

Pour cette raison, elle décida de ne pas sortir de la maison pendant quelque temps. D'ailleurs, elle avait suffisamment à faire ici, en premier lieu redécorer toutes les pièces. Il lui suffirait de faire venir les fournisseurs. Ceux-ci en seraient ravis puisqu'elle comptait bien dépenser une fortune. Elle avait changé d'avis sur ce sujet : c'était l'argent d'Anthony qu'elle utiliserait, qu'elle jetterait par les fenêtres. Il allait regretter de s'être attiré ses mauvaises grâces !

Une minuscule voix en elle chuchotait que c'était une vengeance mesquine, mais elle refusait de l'écouter. Elle allait le soulager d'une somme formidable et, pourquoi pas, oui, pourquoi pas, elle irait jusqu'à le ruiner. Après tout, cette maison ne possédait même pas une salle de bal. Une jeune mariée avait bien le droit de se distraire, non ? Elle pouvait exiger qu'il lui construisît une autre maison... voilà qui le ruinerait sûrement. L'idée ne manquait pas d'attrait. La vision d'Anthony venant humblement lui quémander une pension était réjouissante...

Mais Roslynn ne tarda pas à oublier ses idées de vengeance. A mesure que la journée avançait, elle se rappelait ses paroles du matin : il lui avait promis une confrontation pour ce soir. Sa nervosité grandit encore quand elle apprit que Jeremy et James sortaient. Elle serait donc seule avec lui. Il y aurait bien les domestiques et Nettie, mais ils ne lui seraient pas d'un grand secours.

Cédant à sa peur, elle se retira ridiculement tôt dans sa nouvelle chambre, informant Dobson qu'elle ne se sentait pas bien et qu'elle ne souhaitait être dérangée sous aucun prétexte.

Elle enfila sa chemise de nuit la plus sage — une lourde robe de coton prévue pour les froides nuits d'Ecosse — et dissimula sa chevelure sous un affreux bonnet emprunté à Nettie. Pour faire bonne mesure, elle passa un peignoir de laine informe.

Evidemment, attifée ainsi, elle avait beaucoup trop chaud dans ses couvertures. Mais c'était aussi bien. Elle aurait vraiment l'air malade si jamais il venait la trouver.

Si seulement elle pouvait verrouiller sa porte ! Mais Dobson avait été incapable d'en dénicher la clé. D'ailleurs, elle doutait qu'une porte fermée à double tour arrêterait Anthony. Au contraire, pour un homme comme lui, ce serait un défi.

Elle se saisit du livre posé sur la table de chevet, sans doute abandonné là par le précédent occupant des lieux. C'était un recueil de sonnets d'amour d'une sentimentalité débordante. Mais il était trop tard pour descendre dans le bureau d'Anthony en chercher un autre. Si jamais il rentrait maintenant, elle risquait de tomber sur lui et toute sa petite mise en scène n'aurait servi à rien.

Elle abandonna sa lecture idiote. Elle n'était

pas d'humeur romantique ce soir. Vraiment pas. Son esprit se mit à vagabonder...

Soudain, Anthony fut là. La porte s'ouvrit et il entra. Elle aurait dû se douter que les avertissements de Dobson ne le retiendraient pas.

— Très amusant, ma chère, fit-il d'un ton sec, les traits indéchiffrables. Il t'a fallu toute la journée pour imaginer cette comédie ?

— J'ai demandé à ne pas être dérangée.

— Je le sais, mon cœur. (Il ferma la porte avec un sourire agaçant.) Mais un mari a le droit de déranger sa femme... n'importe quand, n'importe où et de la manière qui lui plaît.

Le double sens de ces derniers mots la fit rougir. Ce qu'il remarqua aussitôt.

— Ah, ce doit être la fièvre, poursuivit-il en s'approchant lentement du lit. Pas étonnant, avec la montagne de vêtements que tu portes. Ou est-ce un coup de froid ? Non, tu n'as pas pris la peine de te pincer le nez pour le faire rougir. Une migraine, alors ? Bien sûr. La migraine, c'est ce qu'il y a de mieux : il n'y a pas de signes extérieurs.

Ses sarcasmes la mirent en rage.

— Brute ! Si j'en avais une, tu t'en moquerais complètement, hein ?

Il s'assit sur le rebord du lit et commença à jouer avec la ceinture de son peignoir.

— Oh, je ne sais pas. Tu as une migraine ?

— Oui !

— Menteuse.

— J'ai un très bon professeur pour les mensonges.

Il éclata de rire.

— Excellent, ma chère. Je me demandais

comment introduire le sujet mais tu viens de le faire pour moi.

— Quel sujet ?

— Oui, quel sujet, en effet. On va jouer les idiots maintenant ?

— *On* ne va jouer à rien du tout. *Tu* vas quitter cette chambre.

Ce qu'il ne fit pas, bien sûr. S'appuyant sur un coude, il l'étudia avec une sérénité prodigieusement agaçante.

Soudain, il tendit le bras pour lui arracher son bonnet de nuit.

— Voilà qui est mieux, fit-il en suivant du regard la cascade rousse qui roulait sur ses épaules. Tu sais comme j'aime tes cheveux. Tu les as cachés juste pour m'embêter ?

— Tu te flattes.

— Peut-être, dit-il avec douceur. Et peut-être que j'ai connu assez de femmes pour savoir comment fonctionne leur esprit quand elles ont décidé de vous faire payer quelque chose. Les repas froids, les bras froids, les lits froids. Avec toi, j'ai eu droit à tout sauf aux repas, mais je suppose que cela va venir.

Elle lui jeta le livre au visage. Il l'évita facilement.

— Si c'est de la violence que tu veux, ma chère, tu tombes à pic. En fait, si j'avais trouvé ce bâtard de Cameron aujourd'hui, je crois bien que je l'aurais tué avant de lui poser la moindre question. Alors, ne tente pas ta chance.

Il avait parlé avec trop de calme pour qu'elle le prît au sérieux. Elle était submergée par ses propres émotions et ne se rendait pas

218

compte qu'elle ne l'avait jamais vu ainsi. Il était furieux.

— Vas-tu sortir, à la fin ? lança-t-elle d'une voix aiguë. Je n'ai pas envie de te parler !

Il jeta le bonnet de nuit à travers la pièce.

— C'est ce que je vois. Mais je me fiche complètement de ce dont tu as envie ou pas, ma chère.

Elle poussa une exclamation de surprise quand il se pencha sur elle.

— Rappelle-toi la première condition de notre mariage, Roslynn. Je dois te faire un enfant, selon tes propres vœux. Et je t'ai donné mon accord.

— Tu as aussi accepté l'autre condition. C'est le mensonge qui est venu après qui a tout changé.

Elle réalisait maintenant qu'il était en colère. Elle le voyait dans la dureté de ses yeux, la tension de ses mâchoires. C'était un homme différent, effrayant... fascinant. Il éveillait en elle quelque chose de primitif, d'inconnu.

Mais si Anthony était furieux, il n'était pas aveugle. Et l'étincelle de désir qui avait brillé dans ses yeux l'adoucit quelque peu. Elle avait encore envie de lui. Même dans sa rage, elle le voulait encore. Rassuré sur ce point, il décida d'attendre qu'elle oubliât sa rancune. Ce ne serait pas une attente agréable, mais il ne tenait pas à ce qu'elle lui reprochât le lendemain matin de l'avoir forcée.

— Tu aurais vraiment dû te pincer le nez, ma chère. J'aurais presque pu y croire.

Roslynn cilla, n'en croyant pas ses oreilles. Elle se débattit de toutes ses forces. Inutilement : il l'avait déjà abandonnée. Il se leva et la contempla de haut avec un sourire menaçant.

— J'ai été patient mais je tiens à te prévenir. Ne joue pas avec ma patience, elle a des limites. Surtout quand je n'ai rien à me reprocher... rien encore.

— Ah, tu vois !

Anthony ignora cette réponse en gagnant la porte.

— Cela pourrait m'aider si tu me disais combien de temps encore tu comptes me punir.

— Je ne te punis pas.

— Non ? (Il se retourna, glacial.) Eh bien, n'oublie pas qu'on peut être deux à jouer ce jeu-là.

Cette petite phrase empêcha Roslynn de trouver le sommeil après son départ.

28

Un direct. Un autre direct. Un uppercut du gauche suivi d'un crochet du droit. L'homme s'effondra, inconscient, avant même d'atteindre le sol. Anthony recula en jurant parce que c'était allé trop vite.

Knighton lui jeta une serviette au visage, jurant lui aussi. Il sauta sur le ring pour examiner le partenaire d'Anthony.

— Bon sang, Malory ! Tu exagères. Je dis toujours que la boxe est une bonne chose pour se décharger de ses frustrations, mais pas pour toi !

— La ferme, Knighton, rétorqua Anthony en arrachant ses gants.

— C'est ça, répliqua John avec colère. J'aimerais bien savoir où je vais trouver un type assez stupide pour se mesurer à toi, maintenant. Mais laisse-moi te dire une bonne chose : je n'en chercherai pas tant que tu n'auras pas couché avec cette femme et que tu ne te seras pas calmé. Ne remonte plus sur mon ring d'ici là, compris ?

Anthony avait assommé des hommes pour moins que cela. Mais John Knighton était son ami et la voix de James s'éleva alors :

— Tu n'as plus de partenaire, Tony ?

— Sauf si tu veux bien me faire ce plaisir.

— J'ai l'air si idiot ? (James jeta un regard moqueur sur sa tenue.) Je ne veux pas salir mes vêtements.

— Je ne te toucherai qu'au visage.

— Mais, mon cher, tu es si maladroit parfois. Surtout en face de moi.

Anthony grogna.

— J'ai l'impression que tu me suis, vieux frère. Tu as une bonne raison ?

— En fait, j'ai un petit problème à régler avec toi. Mais en dehors du ring, bien sûr.

Anthony sauta hors des cordes et s'empara de sa veste.

— Ça t'ennuie si on sort d'abord ?

— Allons-y. Je t'offre un verre.

— Tu peux m'en offrir plusieurs.

L'ambiance au *White* était tranquille, apaisante. Le club était un endroit où se détendre :

on pouvait y lire les journaux, mener ses affaires, discuter politique, jouer ou… se soûler. Et tel était le but d'Anthony. Ici, au moins, les femmes n'étaient pas admises. La foule du déjeuner était partie depuis un bon moment et seuls restaient les habitués, ceux qui vivaient davantage au club que chez eux.

— Qui a payé ma cotisation pendant toutes ces années ? s'enquit James tandis qu'ils prenaient place dans deux confortables fauteuils devant une baie vitrée.

— Tu veux dire que tu es encore membre du club ? Et moi qui pensais devoir t'inviter.

— Très amusant, mon garçon. Mais je sais très bien que ni Jason ni ce bon Eddie n'en auraient pris la peine.

Etant découvert, Anthony fit grise mine.

— Bon, ça va, je suis un idiot sentimental. Je n'avais pas envie de voir ton nom rayé de la liste des membres.

— Parce que tu étais certain que je reviendrais un jour dans le droit chemin ?

Anthony haussa les épaules.

— Il y a un peu de ça, et aussi le fait que l'attente pour devenir membre est très longue.

— Malory !

Anthony leva les yeux pour voir un nouveau venu qu'il connaissait vaguement.

— Je suis passé chez vous hier mais Dobson m'a dit que vous étiez sorti. Je voulais éclaircir un petit pari que j'ai fait avec Hilary. Elle a vu cette annonce dans le journal. Vous n'allez pas le croire, Malory. D'après eux, vous êtes marié ! Bien sûr, je savais que ce ne pouvait être vous. Sûrement un homonyme. J'ai raison, hein ?

Les doigts d'Anthony se crispèrent autour de son verre.

— Vous avez raison, déclara-t-il d'un ton neutre.

— Je le savais! triompha le bonhomme. Hilary va piquer une de ces crises. Ça fait longtemps que je n'ai pas gagné cinq livres aussi facilement.

— Etait-ce bien sage? demanda James dès que l'homme se fut éloigné. Il va le répéter partout.

— Qu'est-ce que tu veux que ça me fasse? rétorqua Anthony. Quand je me sentirai marié, je le dirai.

James se renfonça dans son siège, un petit sourire aux lèvres.

— Ça y est, tu commences à gémir sur ton sort?

— Oh, la ferme.

Anthony termina son verre et se leva pour en chercher un autre. Il revint avec la bouteille.

— Je croyais que tu avais un problème à régler, reprit-il. Je t'écoute.

— Très bien. Tu as donné ces places de théâtre à Jeremy, hier soir. Il m'a dit que c'était ton idée, pas la sienne. Si tu voulais te débarrasser de nous pour la soirée, pourquoi passer par le garçon?

— Ça ne vous a pas plu?

— Là n'est pas la question. Je n'aime pas être manipulé, Tony.

— Mais c'est précisément pourquoi j'ai donné les billets au garçon. (Anthony sourit.) Tu m'as expliqué à quel point tu avais du mal à lui refuser quoi que ce soit depuis que tu joues les papas poules.

— Bon sang! Tu aurais pu simplement me le demander. Je ne suis pas insensible au point de ne pas comprendre que tu souhaites rester un peu seul avec ta nouvelle épouse.

— Tu es à peu près aussi sensible qu'un arbre mort, James. Si je t'avais demandé de partir, tu serais resté rien que pour m'ennuyer.

James prit un air faussement innocent.

— Tu crois? Oui, c'est bien possible. J'aurais adoré vous voir, ta petite Ecossaise et toi, vous courir après dans la maison à moitié nus. Je n'aurais manqué ça pour rien au monde. Alors, pourquoi avais-tu tellement besoin d'un peu d'intimité?

Anthony se versa un nouveau verre.

— Ça n'a aucune importance maintenant. La soirée ne s'est pas terminée comme je l'avais prévu.

— Oh! oh! le paradis n'est donc plus aussi beau?

Anthony reposa la bouteille avec violence.

— Tu ne croiras jamais de quoi elle m'accuse! D'avoir couché avec cette petite traînée de serveuse qu'on a croisée l'autre soir!

— Eh bien, pourquoi n'as-tu pas dit tout simplement que c'était moi qui avais des vues sur elle? Il nous est certes arrivé de partager certaines dames par le passé mais jamais le même jour.

— Exact. Mais ma chère épouse me croit capable des pires turpitudes. Et je n'aime pas avoir à me justifier alors que je n'ai rien fait de mal. Un minimum de confiance ne serait pas du luxe.

James soupira.

— Tony, mon garçon, tu as beaucoup à apprendre sur les jeunes mariées.

— Parce que toi, tu es un expert en la matière ? ricana Anthony.

— Bien sûr que non, répliqua paisiblement son frère. Mais si tu avais un peu de bon sens, tu comprendrais que c'est un moment très délicat pour une femme. Elle commence une nouvelle vie, elle cherche ses marques, elle essaye de s'adapter. Elle ne se sent pas du tout en sécurité. De la confiance ? Bah ! Vraies ou fausses, les premières impressions sont souvent celles qui durent. Tu comprends ?

— Je comprends surtout que tu n'as aucune idée de ce dont tu parles. Quand as-tu fréquenté pour la dernière fois une dame de qualité ? Les goûts du capitaine Hawke le conduisent vers des créatures très différentes.

— Pas *si* différentes, mon garçon. Une duchesse ou une catin ont toujours un point commun : ni l'une ni l'autre n'est immunisée contre la jalousie.

— La jalousie ? répéta Anthony, sidéré.

— Mais enfin, bon sang, c'est bien là le problème, non ?

— Je n'y avais pas pensé… Euh, en effet, ça pourrait expliquer bien des choses. Pourquoi elle se montre si déraisonnable… Elle est tellement furieuse qu'elle refuse même d'en parler.

James éclata d'un rire tonitruant.

— Où est passée ta finesse, mon cher ? Tu

as suffisamment d'expérience pour savoir comment résoudre...

— Question finesse, le coupa Anthony avec irritation, le capitaine Hawke ne peut pas me donner de leçons.

— Silence, Tony! gronda James. Si tu n'arrêtes pas de brailler ce nom-là, je vais me retrouver avec une corde autour du cou. Hawke est mort. Ne l'oublie pas.

— Détends-toi, mon vieux. Ici, personne ne s'occupe de toi. Mais tu as raison. Puisque tu as pris la peine de le tuer, nous pouvons aussi bien le laisser reposer en paix. Mais tu ne me l'avais pas dit. Qu'est devenu le reste de ta bande?

— Certains sont partis. D'autres sont restés attachés au *Maiden Anne*. Ils sont ici à terre jusqu'à ce qu'on lève l'ancre.

— Et quand cela arrivera-t-il, s'il te plaît?

— Détends-toi, petit frère. Je m'amuse beaucoup trop à te voir gâcher ta vie pour partir maintenant.

29

Il était cinq heures de l'après-midi quand George Amherst aida les deux frères Malory à descendre du fiacre en face de la demeure sur Piccadilly... Ils avaient bien besoin d'aide. George était hilare. Il l'était depuis qu'il était tombé sur les deux énergumènes chez *White*. Jamais il n'avait vu Anthony dans un tel état.

Quant à James, eh bien, il était hautement comique de voir le plus terrible des Malory s'éclater la panse de rire tout en essayant de soutenir son frère alors que lui-même était incapable de tenir debout tout seul.

— Elle ne va pas aimer ça, fit James en laissant tomber son bras sur les épaules d'Anthony, ce qui faillit les expédier tous les deux par terre.

— Qui ? s'enquit Anthony, belliqueux.

— Ta femme.

— Ma femme ?

George rattrapa Anthony alors qu'ils titubaient en arrière et les poussa vers la porte.

— Splendide ! gloussa-t-il. Tu as failli te faire jeter dehors chez *White* pour avoir refait le portrait de Billings alors qu'il t'avait simplement félicité pour ton mariage, et voilà que tu ne te souviens pas de ta femme !

George avait lui aussi encore du mal à se faire à cette idée. Il était resté sans voix quand Anthony était venu lui annoncer la nouvelle la veille au matin.

— Un seul rire, George… le moindre petit sourire… et je te fracasse le crâne, avait menacé Anthony avec une effroyable sincérité. J'avais perdu la tête. C'est la seule explication. Alors, pas de félicitations, s'il te plaît. Des condoléances seraient plus appropriées.

Puis il avait refusé de prononcer un mot de plus sur ce sujet, refusant de dire qui elle était, pourquoi il l'avait épousée, pourquoi il le regrettait déjà. Mais George n'était pas certain qu'il le regrettait autant : Anthony l'avait entraîné toute la journée à la poursuite du cousin de la belle, qui représentait, selon lui, une menace pour elle. Le désir de la protéger était évident. Le désir de ne pas parler d'elle également. Mais le pire était la fureur d'Anthony. George avait été soulagé qu'ils ne trouvent pas le quidam en question : il n'aurait pas aimé assister à cette scène...

La porte d'entrée s'ouvrit sur un Dobson de marbre. Mais celui-ci perdit toute sa sérénité quand James décida d'abandonner Anthony pour un soutien plus ferme : le malheureux maître d'hôtel.

— Où est Willis, mon bon ? Je crois que je vais avoir besoin d'aide pour mes bottes.

Il n'y a pas que pour cela qu'il va avoir besoin d'aide, songea George, de plus en plus, amusé, en observant le frêle Dobson ployer sous le poids de James. George avait lui-même bien du mal à soutenir Anthony.

— Vous feriez bien d'appeler quelques valets, Dobson, suggéra-t-il.

— J'ai bien peur, haleta le vieux serviteur, qu'ils ne soient sortis sur l'ordre de Madame, milord.

Entendant cela, Anthony se mit à grogner.

— Bon sang, elle n'a pas à...

George lui flanqua un bon coup de coude dans les côtes car la dame en question venait de surgir du salon. Les mains sur les hanches, une lueur de mauvais augure dans les yeux, elle toisa les quatre hommes. George déglutit avec peine. C'était *elle*, la femme d'Anthony ? Dieu, elle était splendide... et furieuse.

— Pardonnez-moi, Lady Malory, commença-t-il d'un ton hésitant. J'ai trouvé ces deux-là dans un drôle d'état. J'ai jugé plus prudent de les ramener pour qu'ils dorment un peu.

— Et qui êtes-vous, monsieur ? demanda sèchement Roslynn.

George n'eut pas le temps de répondre. Anthony le devança en ricanant :

— Voyons, ma chère, tu dois bien reconnaître ce bon vieux George ! C'est lui le responsable de ton dégoût envers la gent masculine.

— Va au diable, Malory, siffla George en se débarrassant du bras d'Anthony. Je te laisse aux soins de ta femme. Tu mériterais qu'elle te flanque dehors.

Il n'avait pas compris à quoi faisait allusion Anthony, mais ce n'était pas une façon de présenter son meilleur ami à son épouse.

Il s'inclina brièvement vers Roslynn avant d'enchaîner :

— A bientôt, Lady Malory. Et, je l'espère, dans de meilleures conditions.

Et il s'en fut, sans même prendre la peine de refermer la porte derrière lui.

Anthony le suivit du regard, abasourdi, tout en essayant sans grand succès de garder son équilibre au milieu du hall.

— J'ai dit quelque chose, George ?

James en rigola si fort que Dobson et lui redescendirent trois marches.

— Tu es impayable, Tony !

Celui-ci fit volte-face vers son frère.

— Qu'est-ce que tu veux dire par là ?

James se contenta de rire de plus belle, au grand dam du malheureux Dobson. Quand il apparut qu'Anthony allait s'écrouler sur place,

Roslynn se décida à le rejoindre, passant un bras sous son épaule.

— Je n'arrive pas à le croire, grinça-t-elle en le faisant manœuvrer prudemment vers l'escalier. Tu ne sais donc pas l'heure qu'il est, pour rentrer chez toi dans cet état ?

— Mais si, je sais, s'indigna-t-il. Il est... il est... Il est l'heure qu'il est. C'est tout. Et j'peux pas rentrer chez moi ailleurs que chez moi.

Il trébucha sur la première marche et s'effondra, entraînant Roslynn avec lui.

— Par l'enfer ! Je devrais bien te laisser là !

L'esprit embrumé, Anthony se méprit sur le sens de ces mots. Il la serra contre lui si fort qu'elle en eut le souffle coupé.

— Tu ne me quitteras pas, Roslynn. Je ne le permettrai pas.

Elle le fixa, incrédule.

— Tu... ô Seigneur, protège-moi des ivrognes et des imbéciles ! fit-elle, exaspérée, en le repoussant. Allez, idiot. Lève-toi !

Tant bien que mal, ils parvinrent à gravir l'escalier. Quand Dobson apparut à la porte un moment plus tard, elle le renvoya sans trop savoir pourquoi. Il aurait pu lui être utile. Mais c'était une occasion unique : elle avait Anthony tout à elle. En fait, sa première irritation passée, elle commençait à apprécier la situation. Le fait d'être sans doute la cause de son état lui rendait sa bonne humeur. Mais l'était-elle vraiment ?

— Tu pourrais me dire pourquoi tu rentres complètement soûl au milieu de la journée ?

Elle chevaucha une de ses jambes pour enlever une botte.

— Soûl? Bon sang, femme, c'est un mot écœurant. Les gentlemen ne se soûlent jamais.

— Ah? Et ils font quoi alors?

Il poussa contre son postérieur avec son autre pied jusqu'à ce que la botte cédât.

— Le mot juste est... est... c'est quoi au juste?

— Soûl, répéta-t-elle.

Il grogna et elle répéta l'opération avec la deuxième botte. Puis elle s'attaqua à sa veste.

— Tu n'as pas répondu à ma question, Anthony.

— Quelle question?

— Pourquoi es-tu dans un état aussi lamentable?

Cette fois, il ne se vexa pas.

— Allons, ma chère. Quand un homme boit-il un peu trop? Quand il est ruiné, quand un de ses proches est mort ou bien quand son lit est vide.

Roslynn arbora un air parfaitement innocent.

— Quelqu'un est mort?

Il la prit par les hanches, l'attirant entre ses jambes. Il souriait mais il n'y avait aucune joie dans ses yeux.

— Joue avec le feu, mon cœur, et tu vas te brûler, la prévint-il sombrement.

Elle tira sur sa cravate avant de l'expédier d'une bourrade dans le lit.

— Il faut dormir, *mon cœur.*

Là-dessus, elle tourna les talons.

— Tu es une femme cruelle, Roslynn Malory, lança-t-il.

Elle claqua la porte.

30

Encore une fois, Roslynn descendit prendre son petit déjeuner avec les yeux rougis. Encore une fois, elle avait passé une nuit sans sommeil. Mais, cette fois, elle était seule à blâmer. Elle éprouvait un certain remords pour le traitement infligé à Anthony la veille. Elle aurait pu au moins le déshabiller, le mettre à son aise plutôt que le laisser ainsi sans même prendre la peine de le couvrir. Après tout, il était son mari.

Une demi-douzaine de fois, elle avait failli se lever pour se rendre dans sa chambre mais n'avait pas osé, de peur qu'il ne fût réveillé et ne se méprît sur ses intentions.

Pourtant, il l'avait bien cherché. C'était lui qui s'était soûlé, elle ne l'avait pas forcé. Et si ce matin il souffrait d'une terrible gueule de bois, eh bien, c'était tant pis pour lui. Il devait payer ses excès, non ? Alors pourquoi avait-elle perdu une bonne nuit de sommeil à se retourner dans son lit en s'inquiétant de son sort ?

— A voir ta grimace, ça a l'air exécrable. Je crois que je ferais mieux d'aller manger au club.

Roslynn leva les yeux, surprise par la soudaine apparition d'Anthony. Il lui fallut quelques secondes pour comprendre qu'il faisait allusion aux différents plats qui trônaient sur la table du petit déjeuner.

— Non, non, tout est très bon.

— Splendide ! s'exclama-t-il avec chaleur.

Dans ce cas, tu ne verras aucun inconvénient à ce que je me joigne à toi ?

Il n'attendit pas sa réponse pour s'installer et empiler une énorme quantité de nourriture dans une assiette. Roslynn examina sa haute silhouette impeccablement sanglée dans une élégante veste marron et ses bottes de daim. Il n'avait pas le droit d'avoir une mine aussi superbe, d'être aussi resplendissant. Il aurait dû être en train de gémir, de grommeler et de maudire ses excès !

— Tu te réveilles bien tard, remarqua-t-elle en plantant son couteau dans une saucisse rebondie.

— Je rentre de ma séance de galop dans le parc. (Il haussa un sourcil.) Tu te lèves à peine, ma chère ?

Heureusement qu'elle n'avait pas encore attaqué sa saucisse, elle se serait étranglée. Comment osait-il la priver du plaisir de le voir payer ses débordements de la veille ? On aurait dit qu'il venait de passer la meilleure nuit de sa vie.

Anthony n'attendait pas de réponse à sa question. Il ne fut donc aucunement déçu de ne pas en obtenir. Une lueur amusée dans les yeux, il observait Roslynn qui s'occupait de sa saucisse avec une farouche détermination. Elle était bien décidée à l'ignorer. Pervers, il n'avait aucune intention de la laisser faire.

— J'ai remarqué un nouveau tapis dans le hall.

Un *tapis* ? Ce qu'il appelait un tapis était une tapisserie d'Aubusson, une véritable merveille.

— Etrange que tu ne l'aies pas remarqué hier.

Bravo, mon cœur. Il réprima un sourire : elle allait lui donner du fil à retordre.

— Et un nouveau Gainsborough, aussi, reprit-il d'un ton anodin tandis que son regard effleurait le magnifique tableau qui, à présent, dominait la pièce.

— La nouvelle salle à manger et le bureau en bois de rose devraient arriver aujourd'hui.

Elle gardait les yeux baissés sur son assiette mais Anthony ne s'y trompa pas : elle ne mijotait plus dans sa colère. Bien au contraire, sa satisfaction était palpable.

Il faillit éclater de rire. Elle était si transparente ! C'était un truc vieux comme le monde : une femme qui se vengeait de son mari en délestant son porte-monnaie. Et d'après diverses remarques que Roslynn avait faites par le passé, elle devait le croire incapable de supporter de telles dépenses.

— Ainsi, tu as entrepris de redécorer la maison ?

— Je savais que tu n'y trouverais rien à redire, fit-elle avec une douceur assassine.

— Au contraire, ma chère, au contraire. Je comptais te le suggérer moi-même.

Elle tressaillit mais se ressaisit bien vite.

— Tant mieux, car je viens à peine de commencer. Et cela ne va pas coûter aussi cher que je l'avais cru tout d'abord. Je n'ai dépensé que quatre mille livres jusqu'à présent.

— Excellent.

Roslynn en resta bouche bée. Ce n'était pas du tout la réponse qu'elle attendait. Imaginait-il qu'elle utilisait son propre argent ? Eh bien, il n'allait pas tarder à déchanter en recevant les factures.

Elle se leva, jeta sa serviette sur la table, vexée par sa réaction ou plutôt par son manque de réaction. Mais elle avait encore quelque chose à lui dire.

— Frances vient dîner ce soir. Si, par le plus grand des hasards, tu consens à changer tes habitudes pour rentrer assez tôt et te joindre à nous, je te demanderai d'être sobre. Merci d'avance.

— Tu rappelles les renforts ?

— Je n'aime pas du tout ce mot, répliqua-t-elle, glaciale. Il n'est pas digne d'un gentleman.

Elle gagna la porte mais fit volte-face pour le fusiller du regard.

— Et pour votre information, milord, sachez que tous les hommes ne me dégoûtent pas, comme vous l'avez dit hier en me présentant votre ami. Seuls les individus mal élevés et débauchés m'écœurent !

31

— Le v'là, milord.

Geordie Cameron se retourna vers le petit homme trapu à son côté.

— Lequel, idiot ? Il y en a deux !

Wilbert Stow ne broncha pas. Il commençait à avoir l'habitude de l'impatience de l'Ecossais, de son mauvais caractère et de son arrogance. Si Cameron n'avait pas payé aussi bien, il lui aurait dit d'aller se faire voir ailleurs. Et, pour faire bonne mesure, il lui aurait tranché la gorge. Mais trente livres anglaises, cela représentait une véritable fortune pour Wilbert Stow. Aussi il retint sa langue et laissa passer l'insulte.

— Le brun, fit-il d'un ton servile. La maison, c'est la sienne. Y s'appelle Sir Anthony Malory.

Geordie regarda à nouveau dans ses jumelles de théâtre : Malory bavardait avec un homme blond. Ainsi, c'était lui qui écumait les bas-fonds à sa recherche depuis plusieurs jours, lui qui cachait Roslynn ! Geordie savait qu'elle se trouvait dans cette maison. Wilbert et son frère, Thomas, la surveillaient en permanence : ils avaient suivi ses malles jusqu'ici et cette Grenfell était déjà venue à deux reprises.

Roslynn se croyait sans doute futée en ne sortant pas de cette demeure. Mais c'était plus facile de l'espionner ici, avec le parc de l'autre côté de la rue. En se cachant parmi les arbres, on avait un poste d'observation idéal. Et dès qu'elle mettrait un orteil dehors, Wilbert et Thomas s'occuperaient d'elle.

Mais d'ici là, il devait régler son compte à cet Anglais qui l'avait déjà forcé à déménager deux fois en cinq jours. Maintenant qu'il savait à quoi il ressemblait, sa tâche allait en être grandement facilitée.

Geordie baissa les jumelles, un mauvais rictus aux lèvres. «Bientôt, ch'tiote. Bientôt, je te ferai payer tout ça. Tu regretteras de t'être dressée contre moi comme ta stupide mère et le vieux. Qu'ils pourrissent en enfer…»

— Tu veux un autre sherry, Frances ?

Celle-ci contempla son verre encore à moitié plein alors que Roslynn remplissait le sien.

— Détends-toi, Ros. Il y a peu de chances qu'il rentre maintenant, il est déjà tard.

Roslynn ne parvint pas à sourire à son amie.

— J'en suis arrivée à la conclusion qu'Anthony se montre toujours au moment où je l'attends le moins, juste pour m'énerver.

— Tu es nerveuse ?

Roslynn émit un son qui tenait du rire et du gémissement, avant de rejoindre Frances sur le nouveau canapé de velours.

— Je ne devrais pas, n'est-ce pas ? Après tout, tu es là. Il sera forcé de bien se tenir.

— Mais ?

— Il me stupéfie, Frances. Avec lui, je ne sais jamais à quoi m'en tenir.

— Cela n'a rien d'anormal. Après tout, tu ne le connais pas encore très bien. Bon, arrête de t'inquiéter et dis-moi plutôt ce qu'il a pensé de ce nouveau salon.

Cette fois-ci, Roslynn gloussa de joie.

— Il ne l'a pas encore vu.

Frances ouvrit des yeux ronds.

— Tu veux dire qu'il n'a pas choisi avec toi ? Mais ces meubles, cette décoration, c'est si... si...

— Délicat et féminin ?

Frances pâlit en remarquant la lueur malicieuse dans les yeux de son amie.

— Seigneur, tu l'as fait exprès ! Tu espères bien qu'il va détester...

Roslynn détailla la pièce la veille si masculine mais qui avait subi depuis une transformation radicale. A présent, elle ressemblait vraiment à un salon. Après tout, le salon était le domaine d'une femme.

— Même s'il déteste, Frances, il n'en dira rien. Il est comme cela. (Elle haussa les épaules.) Mais, bien évidemment, si cela ne lui plaît vraiment pas et qu'il le dit, je me débarrasserai de tout cela et je rachèterai autre chose.

Son amie fronça les sourcils.

— Tu oublies que ton mari n'est pas aussi riche que toi.

— Non, je n'oublie rien du tout.

Frances poussa un soupir ennuyé.

— C'est donc ça. J'espère que tu sais ce que tu fais. Les hommes ont parfois des réactions bizarres avec l'argent. Certains peuvent perdre vingt mille livres au jeu et s'en moquer. D'autres se tireront aussitôt une balle dans la tête.

— Ne t'inquiète pas, Frances. Anthony est plutôt du genre à s'en moquer. Bon, veux-tu un autre verre avant le dîner ?

Frances considéra son verre qu'elle n'avait pas touché puis celui, à nouveau vide, de Roslynn. Elle évita de répondre.

— Tu peux faire comme si de rien n'était, Ros, mais je sais que tu redoutes sa réaction. A-t-il été très... désagréable quand vous avez eu cette dispute dont tu ne veux pas me parler ?

— Ce n'était pas une dispute, répliqua Roslynn avec raideur. Et il est désagréable depuis que nous sommes mariés.

— Tu ne m'as pas paru particulièrement agréable avec lui la dernière fois. Son humeur me semble directement liée à la tienne, ma chère.

Roslynn n'apprécia pas du tout cette sage observation.

— Comme il ne nous rejoindra certainement pas pour dîner et puisque son frère et son neveu sont encore sortis, nous allons passer la soirée seules toutes les deux. On pourrait trouver un sujet de discussion plus intéressant, non ?

Frances soupira.

— On pourrait... en essayant de toutes nos forces.

Roslynn sourit enfin. La compagnie de Frances lui faisait du bien, même si certains de ses conseils étaient parfaitement déplacés. Elle se leva.

— Viens. Allons dîner. Tu vas pouvoir admirer la nouvelle salle à manger. Elle est d'une élégance incroyable...

— Et elle a aussi coûté une petite fortune ?

Roslynn éclata de rire.

— Si je te disais le prix, tu ne me croirais pas !

Bras dessus, bras dessous, elles quittèrent le salon. Dans le hall, Roslynn s'arrêta car Dobson était en train d'ouvrir la porte. Elle se raidit en apercevant Anthony. Mais en voyant qui l'accompagnait, elle en eut le souffle coupé. Comment avait-il *osé* ? Il avait ramené George Amherst alors qu'il savait pertinemment que Frances serait présente. Et à voir la tête de George qui s'était pétrifié sur place en découvrant Frances, il n'avait pas pris la peine de le prévenir non plus.

— Splendide, fit Anthony d'un ton enjoué,

tendant son chapeau et ses gants à Dobson. On arrive juste à temps pour le dîner, George.

Roslynn serra les poings. La réaction de Frances fut encore plus dramatique. Son visage avait pris un teint de cendre et elle poussa un petit cri d'horreur avant de s'enfuir à toutes jambes vers le salon.

Anthony flanqua une bonne claque dans le dos de son ami.

— Eh bien, qu'attends-tu ? Tu ne vas pas rester planté là. Va lui parler.

— Non ! aboya Roslynn. Vous en avez assez fait comme ça !

Son mépris blessa le pauvre George qui pourtant hésita à peine avant de se diriger vers le salon. Consternée, elle voulut lui barrer la route, mais c'était sans compter sur Anthony. Un bras d'acier s'enroula autour de la taille de Roslynn, l'entraînant vers l'escalier.

— Lâche-moi, espèce de...

— Allons, allons, ma chère, un peu de tenue, s'il vous plaît, ironisa-t-il. Ne prenons pas pour habitude de nous disputer dans ce hall, au grand plaisir des domestiques.

Il avait raison. Elle baissa la voix :

— Si tu ne me lâches pas...

Il posa un doigt sur ses lèvres.

— Ecoute-moi bien, mon cœur. Frances refusait de l'écouter. Il était grand temps de l'y obliger. Et maintenant, George va pouvoir lui parler tranquillement... sans être dérangé. (Une pause et un sourire.) Ça ne te donne pas des idées ?

— Pas du tout, grinça-t-elle. Je t'ai écouté... et je ne t'ai pas cru ! Voilà tout.

— Quelle tête de mule ! Mais peu importe. Tu vas m'accompagner pendant que je me change pour le dîner.

Elle n'eut d'autre choix que de le suivre puisqu'il la porta pratiquement jusqu'à sa chambre. Mais dès le seuil franchi, elle se libéra sans remarquer Willis près du lit.

— C'est la chose la plus répugnante que tu aies jamais faite !

— Heureux de l'apprendre. Moi qui croyais que la chose la plus répugnante que j'avais faite, c'était de te…

— Tais-toi ! Oh, tais-toi !

Elle le repoussa pour gagner la porte. Il la souleva sans ménagement et la déposa dans la chaise longue près de la cheminée. Les mains posées sur les bras du siège, il se pencha alors en avant, l'obligeant à se tasser contre le dossier. Il n'y avait plus aucune trace d'humour dans son expression. Il était mortellement sérieux.

— Tu vas rester ici, ma chère épouse, sinon je t'attache à cette chaise. (Un petit haussement de sourcils.) Est-ce clair ?

— Tu n'oserais pas !

— Tu peux être absolument certaine du contraire.

Ils s'affrontèrent du regard. Anthony ne broncha pas, la dominant de toute sa hauteur, les yeux inexpressifs. Elle jugea plus prudent de battre en retraite pour l'instant.

Sans un mot, elle posa les jambes sur la chaise, adoptant une pose plus confortable. Anthony accepta ce signe de reddition et se redressa. Mais il ne retrouva pas sa bonne humeur pour autant. Il était parfaitement conscient qu'en aidant la cause de George, il démolissait la sienne. Si la colère de Roslynn à son égard avait un peu diminué — ce qui restait encore à prouver —, elle avait désormais trouvé une nouvelle raison de l'attiser. Bah! Après toutes ces années, George avait bien mérité sa chance. Quelques semaines à supporter la fureur de Roslynn, ce n'était pas grand-chose en comparaison... Juste un avant-goût de l'enfer.

Il se retourna vers son lit avec une mine si lugubre que le valet esquissa un geste de recul.

— Merci, Willis. Votre choix est parfait, comme toujours.

Roslynn sursauta et leva pour la première fois les yeux vers Willis, puis vers les vêtements soigneusement étalés sur le lit.

— Il savait que tu rentrerais dîner?

— Bien sûr, ma chère, répondit Anthony en se débarrassant de son manteau. Je tiens toujours Willis informé de mon emploi du temps... quand je le connais.

Elle lança au malheureux valet qui ne savait plus où se mettre un regard accusateur.

— Il aurait pu me le dire.

— Il n'avait pas à le faire.

— *Tu* aurais pu me le dire!

— Tout à fait exact, mon cœur. Et je l'aurais fait si tu n'étais pas partie bouder dans ton coin ce matin.

Les yeux de Roslynn lancèrent des éclairs. Ses pieds touchèrent le sol mais elle se souvint de sa menace et les reposa promptement sur la chaise.

242

— Je ne suis pas partie bouder! Comment peux-tu dire une chose pareille?

Anthony lui fit face, un sourire ironique aux lèvres.

— Ah bon? Et comment appelles-tu ça?

Sa chemise tomba sur le bras de Willis avant qu'elle ne pût répondre. Elle se détourna si vite qu'il étouffa un ricanement. Ainsi, elle redoutait de le voir se déshabiller. Très intéressant...

Sans quitter sa femme des yeux, il s'assit sur le lit afin que Willis le débarrassât de ses bottes. Elle était coiffée différemment, ce soir, d'une façon plus frivole. De longues mèches bouclées retombaient sur ses épaules. Cela faisait si longtemps qu'il n'avait pas glissé ses doigts dans cette divine chevelure...

— Tu sais, ma chérie, je n'ai pas très bien compris pourquoi tu étais de si mauvaise humeur, ce matin.

— Tu m'as provoquée.

— Moi? Comment est-ce possible? Je me tenais si bien.

— Tu as dit que Frances me servait de renfort!

— Je ne voudrais pas me montrer grossier, mon cœur, mais tu faisais la tête bien avant qu'on ne parle dc ton amie.

— Tu as raison, tu *es* grossier.

Il vit alors ses phalanges blanchir: elle serrait les bras du fauteuil de toutes ses forces. Sans le vouloir, il l'avait poussée à bout. Il le regretta aussitôt.

— Au fait, Roslynn, reprit-il d'un ton apaisant, tant que je n'aurai pas retrouvé ton cousin, je préférerais que tu ne sortes pas sans moi.

Ce changement soudain de conversation la désarçonna. A n'importe quel autre moment, elle aurait répondu qu'elle y avait déjà songé toute seule.

— Bien sûr, dit-elle simplement, soulagée qu'il abandonnât son interrogatoire à propos du matin.

— Y a-t-il un endroit que tu aimerais visiter ces prochains jours?

Pour être forcée de supporter sa compagnie?

— Non, merci.

— Très bien. Si tu changes d'avis, fais-le-moi savoir.

— Tu es prêt? s'enquit-elle sans le regarder.

— A vrai dire...

— Malory! (Le cri était étouffé par la porte mais George Amherst se rua dans la chambre sans prendre la peine de frapper.) Tony! Tu ne vas...

Roslynn jaillit de la chaise longue. Elle n'attendit pas d'apprendre ce qu'il voulait dire à son mari et se précipita hors de la pièce, malgré la menace d'Anthony.

Elle fut surprise de constater que celui-ci ne tentait pas de l'arrêter. Elle descendit dans le salon pour trouver Frances debout devant la cheminée, lui tournant le dos... Puis elle pivota lentement. La gorge de Roslynn se serra douloureusement lorsqu'elle vit les larmes de son amie.

— Oh, Frances, je suis désolée, se lamenta-t-elle en se précipitant pour la prendre dans

244

ses bras. Je ne le pardonnerai jamais à Anthony. Il n'avait pas le droit...

Frances recula pour l'interrompre :

— Je vais me marier, Ros.

Roslynn en resta sans voix. Même le sourire de Frances — un sourire qui en disait long — ne parvint pas à la convaincre. Il y avait ces larmes...

— Alors, pourquoi pleures-tu ?

Frances éclata d'un rire tremblant.

— Je ne peux pas m'en empêcher. J'étais vraiment idiote, Ros. George dit qu'il m'aime, qu'il m'a toujours aimée.

— Et tu... tu le crois ?

— Oui.

— Mais, Fran...

— Vous n'essayez pas de la faire changer d'avis, j'espère, Lady Malory ?

Roslynn sursauta et se retourna pour affronter le regard le moins amical qu'un homme lui eût jamais adressé. Le beau visage de George Amherst était dur comme de la pierre tandis qu'il s'approchait, menaçant.

— Non, dit-elle, mal à l'aise. Je n'oserais pas...

— Bien ! (La transformation fut immédiate, le sourire radieux.) Parce que maintenant que je sais qu'elle m'aime encore, je ne laisserai personne s'interposer entre nous.

Frances serra dans ses bras son amie en lui chuchotant à l'oreille :

— Tu comprends pourquoi je ne doute absolument pas de sa sincérité ? N'est-il pas merveilleux ?

Merveilleux ? Roslynn avala de travers. Cet

homme était un débauché, un libertin. Frances elle-même l'avait prévenue contre les vauriens de son espèce. Et voilà qu'elle était prête à épouser celui qui avait brisé son cœur!

— J'espère que tu nous pardonneras si nous vous quittons déjà, ma chérie, reprit Frances en s'empourprant légèrement. Mais George et moi avons tant de choses à nous dire…

— Je suis sûr qu'elle le comprend, Franny, renchérit George en la prenant par la taille. Après tout, elle aussi est une jeune mariée.

Roslynn serra les dents mais ni l'un ni l'autre ne le remarquèrent, trop occupés à échanger des regards langoureux. Moins d'une minute plus tard, elle se retrouva seule dans le salon, contemplant le parquet, en proie à un tourbillon d'émotions contradictoires.

— Je vois que tu as appris la bonne nouvelle.

Anthony était splendide dans sa veste de satin émeraude, les cheveux noirs négligemment rejetés en arrière, les yeux étincelants…

Et il était fier comme un paon!

— Tu ne trouves rien à dire, mon cœur?

Et voilà! Il se moquait d'elle, il l'enfonçait encore un peu plus. Elle serra les poings, mais il n'en avait pas terminé:

— Ce doit être assez déconcertant de voir une femme qui se méfiait des hommes comme de la peste agir ainsi. Ça jette un nouvel éclairage sur les choses, non?

— Tu…

Non, pas question de lui hurler dessus comme une folle, pour le plus grand plaisir des domestiques.

— Il n'y a aucune comparaison entre son

246

cas et le mien, fit-elle entre ses dents serrées. De toute manière, elle reviendra à la raison demain matin.

— Connaissant ce vieux George, j'en doute. La seule chose à laquelle ton amie pensera demain matin, ce sera à la nuit qu'elle aura passée. Tu connais ça, non?

Elle essaya de l'empêcher mais un rouge écarlate colora ses joues.

— Tu es dégoûtant, Anthony. Ils sont partis pour parler.

— Puisque tu le dis, mon cœur...

Son ton condescendant la mit en rage. Il avait raison, bien sûr. Elle le savait. Il le savait. Mais jamais elle ne le reconnaîtrait!

— Je crois que j'ai une terrible migraine soudain. Si tu veux bien m'excuser...

Elle dut cependant s'arrêter devant la porte: il bloquait la sortie d'un air nonchalant.

— Tu permets?

Anthony s'écarta à peine et fut amusé car elle passait en évitant de le toucher.

— Peureuse, dit-il avec douceur.

Il sourit en la voyant s'immobiliser dans le hall, les épaules raidies.

— Et je te dois une punition pour avoir quitté cette chaise sans permission, ne l'oublie pas...

Il l'entendit pousser un petit cri de surprise juste avant de se ruer dans l'escalier.

— Nous verrons cela une autre fois, mon cœur...

32

Deux soirs après la désertion de Frances pour le camp ennemi, avait lieu le bal donné par Edward en l'honneur du mariage de Roslynn et d'Anthony. Sur le seuil de l'immense salle, celle-ci fut prise d'une terrible envie de s'enfuir.

— Je croyais qu'il n'y aurait que la famille et les amis, remarqua-t-elle, incapable de mettre un peu de chaleur dans sa voix.

Edward aurait pu la prévenir. Après tout, cette réception était en partie pour elle. «Ce sera plutôt intime», tels avaient été ses propres mots. Intime? Il devait y avoir deux cents invités!

— Généralement, Charlotte voit beaucoup plus grand.

— Et j'imagine que ces gens sont tous tes amis?

— Désolé de te décevoir, mon cœur, mais je ne suis pas si populaire. Quand ce bon Eddie parle des amis de la famille, il veut dire les amis de chacun des membres de la famille... Ta tenue convient parfaitement, ne t'en fais pas.

Elle ne s'inquiétait pas de sa tenue! Avec sa robe en crêpe de soie verte ornée de dentelle noire, avec ses gants de soirée noirs et les diamants qui ruisselaient à ses oreilles, à son cou et à son poignet, elle s'estimait largement présentable.

Si seulement il n'y avait pas eu cet exécrable

trajet en fiacre pour venir ici ! Les sièges étaient pourtant larges, mais Anthony s'était délibérément serré contre elle, passant même un bras autour de ses épaules, sous les yeux de James assis en face d'eux. Et c'était bien pour cette raison qu'il s'était conduit ainsi : il savait qu'elle ne ferait pas de scène devant son frère.

Elle avait souffert le martyre, sentant sa cuisse contre la sienne, ses hanches, sa poitrine si proches. Et sa maudite main qui n'était pas restée tranquille une seule seconde, ses doigts caressant la peau nue de son bras au-dessus des gants. Oh, il savait très bien ce qu'il faisait. Même si elle était restée raide comme un bout de bois, elle n'avait pu empêcher son souffle de s'accélérer, son cœur de cogner... Elle n'était pas parvenue à réprimer les frissons qu'il provoquait à volonté.

Le trajet avait duré une éternité alors qu'il n'y avait que quelques centaines de mètres entre les deux résidences des frères Malory. Et ce n'était pas terminé. Roslynn comprenait à présent l'énormité de la tâche qui l'attendait : elle allait devoir rester aux côtés d'Anthony pendant les présentations. Vu le nombre d'invités, cela risquait de durer toute la nuit.

Tous les Malory étaient là. Elle vit Regina et Nicholas en compagnie de deux des cinq enfants d'Edward ; Jason et son fils Derek bavardaient avec Jeremy, qui était arrivé plus tôt. Elle remarqua aussi Frances et George dans un coin, visiblement toujours aussi amoureux...

Elle perçut enfin le silence qui s'était abattu sur l'assistance : on avait remarqué leur entrée et elle réprima un gémissement car Anthony venait de passer le bras autour de sa taille, afin d'offrir à ces gens une image de parfait bonheur. Il ne cesserait donc jamais de prendre des libertés avec elle ? Et son supplice n'était pas terminé : en tant qu'invités d'honneur, ils durent ouvrir le bal, ce qui fournit à Anthony une nouvelle excuse pour la toucher et la tourmenter.

Elle ne tarda pas à rencontrer *ses* amis, la plus triste bande de dépravés qu'on pût imaginer. Aucun ne se priva de la détailler de la tête aux pieds, de flirter avec elle ou de lui lancer des allusions salaces. Mais ils se révélèrent aussi très utiles : en l'invitant l'un après l'autre à danser, ils lui permirent d'échapper à Anthony. Tant et si bien qu'il finit par disparaître dans la salle de jeu. Dès cet instant, Roslynn put enfin se détendre et s'amuser.

Dans un coin de la pièce, Conrad Sharpe flanqua un coup de coude à James.

— Le revoilà.

James suivit le regard de son ami et gloussa en apercevant Anthony, adossé à l'entrée de la salle de jeu, qui suivait les évolutions de son épouse sur la piste de danse avec une mine renfrognée.

— Voilà un visage qui en dit plus qu'un long discours. Je crois que mon cher frère n'est pas du tout heureux.

— Tu pourrais y remédier en ayant une petite conversation avec la dame.

— Je pourrais, c'est vrai.

— Mais tu ne le feras pas ?

— Pour faciliter les choses à Tony ? Tu plaisantes, Connie. C'est beaucoup trop drôle de le voir ainsi se débattre. Il n'a pas l'habitude d'être rejeté. Il va encore s'enfoncer dans son trou un bon moment avant d'en sortir.

— S'il en sort.

— Les Malory finissent toujours par gagner, mon vieux. (James sourit.) D'ailleurs, elle est déjà en train de faiblir, au cas où tu ne l'aurais pas remarqué. Tu as vu comme elle le cherche du regard à travers toute la pièce ? Lady Roslynn est une femme amoureuse, j'en mettrais ma main à couper.

— Mais elle ne le sait pas encore, hein ?

— Exactement.

— Qu'est-ce qui vous amuse tant, tous les deux ? s'enquit Regina en les rejoignant, accompagnée de Nicholas.

James la serra brièvement dans ses bras.

— La faiblesse des hommes, ma chérie. On est tellement risibles parfois.

— Parlez pour vous, mon vieux, rétorqua Nicholas.

— En fait, je m'excluais du lot, répliqua James. Mais vous, Montieth, vous êtes un excellent spécimen.

— Fameux, soupira Regina, exaspérée, en les fusillant tous les deux du regard avant de s'accrocher au bras de Conrad. Connie, viens à mon secours et fais-moi danser, tu veux bien ? J'en ai assez de recevoir les balles perdues entre ces deux-là.

— J'en s'rai ravi, ma p'tite.

James grogna en les suivant du regard.

— Elle n'aime pas ça, hein ?

— Et encore, vous ne savez pas tout, grommela Nicholas autant pour lui-même que pour

James. Essayez de dormir sur un canapé parce que votre femme vous en veut.

James ne put s'en empêcher. Il éclata de rire.

— Bon sang, vous aussi ? Que je sois damné ! Et qu'avez-vous fait pour mériter...

Nicholas n'appréciait guère cette hilarité à ses dépens.

— Je ne vous ai pas pardonné, voilà tout. Et elle le sait très bien. Chaque fois que nous avons des mots, vous et moi, elle me tombe dessus. Au fait, quand diable quittez-vous Londres ?

— Eh bien, voilà qui devient un sujet d'importance pour beaucoup de gens, s'amusa James. Si c'est à cause de cela que vous dormez sur un canapé, je crois que je ne partirai plus jamais.

— Vous êtes trop bon, Malory.

— Oui, j'aime le penser. Et si cela peut vous consoler, je vous ai pardonné il y a bien longtemps, moi.

— Quelle magnanimité ! Mais c'est vous qui étiez en tort. Je n'ai fait que vous battre en haute mer...

— Et me faire jeter au cachot, rétorqua James, beaucoup moins amusé tout à coup.

— Vous m'aviez pris en traître, et le traitement que vous m'avez infligé a bien failli gâcher mon mariage.

— Auquel il a fallu vous traîner.

— C'est faux !

— Vraiment ? Vous ne pouvez nier que mes frères ont dû plus qu'insister pour vous amener devant l'autel. Si j'avais été là à l'époque...

— Mais vous y étiez, mon vieux... A rôder dans l'ombre pour m'attirer dans une embuscade.

— Rôder? Rôder! explosa James.

Nicholas grimaça en gémissant.

— Ça y est! Vous y êtes arrivé! Ah, vous aviez bien besoin de hurler!

James suivit son regard pour se rendre compte que Regina ne dansait plus. Debout au milieu de la piste, elle les contemplait avec colère tandis que Connie, à son côté, feignait de n'avoir rien entendu.

Un sourire fendit le visage de James.

— Mon verre est vide, dit-il. Passez une bonne nuit sur votre canapé, mon garçon.

Et là-dessus, il abandonna Nicholas pour gagner le buffet. Croisant Anthony, il ne put résister:

— Montieth et toi, vous devriez monter un club. Il souffre des mêmes tourments que toi. Tu le savais?

Anthony passa la salle en revue à la recherche de Nicholas.

— En tout cas, si c'est vrai, il semble avoir trouvé la solution à ses problèmes, répliqua-t-il.

James se retourna et éclata de rire en voyant Nicholas embrasser sa femme avec le plus flagrant mépris pour la foule autour d'eux.

— Regan ne peut pas lui crier dessus si elle a les lèvres occupées, voilà l'explication.

Mais Anthony ne lui prêta aucune attention. Il venait d'entendre autre chose, quelque chose qu'il avait trop entendu ce soir: le rire rauque de Roslynn après une boutade de son cavalier. Se frayant un chemin à travers la foule, il rejoignit le couple et tapa sur l'épaule de Justin Warton sans trop de délicatesse.

— Quelque chose ne va pas, Malory? demanda Lord Warton avec une certaine prudence en notant la lueur sinistre dans son regard.

— Absolument pas. (Son bras jaillit pour retenir Roslynn qui faisait déjà mine de s'éloigner.) Je récupère simplement ce qui m'appartient.

Après un bref hochement de tête, il s'élança pour la valse, entraînant son épouse malgré elle.

— Tu t'amuses, mon cœur ?

— Je m'amusais, rétorqua-t-elle en évitant de lever les yeux vers lui.

— Partons, alors...

— Non !

— Mais si tu ne t'amuses pas...

— Je-m'a-mu-se... grinça-t-elle.

Il sourit. Elle faisait de son mieux pour regarder n'importe où sauf vers lui. Il la serra davantage et se demanda ce qu'elle ferait s'il appliquait la stratégie de Montieth.

Il lui posa carrément la question :

— Que ferais-tu, mon cœur, si je concluais cette danse par un baiser ?

— Quoi ?

Ah, elle le regardait enfin !

— Ça te panique, hein ? Pourquoi donc ?

— Tu veux bien te taire ! siffla-t-elle.

Anthony sourit de plus belle en la sentant rater un pas. Mais il valait mieux ne pas trop insister : cela ne le mènerait nulle part.

Remarquant la fortune en diamants qui scintillait sur elle, il changea de sujet :

— Que peut offrir un homme à une femme qui possède déjà tout ?

— Quelque chose qu'on ne peut pas acheter, répondit Roslynn machinalement.

— Son cœur, peut-être ?

— Peut-être... non... je veux dire... (Elle lui lança un regard noir.) Je ne veux pas de *ton* cœur, mon cher. Plus maintenant.

D'un doigt, il souleva les boucles sur ses tempes.

— Mais s'il t'appartient déjà ? demanda-t-il avec une infinie douceur.

L'espace d'un instant, Roslynn se perdit dans l'immensité bleue de ses yeux. Elle se laissa aller contre lui, prête à lui offrir ses lèvres, se moquant des gens autour d'eux et de tout le reste. Mais elle retrouva soudain ses esprits.

Furieuse contre elle-même, elle s'emporta :

— Si ton cœur m'appartient, alors je peux choisir ce que je veux en faire. Et je veux le réduire en miettes.

— Femme sans cœur.

— Ce n'est pas vrai. J'ai un cœur. Mais il est bien là où il est et il y restera.

33

George engagea son étalon bai dans Hyde Park. Il connaissait les allées fréquentées par Anthony. Très souvent, il s'était joint à lui pour ses chevauchées matinales. Même si, à l'époque, ils y allaient après une nuit blanche, sans que l'un ou l'autre eût encore dormi. Par contre, George n'était jamais parvenu à se lever de si bon matin... jusqu'à récemment.

Il continua à siffloter gaiement. Il avait beaucoup changé ses habitudes depuis trois jours : il se couchait tôt, il se levait tôt et passait toutes ses journées avec Franny. Non, on ne pouvait être plus heureux et cela entièrement grâce à Anthony. Il n'avait pas encore eu l'occasion de le remercier. Voilà pourquoi il le cherchait.

Il mit un certain temps avant de le repérer au bout d'une allée, prêt à lancer son cheval au galop sur la longue ligne droite. George leva le bras mais avant qu'il ne pût l'appeler, le coup de feu retentit.

L'étalon rua furieusement et se cabra si violemment qu'il faillit s'écrouler à terre. Anthony, surpris ou blessé, tomba de selle. Terrorisé, l'animal se lança à toute allure en aveugle dans un épais fourré. Il hennit et rua de plus belle. A vingt mètres de là, un homme roux sauta sur un cheval dissimulé derrière un arbre et s'enfuit au galop.

Tout cela n'avait pas duré plus de trois secondes, mais ce fut comme une éternité pour George qui comprit enfin ce qui venait de se passer. Il blêmit. Un froid glacial l'étreignit. C'est alors qu'Anthony se redressa, passant une main dans sa chevelure. Le visage de George retrouva quelques couleurs. Il contempla tour à tour Anthony qui esquissait quelques pas et le rouquin qui s'enfuyait. Apparemment, son ami n'avait pas été touché. George prit aussitôt une décision : il suivit le rouquin.

Anthony venait de confier sa monture au valet d'écurie quand George arriva au trot derrière lui.

— Ah, tu as réussi à rentrer par tes propres moyens, remarqua ce dernier. Rien de cassé ?

— J'en déduis que tu as assisté à ma mésa-venture ? Tu aurais pu m'aider à remettre la main sur ce maudit cheval.

George éclata de rire.

— Je me suis dit que tu préférerais avoir ça.

Il lui tendit un bout de papier. Anthony haussa un sourcil en lisant une adresse inconnue.

— Un docteur ou un boucher ?

George rit à nouveau, sachant pertinem-ment qu'il n'envisageait pas une seconde de donner son étalon préféré à un boucher.

— Ni l'un ni l'autre. C'est là que tu trouve-ras ce type roux qui s'est exercé au tir en te prenant pour cible. Un gars bizarre. Il n'a même pas vérifié s'il t'avait atteint. Il doit se prendre pour un tireur d'élite.

Les yeux d'Anthony brillaient à présent.

— Tu l'as suivi jusqu'à cette adresse ?

— Après avoir été rassuré sur ton compte, bien sûr.

— Bien sûr. (Anthony souriait enfin.) Je te remercie, George.

— C'est lui que tu recherchais ?

— Il y a de fortes chances.

— Tu vas lui rendre une petite visite ?

— Tu peux en être certain.

L'éclat glacé qui passa dans le regard de son ami alarma George. Il en eut froid dans le dos.

— Tu veux que je t'accompagne ?

— Pas cette fois, mon vieux, répondit An-thony. Ça fait trop longtemps que j'attends cette rencontre.

Roslynn ouvrit la porte du bureau mais s'im-mobilisa en le voyant assis à sa table en train de nettoyer une paire de pistolets de duel. Elle ne l'avait pas entendu rentrer et, après la façon stupide dont elle s'était conduite la veille au soir, elle ne tenait pas vraiment à le croiser.

Au grand amusement de son époux, elle avait littéralement obligé Jeremy, malgré ses protestations, à rentrer avec eux. Elle avait trop peur de rester seule avec Anthony dans la voiture, même pour un trajet aussi court. James ayant quitté le bal plus tôt avec son ami Conrad, Jeremy constituait son dernier recours...

Et voilà qu'elle se retrouvait seule avec lui, alors qu'elle était simplement venue chercher un autre livre dans sa bibliothèque. Mais il n'avait pas levé les yeux. Peut-être que si elle s'esquivait discrètement...

— Tu veux quelque chose, ma chérie ?

Il gardait toujours les yeux baissés. Roslynn serra les dents.

— Rien qui ne puisse attendre.

Il lui accorda enfin un peu d'attention, son regard s'arrêtant sur le livre que martyrisaient ses mains crispées.

— Ah, le compagnon des veuves et des vieilles filles. Rien ne vaut un bon livre pour passer une soirée quand on n'a rien de mieux à faire, n'est-ce pas ?

Elle eut envie de le lui lancer à la figure mais se contenta d'une riposte verbale :

— Vous vous préparez pour un duel, milord ? J'ai entendu dire que c'était un de vos passe-temps favoris. A quel malheureux mari vous en prenez-vous cette fois ?

Il sourit sans gaieté.

— Un mari ? Tu n'y es pas, mon cœur. Je songeais à te provoquer, toi. Si tu faisais couler mon sang, tu éprouverais peut-être un peu de sympathie pour moi et notre petite guerre prendrait fin. Peut-être...

Elle resta bouche bée pendant au moins cinq secondes avant de répliquer :

— Sois sérieux, Anthony !

Il haussa les épaules.

— Apparemment, ton cher cousin se figure qu'il pourra te récupérer s'il élimine ton mari.

— Non ! s'exclama Roslynn en roulant des yeux effarés. Je n'aurais jamais cru qu'il...

— Vraiment ? la coupa-t-il sèchement. Il ne faut pas que cela t'inquiète, mon cœur. Je m'y attendais.

— Tu veux dire que tu m'as épousée en sachant que tu mettais ta vie en danger ?

— Certaines choses valent bien qu'on prenne quelques risques... C'est du moins ce que je pensais.

Le sarcasme la blessa cruellement. Si cruellement qu'elle fut incapable de rester face à lui. Elle s'enfuit dans sa chambre où elle put enfin laisser couler ses larmes. Ô Seigneur, elle avait cru que tout serait terminé après son mariage ! Jamais elle n'avait envisagé que Geordie tenterait de tuer son mari. Et son mari était Anthony. Comment pourrait-elle le supporter s'il lui arrivait quelque chose ?

Elle devait agir, et vite ! Il fallait retrouver Geordie pour lui parler, lui donner sa fortune, n'importe quoi. Oui, voilà ce qu'il fallait faire : tout lui abandonner. Après tout, l'argent était la seule chose qui l'intéressât.

Ayant pris sa décision, Roslynn sécha ses larmes et redescendit trouver Anthony. Mais Anthony n'était plus là.

34

Anthony comprenait maintenant pourquoi ni ses hommes ni lui n'étaient parvenus à localiser Cameron. L'Ecossais avait quitté le quartier des quais pour louer un appartement dans une partie de la ville nettement plus huppée. Le propriétaire, un homme fort aimable, admit que Cameron était ici depuis quelques jours et que, oui, il se trouvait bien là en ce moment. Qu'il fût seul ou pas, il n'en savait rien mais cela ne faisait aucune différence pour Anthony.

Le cher cousin se faisait appeler Campbell, mais Anthony n'avait plus aucun doute. Il l'avait retrouvé. Il en était certain. Et quand il aurait réglé ses comptes avec lui, il s'occuperait de Roslynn. Cette mascarade n'avait que trop duré.

L'appartement était situé au second étage. Anthony frappa doucement à la porte qui s'ouvrit sans tarder. Pour la première fois, il vit Geordie Cameron. Les yeux de l'Ecossais, écarquillés de surprise, le trahirent.

Il lui fallut quelques secondes avant de retrouver ses esprits. La panique s'empara alors de lui et il tenta de refermer la porte au nez d'Anthony. Celui-ci la bloqua d'une main avant de la repousser d'un solide coup d'épaule. La porte cogna contre le mur. Geordie fut expédié à plusieurs pas.

Il commença à s'affoler. L'Anglais n'avait pas semblé si fort de loin. Ni aussi dangereux.

Jamais il n'aurait cru qu'un sourire pût paraître aussi menaçant.

— Je suis ravi de constater que nous n'aurons pas à perdre un temps précieux à faire les présentations, annonça Anthony en avançant, le forçant à reculer. J'aurais été déçu de devoir vous expliquer le motif de ma présence ici. Je vais vous donner votre chance, ce que vous n'avez pas fait ce matin. Acceptez-vous mon défi de gentleman ?

— Pas question ! Je ne suis pas idiot, mon gars.

— Ceci reste à débattre, mais je m'attendais à une telle réponse. Qu'il en soit donc ainsi !

Geordie ne vit pas le coup arriver. Le poing l'atteignit au menton et l'expédia sur une petite table dont les pieds cédèrent sous son poids. Il s'effondra parmi les bouts de bois éclatés mais se releva aussitôt. L'Anglais était tranquillement en train d'enlever sa redingote. Geordie se massa la mâchoire — qui était intacte — et jeta un coup d'œil vers sa propre veste. Aurait-il le temps de l'atteindre pour sortir son pistolet ?

Il avait esquissé un seul pas vers le lit quand il se sentit retourné comme une crêpe. Un poing le frappa au ventre, un autre sur la joue. Il se retrouva de nouveau à terre mais éprouva beaucoup plus de mal à se relever cette fois-ci. Il avait le souffle coupé. Ce maudit bâtard avait des pierres à la place des poings !

Anthony vint se poster devant lui.

— Ça, c'était pour ce matin. Maintenant, on va s'occuper de notre vrai problème.

— Je ne veux pas me battre contre vous !

cracha Geordie en sentant le goût du sang dans sa bouche.

— Mais bien sûr que vous allez vous battre, mon cher garçon, répliqua Anthony d'un ton léger. Vous n'avez pas le choix. Que vous vous défendiez ou non, je vais vous flanquer une mémorable raclée.

— Vous êtes fou !

— Non, fit Anthony d'une voix qui avait perdu tout humour. Je suis mortellement sérieux.

Il le souleva par le col. Geordie lui flanqua un coup de pied pour le tenir à distance mais Anthony le bloqua avec son genou. Puis ses poings se remirent en action : un direct à la mâchoire fit trébucher Geordie. Celui-ci voulut alors lui répondre : il lança une droite qui se perdit dans le vide. Par contre, deux uppercuts au foie le plièrent en deux. Avant qu'il ne réagît, un nouveau coup lui écrasa les lèvres contre les dents.

— A... ssez, bredouilla-t-il.

— Oh que non, mon cher Cameron, répliqua Anthony, pas même essoufflé.

Geordie gémit et gémit encore sous une pluie de coups. La douleur commençait à l'étourdir. Il n'avait jamais été rossé auparavant. Il commença à pleurer, lançant ses poings dans tous les sens, les yeux fermés. Il se ressaisit quand finalement il toucha quelque chose, pour découvrir en rouvrant les paupières qu'il avait frappé le mur et venait de se briser trois phalanges. Anthony le retourna une nouvelle fois et son direct lui écrasa la tête contre le mur. Geordie comprit, en glissant à terre, qu'il venait de se faire casser le nez.

Finalement l'Ecossais ne sentit plus rien. Enfin, cela s'arrêta. Son visage et sa chemise étaient maculés de sang. Il avait deux côtes cassées ainsi que plusieurs doigts. Il n'y voyait plus d'un œil et, de l'autre, il apercevait vaguement Anthony qui le toisait avec dégoût.

— Bon sang, vous n'avez rien d'un homme. Vous ne me procurez aucune satisfaction, Cameron.

C'était drôle. Geordie essaya de sourire mais il ne sentait plus ses lèvres. Cependant, il pouvait encore parler :

— Salaud.

Anthony gronda et se pencha sur lui.

— Vous en voulez encore ?

Geordie gémit.

— Non... non, par pitié !

— Alors écoute-moi bien, l'Ecossais. Ta vie en dépend. Si je dois encore te rechercher, je n'utiliserai pas mes poings, cette fois. Elle est à moi. Je l'ai épousée il y a une semaine.

Cette phrase traversa l'esprit embrumé de Geordie.

— Vous mentez ! Elle ne vous aurait pas épousé sans vous faire signer ce maudit contrat, et personne de sensé ne signerait ça !

— Vous vous trompez, mon bon. J'ai signé, et devant témoins, en plus, et puis je l'ai brûlé juste après la cérémonie.

— Vous n'avez pas pu ! Pas avec des témoins.

— Oh, j'ai négligé de vous dire que ces témoins sont tous de ma famille.

Geordie essaya de se redresser, sans succès.

— Et alors ? Elle retrouvera tout quand elle sera veuve.

— Vous avez la tête dure, hein ? fit Anthony en le saisissant à nouveau par le col.

— Non ! Ce n'est pas ce que je voulais dire. Je le jure !

Anthony le lâcha, préférant utiliser la ruse plutôt que la force cette fois.

— Que je meure ou pas, l'Ecossais, ça ne changera rien pour vous. D'après mon nouveau testament, tout ce que je possède, y compris l'héritage de ma femme, reviendra à ma famille. Ils veilleront bien sûr à ce que ma veuve ne manque de rien, mais c'est tout. Elle a tout perdu le jour où elle m'a épousé... et vous aussi du même coup.

L'œil valide de Geordie brillait de fureur.

— Elle va vous haïr pour ça !

— C'est mon problème. Le vôtre va être de quitter Londres dans cet état. Si vous êtes encore là demain, l'Ecossais, je vous fais arrêter par la police pour la petite séance de tir de ce matin.

— Vous n'avez pas de preuve.

Anthony sourit enfin.

— Non ? Le comte de Sherfield a tout vu et c'est lui qui vous a suivi ici. Comment croyez-vous que je vous aie retrouvé ? Si mon témoignage ne suffit pas, le sien vous jettera en prison.

Là-dessus, Anthony l'abandonna à son dilemme : comment pouvait-il partir le jour même alors qu'il était incapable de se mettre debout ?

35

— Eh bien, Nettie ?

Nettie arrêta de passer la brosse dans la chevelure de Roslynn et la contempla dans le miroir.

— C'est vraiment c'que tu veux, ch'tiote ?

Roslynn hocha la tête. Finalement, elle lui avait tout dit : comment Anthony l'avait séduite dans cette même maison, les conditions qu'elle avait fixées à leur mariage, comment elle avait découvert ses mensonges le lendemain même. Non, elle n'avait rien caché et avait conclu en annonçant sa décision. Elle voulait l'opinion de Nettie, son soutien.

— J'pense que c'est une grosse erreur, ch'tiote.

Elle ne voulait pas *cette* opinion.

— Pourquoi ?

— Tu vas t'servir de lui. Et crois-moi, y va point aimer ça du tout.

— Je partagerai son lit, répliqua Roslynn. Ce n'est pas me servir de lui.

— Tu partag'ras son lit qu'un moment.

— Il a accepté de me faire un enfant !

— Sûr'ment. Mais il a point acccpté de point te toucher après.

La jeune femme fronça les sourcils.

— Il faut que je me protège, Nettie. Je ne supporterai pas de devoir toujours dormir avec lui… Je ne veux pas l'aimer.

— Tu l'aimes déjà.

— Ce n'est pas vrai ! s'exclama Roslynn en

faisant volte-face. Et il n'en est pas question ! Et puis j'ai eu tort de te parler de cela.

Nettie grogna, nullement perturbée.

— Alors, vas-y, va lui dire maintenant.

Soudain très nerveuse, Roslynn détourna les yeux.

— Je devrais peut-être attendre demain. Je ne l'ai pas vu depuis ce matin et il n'avait pas l'air de très bonne humeur.

— L'est point d'bonne humeur d'puis qu't'as quitté son lit, lui rappela Nettie. Mais peut-êt' que si t'y réfléchis cette nuit, tu verras à quel point c'est idiot...

— Non, la coupa Roslynn, ça n'a rien d'idiot. C'est simplement pour me défendre.

— Si tu l'dis, ch'tiote, soupira Nettie. Mais souviens-toi que j't'aurai prév'nue...

— *Bonne nuit*, Nettie.

Après le départ de sa gouvernante, elle resta un long moment assise devant sa nouvelle coiffeuse. Elle avait pris la bonne décision. Elle ne pardonnerait pas à Anthony. Jamais. Mais elle en était venue à la conclusion que cette situation lui gâchait l'existence. Soit elle continuait à ruminer sa colère et tenait Anthony à distance, soit elle essayait d'avoir un enfant. En effet, un enfant donnerait enfin un sens à sa vie...

Mais cela impliquait de ravaler sa fierté et d'aller le trouver. Elle se dressa d'un coup et quitta la chambre avant de perdre tout courage. De l'autre côté du couloir, elle frappa à la porte d'Anthony. Cela fait, elle faillit s'enfuir à toutes jambes. Mais il était trop tard : Willis avait ouvert et la contemplait silencieusement.

Imperturbable, il se glissa dehors pour la

laisser entrer. Elle le fit d'un pas hésitant tandis qu'il refermait derrière elle. Malgré elle, ses yeux se tournèrent d'abord vers le lit, vide mais défait. Ses joues s'empourprèrent, ses paumes devinrent moites. Elle songea soudain à la raison de sa présence ici : elle était venue pour faire l'amour avec Anthony. Son cœur se mit à cogner à toute allure... et elle ne l'avait même pas encore regardé.

Il la contemplait... le souffle coupé par la vision qu'elle offrait. Son négligé de soie blanche moulait ses formes pleines d'une façon provocante. Sa robe de chambre, qu'elle portait ouverte sur son déshabillé, était taillée dans la même soie blanche, à l'exception des longues manches transparentes qui révélaient ses bras nus. Sa chevelure cascadait librement le long de son dos. Et elle était pieds nus.

Ce détail fut révélateur pour Anthony. Il ne voyait que deux explications possibles : soit Roslynn était venue sciemment le torturer dans cette tenue hallucinante — et dans ce cas, elle se trompait lourdement si elle comptait repartir intacte —, soit, au contraire, elle était venue mettre un terme à ses tourments.

Quoi qu'il en fût, son célibat forcé allait se terminer dans quelques minutes.

— Roslynn ?

Elle se tourna enfin vers lui. Il était installé dans cette chaise longue à laquelle il avait menacé de l'attacher. Cette idée ne fit qu'accroître son embarras. Et la façon dont il la scrutait, avec des yeux indéchiffrables, ne lui facilitait pas la tâche. Elle était incapable de lui répondre.

Mais son cœur cognait de plus belle : il portait la même robe de chambre bleu argenté que lors de la première nuit où ils avaient fait l'amour. Les souvenirs affluèrent, délicieux et troublants.

— Eh bien, ma chère ?

Roslynn s'éclaircit la gorge.

— Je... je pensais que nous pourrions...

Elle ne put terminer, pas avec ses yeux rivés aux siens. Ils n'étaient plus indéchiffrables mais, bien au contraire, très intenses.

Anthony perdait patience.

— Nous pourrions *quoi* ? Il y a des tas de choses que nous pourrions faire, toi et moi. Qu'as-tu exactement en tête ?

— Tu m'as promis un enfant ! s'exclama-t-elle soudain.

Voilà, c'était fait, elle l'avait dit !

— Ainsi, tu reviens t'installer dans cette chambre ?

Par l'enfer, elle avait oublié cela.

— Non, je... quand je serai enceinte, il n'y aura plus aucune raison de...

— De partager le même lit ?

Sa soudaine fureur la fit hésiter mais elle avait pris une décision. Elle devait s'y tenir.

— Exactement.

— Je vois.

Ces deux mots résonnèrent de façon si lugubre qu'elle en frissonna. Nettie lui avait bien dit qu'il n'aimerait pas ça. Pourtant, il ne bronchait toujours pas. Il ne quittait pas sa chaise. Seules les jointures de ses phalanges avaient blanchi.

— Ce n'est pas ce que prévoyait notre accord, annonça-t-il d'une voix trop douce.

— Tout a changé depuis.

— Rien n'a changé, sinon les idées ridicules que tu t'es mises dans le crâne.

Elle se raidit.

— Si tu n'es pas d'accord...

— Ne bouge pas d'un pouce, Roslynn, la coupa-t-il durement. Je ne t'ai pas donné ma réponse. Si je comprends bien, tu désires faire un usage temporaire de mon corps afin de procréer ?

— Il est inutile d'être vulgaire.

— Je ne suis pas vulgaire, ma chère, je suis franc. Tu veux un étalon, rien de plus. J'ignore si j'en serai capable. C'est tout nouveau pour moi, tu comprends ? Je ne suis pas certain de pouvoir accomplir cette besogne en restant parfaitement détaché.

Pour l'instant, il l'était. Il était si furieux après elle qu'il était décidé à lui donner exactement ce qu'elle voulait. On verrait bien combien de temps elle supporterait un traitement pareil.

Roslynn avait déjà des doutes. A l'entendre, cela semblait si... animal. Détaché ? Que diable voulait-il dire par là ? S'il demeurait indifférent, comment pourrait-il lui faire l'amour ? Il avait dit lui-même qu'on ne pouvait faire cela sans désir. Bien sûr, il avait aussi prétendu qu'il ne voulait pas d'autres femmes et il avait menti. Mais voilà qu'il n'était pas certain de pouvoir y arriver. Bon sang ! Il lui avait couru après depuis le début. Comment pourrait-il ne pas le faire ?

Sa voix calme et autoritaire interrompit ses pensées :

— Viens ici, Roslynn.

— Anthony, il serait peut-être…

— Tu veux un enfant ?

— Oui, répondit-elle d'une toute petite voix.

— Alors, viens ici.

Elle s'avança lentement. Elle n'aimait pas le voir ainsi, si froid, si… détaché. Et pourtant son cœur s'accélérait à chaque pas. Ils allaient faire l'amour. La manière importait peu, pensait-elle. Soudain, elle se souvint qu'il se trouvait dans cette chaise où il avait menacé de la punir. Elle se figea sur place.

Il était trop tard. Elle était maintenant assez proche pour qu'il pût la saisir et l'attirer sur ses genoux. Elle voulut rester face à lui mais il ne le permit pas. Il l'installa comme il le désirait : assise en lui tournant le dos. Cette position ne fit qu'accroître la nervosité de Roslynn : elle ne pouvait voir son visage. Mais c'était peut-être ce qu'il voulait. Elle ne savait plus que penser.

— Tu es raide comme une planche, ma chère. Dois-je te rappeler que c'est ton idée ?

— Pas sur une chaise.

— Je n'ai pas dit qu'on le fera ici… mais je n'ai pas dit le contraire non plus. Quelle importance, après tout ? La priorité est de savoir si je vais pouvoir assumer mon rôle.

Installée comme elle l'était, sur ses cuisses, elle n'avait aucun moyen de savoir qu'il était déjà prêt à « assumer son rôle ». C'était d'ailleurs le cas depuis qu'elle avait pénétré dans la chambre. Elle sentit sa main dans sa chevelure, mais ne le vit pas presser les boucles soyeuses contre ses lèvres, ses joues. Elle ne

270

vit pas ses yeux se fermer tandis qu'il savourait cette sensation.

— Anthony, je ne pense pas...

— Chut... Tu penses beaucoup trop, ma
belle. Essaye d'être spontanée, pour changer.
Ça te plaira peut-être, qui sait ?

Elle retint sa langue alors qu'il faisait glisser
sa robe de chambre sur ses épaules, caressant
ses bras nus avant de la débarrasser du vêtement. Il continua de toucher ses épaules, son
cou, mais elle percevait soudain la différence
avec les autres fois. Son ardeur lui avait toujours fait l'effet d'un tison brûlant. A présent,
elle ne percevait qu'une totale indifférence.
Comme s'il la touchait uniquement parce qu'il
le devait. Détaché... Ô Seigneur !

C'était insupportable. Pas ainsi. Elle commença à se lever mais ses deux mains agrippè-
rent ses seins, la forçant à se rasseoir.

— Tu n'iras nulle part, ma chère. Tu es
venue ici avec cette proposition lamentable
que j'ai acceptée. Il est trop tard pour changer
d'avis.

Ses mains n'étaient pas restées inactives
pendant qu'il parlait. Elles avaient commencé
à pétrir, pincer, exciter ses mamelons. *Il* ne
sentait peut-être rien mais c'était loin d'être
son cas. Sans qu'elle s'en rendît compte, sa
tête se renversa en arrière, son souffle s'accé-
léra. Une chaleur langoureuse naquit dans son
ventre.

Elle ne se souciait plus de savoir s'il la désirait ou non. Le corps en ébullition, elle
n'obéissait qu'à ses sens. Elle essaya de se souvenir des raisons pour lesquelles elle était ici

mais, perdue dans une vague de délices, fut incapable de les retrouver.

Ses mains ne cessaient de l'exciter, la caressant alternativement avec tendresse et rudesse. Il n'était plus du tout détaché, à présent, mais elle était bien incapable de remarquer la différence. Un frôlement sur ses cuisses la fit trembler : il remontait son négligé de soie. Puis il posa une main sur son triangle secret.

— Ouvre tes jambes pour moi, commanda-t-il d'une voix brûlante à son oreille.

Haletante, le cœur lui martelant la poitrine, elle écarta à peine les genoux. Sa main ne bougeait pas mais, de l'autre, il fouilla sous le déshabillé à la recherche de ses seins. Cette fois, il n'y avait plus de tissu entre leurs peaux nues.

— Un peu plus, Roslynn.

Sa gorge se serra mais elle lui obéit de son mieux. Cela ne suffisait toujours pas à Anthony. Il écarta ses propres genoux, la forçant à ouvrir les cuisses encore davantage. Puis il glissa un doigt en elle.

Elle gémit longuement, se cambra. Elle n'était plus consciente de ses gestes mais il l'était pour deux. Chaque cri de plaisir de Roslynn était comme une flamme qui léchait son âme. Qu'il fût encore lucide malgré sa passion dévorante dépassait sa compréhension. Mais cela ne durerait pas...

— Peu importe, n'est-ce pas ? demanda-t-il avec une cruauté calculée. Ici ? Sur le lit ? Ou par terre ?

Elle secoua la tête, à l'agonie.

— Si j'en avais envie, je pourrais maintenant te faire renoncer à toutes tes conditions. Tu t'en rends compte, mon cœur? (Toujours incapable de répondre, elle gémit.) Mais je ne le ferai pas. Souviens-toi, c'est toi qui as voulu qu'il en soit ainsi.

Roslynn s'en moquait désormais. Seul comptait le feu qu'il avait allumé en elle.

Sans autre préparatif, il la saisit et se mit en position sous elle.

Que le diable l'emporte! songea-t-il avec une rage folle. Il voulait l'embrasser, la regarder dans les yeux ct la prendre avec toute la tendresse et la passion qu'il éprouvait pour elle. Mais il ne le ferait pas. Plus tard, elle devrait songer à cet instant avec dégoût pour enfin admettre qu'elle désirait de lui plus qu'un enfant.

Il se figea, sachant pertinemment qu'elle allait être déroutée. Elle attendait la suite, elle ne connaissait rien des multiples positions de l'amour.

— Tu voulais utiliser mon corps. Eh bien, il est à toi. Chevauche-moi.

Elle écarquilla les yeux.

— Bouge! ordonna-t-il.

Les joues enflammées, elle essaya encore de tourner la tête pour le regarder. Mais il y avait cette chose en elle à laquelle elle devait répondre. Et si lui ne le faisait pas...

Ce fut facile, une fois qu'elle trouva son rythme. C'était facile parce que la sensation était merveilleuse. Elle décidait... elle choisissait... elle prenait ce qui la comblait le mieux. Elle pouvait osciller d'avant en arrière ou bien se soulever et glisser avec une exquise douceur. Elle put satisfaire chacun de ses caprices... jusqu'à ce qu'Anthony reprît le contrôle de la situation.

Il n'avait pas le choix : elle avait trop bien et trop vite compris, le conduisant à l'extase. Il ne pouvait plus attendre. Il n'aurait pas dû, d'ailleurs. Il aurait dû prendre son plaisir et la laisser insatisfaite. Après tout, elle n'avait pas besoin de connaître la jouissance pour obtenir un enfant. Mais il ne pouvait se résoudre à lui faire cela, même si elle le méritait...

Ensuite, elle s'effondra sur lui, épuisée, comblée, et il le lui permit. Il se permit même le plaisir de la garder dans ses bras... quelques instants. Puis il se leva, la forçant à faire de même.

— Va au lit... dans mon lit. Jusqu'à ce que tu sois enceinte, tu dormiras ici.

Sa voix glaciale brisa l'euphorie de Roslynn. Elle se retourna pour voir son visage indéchiffrable, ses yeux opaques. Puis, comme si elle n'était plus là, il reboutonna calmement son pantalon. Elle se rendit compte alors qu'il n'avait pas pris la peine de l'enlever. D'ailleurs, elle-même portait encore son déshabillé.

Des larmes amères emplirent ses yeux.

— Pas de ça ! gronda-t-il. Ou, crois-moi, tu auras droit à une bonne fessée. Tu as eu exactement ce que tu étais venue chercher.

— Ce n'est pas vrai ! s'écria-t-elle.

— Qu'espérais-tu ? Du désir ? En fixant un délai pour nos accouplements ?

Elle lui tourna le dos afin de cacher ses larmes et se réfugia dans l'abri le plus proche : le lit. Une honte effroyable la submergeait. Il avait raison. Elle était venue ici en croyant qu'il allait lui faire l'amour comme avant. Elle méritait bien ce qui était arrivé. Et, ce qui la mortifiait encore davantage, elle en avait éprouvé du plaisir.

Elle avait été si certaine d'avoir pris la bonne décision. Oh, pourquoi n'avait-elle pas écouté Nettie? Pourquoi ne considérait-elle jamais les sentiments des autres? Si Anthony était venu la trouver avec la même proposition, elle l'aurait trouvé obscène, cruel... elle en aurait été ravagée. Ô Seigneur, que devait-il penser d'elle maintenant?

Ses larmes se calmèrent enfin. Elle leva un visage hésitant. Il était à nouveau installé dans la chaise avec un verre de cognac.

— Anthony? fit-elle d'une toute petite voix.

Il ne lui adressa pas le moindre regard mais sa voix était dure:

— Dors, Roslynn. Nous nous accouplerons encore. Mais c'est moi qui déciderai du moment la prochaine fois, pas toi.

Elle accusa le coup. Encore ce mot: accoupler. Il le faisait exprès et elle ne pouvait l'en blâmer.

Elle ne dormit pas cette nuit-là. Et Anthony ne la rejoignit pas dans le lit.

36

Il était à peine sept heures et demie quand
Roslynn dévala les escaliers le lendemain matin.
Ses joues étaient encore roses après avoir
croisé James au moment où elle se glissait fur-
tivement hors de la chambre d'Anthony, portant pour tout vêtement son déshabillé de soie
blanche. Lui était encore en tenue de soirée,
rentrant à l'évidence d'une nuit de débauche.
Et, il fallait en convenir, son allure demeurait
impeccable. Bien sûr, il n'avait pas manqué de
la voir. Et de bien la voir ! Il l'avait lentement
détaillée des pieds à la tête avec un sourire
insolent et amusé.

Elle ne s'était pas attardée et avait traversé
le couloir au plus vite, non sans entendre son
petit ricanement. Elle aurait voulu s'enfouir
sous terre. James avait évidemment compris
qu'elle ne s'était pas réconciliée avec son mari
et qu'elle continuait à vivre dans ses propres
quartiers. Bah, quelle importance ! Elle avait
bien d'autres problèmes à régler que de s'inquiéter des états d'âme de son beau-frère.

L'un de ces problèmes était de trouver avant
Anthony les factures de ses récents achats.
Elle se rendait compte à quel point son désir
de le punir ainsi était puéril. Qu'une femme de
son âge eût recours à de tels stratagèmes était
hautement méprisable. Par ailleurs, il était
déjà furieux après elle, elle n'avait aucune envie de le faire enrager davantage. Il ne devait

pas découvrir qu'elle avait dépensé une somme aussi énorme sur son compte.

Elle n'avait pas beaucoup de temps. Même si, à son départ, Anthony dormait encore sur la chaise longue, il ne tarderait pas à se réveiller. Il ne manquait jamais son exercice matinal dans le parc. Elle voulait partir avant qu'il ne descendît. A présent que Geordie n'était plus une menace, elle pouvait enfin sortir à sa guise.

Vêtue d'une veste beige et d'une longue jupe marron, son sac et son bonnet à la main, elle se mit à fouiller le bureau d'Anthony. Le premier tiroir contenait des registres, le second sa correspondance personnelle qu'elle ne songea même pas à parcourir. Dans le troisième, elle trouva ce qu'elle cherchait. Et bien plus que cela : il était bourré de factures, certaines ouvertes, d'autres non. Voilà qui était typique des aristocrates anglais. Ils avaient tendance à ignorer leurs dettes, attendant le dernier moment pour les régler. Avec soulagement, en reconnaissant les noms des cinq commerçants auxquels elle avait passé commande, elle s'aperçut que les siennes n'avaient pas été ouvertes.

Mais cette fois, Roslynn ne put résister à la tentation de jeter un coup d'œil au contenu du tiroir. La facture d'un tailleur d'un montant de cinq cents livres ne la surprit guère. Par contre, une autre de deux mille chez un bijoutier lui fit hausser les sourcils. Une autre s'élevant à trente mille livres en faveur d'un dénommé Simmons lui fit ouvrir des yeux ronds. Le motif d'un règlement aussi énorme n'était même pas indiqué. Et il s'agissait là seulement de trois factures sur la vingtaine qui s'empilaient ici!

Se pouvait-il qu'Anthony fût déjà au bord de la ruine? Seigneur! Et dire qu'elle avait failli ajouter à ses problèmes. S'il avait ouvert ses factures, il en aurait eu une attaque.

Puisqu'elle allait à la banque, elle en profiterait pour faire transférer sur un compte à son profit les fonds qui lui revenaient, prévus par le contrat de mariage.

— Hé, bonjour!

Roslynn sursauta et enfouit les factures dans la poche de sa jupe, heureusement dissimulée par la table. Jeremy ne put voir ce qu'elle faisait. Elle n'avait pas besoin de lui fournir une explication mais sa soudaine apparition la rendit nerveuse.

— Tu es bien matinal, remarqua-t-elle en contournant le bureau.

— Derek vient me chercher. On va à la campagne quelques jours. Ça risque d'être assez fou.

Il était visiblement tout excité. Comme elle aurait aimé avoir connu Anthony à cet âge! Jeremy lui ressemblait tant.

— Ton père est au courant?

— Bien sûr.

Ceci avait été dit trop vite et la fibre maternelle de Roslynn se réveilla.

— Que veux-tu dire exactement par «assez fou»?

Jeremy lui adressa un clin d'œil enjôleur.

— Il n'y aura pas de dames, mais un tas de femmes, si vous voyez ce que je veux dire.

— Ton père le sait?

278

Son air scandalisé le fit éclater de rire.

— Il a dit qu'il risquait de se joindre à nous.

Roslynn se sentit rougir. Si son père n'y trouvait rien à redire, qui était-elle pour soutenir le contraire? Ce garçon était assez âgé pour... en tout cas, James le croyait assez âgé. Mais jamais un de ses fils n'irait courir les filles à dix-sept ans. Elle y veillerait. A condition, bien sûr, qu'elle eût un fils un jour.

Elle soupira.

— Eh bien, am... (Non, elle n'allait pas lui souhaiter de bien s'amuser!) Nous nous reverrons à ton retour, j'imagine.

— Vous sortez? questionna-t-il, soudain inquiet en notant son chapeau et son sac. Est-ce prudent?

— Tout à fait. (Elle sourit.) Ton oncle s'est occupé de tout.

— Désirez-vous qu'on vous escorte? Derek ne va plus tarder.

— Non, j'ai demandé une voiture avec un valet. Mais je ne vais qu'à la banque. A bientôt, Jeremy, et sois sage, conclut-elle bien inutilement.

La banque n'était pas encore ouverte à cette heure de la matinée. Roslynn prit son mal en patience en ordonnant au cocher de faire le tour du pâté de maisons en attendant.

Ses affaires lui prirent près d'une heure, bien plus qu'elle ne s'y était attendue, car il fallait ouvrir le compte pour Anthony. Un premier versement de cent mille livres, plus vingt mille tous les mois, voilà qui devrait l'aider à régler ses dettes. Elle se demandait s'il apprécierait son geste. La plupart des hommes auraient été ravis. Elle n'était pas certaine qu'Anthony fît partie de ceux-là.

En quittant le respectable établissement, Roslynn fut distraite, ainsi que son cocher et son laquais, par une bagarre opposant deux énergumènes à quelques mètres de là. Ce genre de scène aurait été plus à sa place vers les quais, mais ici...

Elle n'eut pas le temps de s'étonner. Un étau se referma autour de sa taille, lui coupant le souffle, et quelque chose de dur s'enfonça dans sa veste. Une voix s'éleva derrière elle, tout près de son oreille :

— Pas d'histoire c'coup-ci, ma p'tite dame. Ou je vous fais goûter d'ma lame.

Elle sentit ladite lame trancher le tissu de ses vêtements. C'était incroyable ! Ici, en plein jour, et devant une banque ! Alors que sa propre voiture se trouvait à cinq mètres d'elle. Mais la bagarre attirait l'attention de tous les passants, y compris son cocher et son valet. Ce devait être une manœuvre de diversion !

Avant qu'elle n'eût le temps de réagir, l'homme la poussa sans ménagement vers un véhicule en piteux état et s'engouffra avec elle dans la cabine. Les fenêtres étaient masquées par des rideaux. Elle voulut se débattre mais une main solide la plaqua à terre.

— Pas d'histoire, m'dame, et vous z'aurez pas d'problèmes, dit-il en lui fourrant un chiffon dans la bouche.

Il lui attacha ensuite les mains dans le dos puis lia ses chevilles. Il trouva sa dague qu'il brandit d'un air triomphant.

— Vous vous servirez p'us d'ça contre mon frangin.

Roslynn poussa un gémissement. C'étaient donc les hommes de Geordie, ceux qui avaient déjà tenté de l'enlever. Et si Geordie savait qu'elle était mariée, ce nouvel enlèvement ne pouvait signifier qu'une chose : il avait décidé de se venger sur elle.

37

Le fameux «frangin» s'appelait Tom et ce fut lui qui la porta dans la maison. Ils avaient d'abord attendu dans la voiture, jusqu'à ce que l'autre, un homme plus petit nommé Wil, annonçât que la voie était libre. Si elle parvenait à hurler, pensa-t-elle, elle aurait peut-être une chance de s'enfuir ou d'être secourue. Il lui fallait simplement se débarrasser de son bâillon. Plus facile à dire qu'à faire…

Il la transporta sur son épaule et, la tête en bas, elle ne vit pas grand-chose de l'endroit où ils l'amenaient. Mais de l'autre côté de la rue, elle distinguait des demeures parfaitement respectables.

Ainsi, Geordie avait déménagé dans un quartier décent. Pas étonnant qu'Anthony ait eu autant de mal à le trouver quand sa seule piste était ce repaire de brigands près des quais où ils l'avaient emmenée la première fois. Mais même s'il avait retrouvé Geordie, cela n'avait servi à rien. Se croyant en sécurité, elle s'était jetée dans la gueule du loup en sortant toute seule. Ah, maudite soit sa tête de mule de cousin !

Ils gravirent un escalier, franchirent une porte. Encore quelques pas, puis ils la jetèrent sur une chaise. Elle gémit quand ses bras liés et meurtris heurtèrent le dossier. Mais elle ne s'attarda pas à se lamenter sur son sort et chercha Geordie.

Lorsqu'elle le vit près du lit, une chemise pliée à la main qu'il s'apprêtait à déposer dans une valise ouverte, elle le contempla avec des yeux ronds, se demandant de qui il s'agissait. Mais les cheveux carotte...

Roslynn grimaça. Sans sa chevelure, elle ne l'aurait pas reconnu. Il avait une mine atroce. Dans son état, il aurait dû rester au lit et non se préparer à partir. Seigneur, quel traitement lui avait infligé Anthony ! Son visage avait doublé de volume. L'un de ses yeux entièrement noir était complètement fermé, l'autre d'un rouge tirant vers le bleu n'était plus qu'une fente sous la chair meurtrie. Le nez enflé, les lèvres tuméfiées, tout comme les joues, les pommettes et les sourcils...

Il ne la regardait pas. Il fixait les deux mécréants responsables de son enlèvement qui le dévisageaient comme s'ils ne l'avaient jamais vu auparavant. Ignoraient-ils qu'il avait reçu cette punition ? se demanda Roslynn. Bon sang, et s'ils avaient commis une erreur ?

Ils avaient effectivement commis une erreur. De rage, Geordie jeta sa chemise à terre avant de gémir en se tenant les côtes. Wilbert et Thomas Stow ne bougèrent pas d'un pouce, ne sachant trop que penser.

Geordie éclaira leur lanterne, d'une voix rendue méconnaissable par ses lèvres enflées :

— Idiots ! Le petit ne vous a pas donné mon billet ?

— Ça ? (Tom sortit un morceau de papier chiffonné de sa poche.) On sait pas lire, m'sieu.

Et, là-dessus, il laissa tomber le bout de papier par terre.

Geordie émit un hideux bruit de gorge.

— Voilà ce qui arrive quand on embauche des crétins d'Anglais ! (Il pointa un doigt vers Roslynn.) Je ne veux pas d'elle maintenant. Elle a épousé ce satané Anglais !

Apparemment, Wilbert et Thomas trouvèrent cela très drôle. Ils ricanèrent. Les parties du visage de Geordie qui n'étaient pas bleues ou noires virèrent au rouge. Si sa propre situation n'avait été aussi délicate, Roslynn aurait aussi trouvé cela amusant. Mais son bâillon commençait à céder.

— Fichez le camp, tous les deux ! gronda Geordie.

Ils arrêtèrent brusquement de rire.

— Quand vous nous aurez payés, milord.

Wilbert lui avait donné ce titre sans le moindre respect dans la voix. En fait, ce petit homme trapu semblait soudain très menaçant. Geordie se calma d'un coup. Sa rage avait laissé place à un autre sentiment. Roslynn écarquilla les yeux. Il avait peur ! N'avait-il pas d'argent pour les payer ?

En fait, Geordie possédait à peine de quoi rentrer en Ecosse. Il avait compté sur l'argent de Roslynn pour régler ses sbires. Tout cet argent appartenait maintenant à l'Anglais. Ce n'était pas juste. Et voilà que ces deux-là allaient sûrement lui trancher la gorge. Dans son état, il ne pouvait même pas se défendre.

Dans un ultime effort, Roslynn parvint enfin à se débarrasser de son bâillon :

— Détachez-moi et je vous donnerai votre argent... en échange de ma dague.

— Ne la touchez pas ! ordonna Geordie.

Furieuse, elle se tourna vers son cousin :

— Tais-toi, Geordie ! Tu sais ce que mon mari va te faire quand il saura ? Ce que tu as déjà reçu n'est rien à côté.

Wilbert et Thomas comprirent immédiatement à quoi elle faisait allusion mais, de toute manière, ils en avaient plus qu'assez de Geordie. Ils avaient peut-être trucidé quelques bonshommes par le passé mais ils ne s'en étaient jamais pris à une femme. Depuis le début, cette mission ne leur plaisait pas.

Wilbert trancha les liens de Roslynn avec sa propre dague. La lançant en l'air, il la rattrapa par la lame pour la lui tendre. Mais il recula promptement hors de portée.

Roslynn n'en revenait pas. Cela avait été si facile. Les deux ruffians lui avaient aussitôt obéi. Elle avait sûrement deviné juste car si Geordie avait eu l'argent sur lui, il l'aurait proposé avant qu'ils ne la libèrent. Au lieu de cela, il s'était laissé tomber sur le lit, les observant tous les trois avec crainte.

— Combien ? s'enquit-elle en se levant.

— Trente livres, m'lady.

Elle jeta un regard méprisant à son cousin.

— Tu es radin, Geordie. Tu aurais pu offrir un peu plus à deux garçons aussi dignes de confiance.

— Je l'aurais fait s'ils t'avaient trouvée avant ton bâtard de mari !

Elle claqua la langue en fouillant dans son sac, toujours attaché à sa main. Elle en retira une poignée de billets.

— Ceci conviendra, je pense, messieurs.

Les yeux des deux gredins brillèrent devant la somme qui devait avoisiner les cinquante livres. Wilbert lança alors un regard vers le sac. Roslynn se raidit.

— N'y songez même pas, prévint-elle en brandissant sa dague. Et si vous ne voulez pas finir comme ça... (Elle fit un geste vers Cameron.) Disparaissez et que je ne vous revoie plus !

Les menaces de cette faible femme les firent sourire. Mais ils avaient été correctement payés et cette histoire se concluait somme toute fort bien pour eux. Ils quittèrent la pièce en ricanant.

Ils ne rigolèrent plus du tout en parvenant à l'escalier. Montant vers eux, arrivait ce gentleman dont ils surveillaient la maison depuis dix jours, celui qui avait épousé la petite dame. Il n'avait guère l'air menaçant, ne leur accordant même pas un regard, mais ni Wilbert ni Tom n'avaient oublié la tête de l'Ecossais. Le responsable de ce massacre venait droit sur eux.

Wilbert tira son couteau, juste au cas où, mais le garda caché derrière sa hanche. Cela n'aurait pas été plus loin si le gentleman avait été moins observateur. Malgré son apparente nonchalance, il remarqua le couteau. Les deux frères l'entendirent soupirer :

— Bon sang... allez, venez, qu'on en finisse.

Wilbert lança un regard à Thomas et ils chargèrent comme un seul homme. Leur attaque n'eut pas l'effet escompté. Au dernier moment, leur adversaire s'était effacé contre le mur en tendant la jambe : Tom s'envola dans l'escalier et avant que Wilbert ne comprît ce qui s'était passé, son couteau lui fut arraché. A son tour, il dévala les marches la tête en bas pour rejoindre son frère. Celui-ci l'aida à se relever et ils s'enfuirent en claudiquant.

Dans la chambre, Roslynn faisait les cent pas devant un Geordie amer.

— Il n'existe pas de mots assez vils, assez méprisables, assez dégoûtants pour dire ce que tu es, Geordie Cameron. J'ai honte que tu portes ce nom.

— Mais tu n'as pas honte de toi, hein ?

— Boucle-la ! A cause de toi je suis mariée maintenant. A cause de toi, j'ai été forcée de me marier et ce n'est pas du tout ce que je voulais. En tout cas pas comme ça !

— Et tu as tout perdu, hein, idiote ! J'en suis bien content. Tu m'entends ? Si je ne peux pas avoir la fortune des Cameron, je suis au moins heureux que tu en sois privée !

Roslynn s'immobilisa pour le dévisager, les sourcils froncés.

— Qu'est-ce que tu racontes ?

— Il m'a dit qu'il avait brûlé le contrat, répliqua-t-il avec ce qui aurait dû être un rire. Ce maudit bâtard a tous tes sous maintenant, et même s'il meurt, tu n'auras rien parce qu'il laisse tout à sa famille. Joli mari que tu t'es trouvé là !

Elle faillit éclater de rire. Mais si Anthony avait pris la peine de fabriquer cette fable, elle n'allait pas ruiner ses efforts. C'était très malin, en fait : ainsi, Geordie était persuadé qu'il n'avait plus aucune chance de mettre la main sur l'héritage.

— Mais je le préfère encore à toi, *cousin*.

Il voulut réagir, tenta de se lever avant de s'effondrer avec un gémissement. Sans aucune pitié, Roslynn reprit la parole :

— Tu aurais dû partir quand tu en avais l'occasion, Geordie. Il ne va pas rester grand-chose de toi si mon mari te trouve ici. Tu as déjà tenté de le tuer...

— Je voulais juste lui faire peur. Je ne savais pas que vous étiez mariés. Et je n'ai pu me lever que ce matin, après la raclée qu'il m'a flanquée. (Il geignait maintenant.) Mais tu vois bien que je partais, alors ne raconte pas ça à ton satané mari.

Roslynn en convenait : on aurait dit que le pauvre Geordie avait été piétiné par un cheval.

— Je ne dirai rien à Anthony si tu pars pour de bon, concéda-t-elle.

— Quel grand cœur, ch'tiote !

— Si tu crois que je vais éprouver des regrets pour toi, Geordie, tu te trompes. Après tout ce que tu m'as fait ! Après tous les...

— Mais je t'aimais !

Ces mots furent comme une corde autour de la gorge de Roslynn, l'étouffant, bloquant sa respiration. Etait-ce possible ? Il l'avait souvent dit au cours de ces années mais elle ne l'avait jamais cru. Pourquoi, cette fois-ci, avait-elle l'impression qu'il était sincère ? Peut-être se trompait-il lui-même ?

Redoutant sa réponse, elle demanda :

— Si c'est vrai, Geordie, alors parle-moi de ma mère. As-tu saboté son bateau ?

Il sursauta sur le lit puis se redressa lentement.

— Pourquoi ne m'as-tu pas posé la question quand c'était important, Ros, quand c'est arrivé ? Pourquoi le vieux ne m'a-t-il jamais rien demandé ? Non, je n'ai pas saboté son bateau. J'étais près du loch à chercher des vers pour les mettre dans le ragoût du cuisinier. Je ne me suis pas approché des bateaux.

— Mais on a tous vu que tu étais horrifié en apprenant la nouvelle !

— Oui, parce que j'avais souhaité sa mort car elle m'avait houspillé ce matin-là. J'ai cru que mon souhait avait été exaucé. Et j'ai eu peur.

Roslynn en eut la nausée. Toutes ces années, ils l'avaient cru coupable à tort. Il connaissait leur sentiment et n'avait jamais essayé de se défendre. Il s'était contenté de nourrir son ressentiment. Ça ne faisait pas de lui un personnage plus sympathique mais, au moins, il était innocent de tout crime.

— Je suis navrée, Geordie. Vraiment.

— Mais tu ne m'aurais jamais épousé, hein, même en connaissant la vérité ?

— Non. Et tu n'aurais pas dû essayer de me forcer.

— Un homme est prêt à tout quand il est désespéré.

Avait-il agi pour l'argent ou par amour ? Elle ne le lui demanda pas. Elle repensa au testament de son grand-père : aurait-il été différent s'il avait su la vérité ? Elle en doutait. Il avait toujours méprisé la faiblesse de Geordie, un défaut impardonnable pour un homme de la trempe de Duncan. Elle-même était plus charitable. Elle voulait aussi soulager sa conscience pour avoir accusé Geordie de la mort de sa mère qui, elle le comprenait à présent, n'avait été qu'un horrible accident.

Elle lui laisserait l'argent qu'elle transportait dans son sac, celui prévu pour régler ses factures. Dix mille livres n'étaient pas grand-chose comparé à ce qu'elle possédait, et cela permettrait peut-être à Geordie de prendre un nouveau départ.

Elle se retourna pour sortir l'argent sans qu'il la vît.

— Je vais t'aider à faire tes valises, Geordie.

— Je n'ai pas besoin de ton aide.

Elle l'ignora et se dirigea vers la commode dont un tiroir ouvert contenait encore une pile de vêtements. Elle les sortit et glissa discrètement les billets entre deux pantalons avant de laisser tomber la pile dans la malle. C'était une erreur de s'être autant approchée de lui. Geordie tendit la main, saisissant son poignet.

— Ros...

La porte s'ouvrit alors et elle se retrouva libre aussitôt. Elle ne saurait jamais ce que Geordie avait eu l'intention de lui dire : peut-être des excuses pour tout ce qu'il lui avait fait subir ? Pour l'instant, cela n'avait plus aucune importance : la silhouette d'Anthony emplissait l'encadrement de la porte.

— Vous étiez si calmes soudain tous les deux que j'ai eu peur que vous ne vous soyez entre-tués.

— Ecouter aux portes est, semble-t-il, ton passe-temps favori, répliqua-t-elle.

Il ne prit même pas la peine de nier.

— Un passe-temps très utile et, parfois, fascinant.

Ce « parfois » se référait à la conversation qu'il avait surprise entre elle et Frances, elle le savait. Et il n'avait pas du tout aimé ce qu'il avait entendu cette fois-là. Mais aujourd'hui, rien de ce qu'il avait surpris ne pouvait le rendre vraiment furieux. Il avait peut-être l'air de mauvaise humeur, mais à présent elle le connaissait assez bien, elle pouvait faire la différence : il n'était pas *si* en colère.

— Il s'en va, comme tu peux le voir, dit-elle en venant vers son mari.

— Et tu étais passée lui dire au revoir ? Comme c'est gentil de ta part !

Elle refusa de mordre à l'hameçon.

— Si tu es venu pour me ramener à la maison, je t'en remercie. Je n'ai pas de voiture.

Elle ne tenait pas particulièrement à voir Anthony s'en prendre à Geordie. Elle ne tenait pas à voir de quoi il était capable dans ces moments-là. Le regard d'Anthony l'abandonna pour se poser sur Geordie. Roslynn savait que son cousin était terrifié.

— Je pars tout de suite, annonça-t-il.

Anthony le considéra encore pendant trois interminables secondes avant de hocher la

290

tête. Prenant Roslynn par le bras, il la conduisit hors de la pièce. Il lui serrait le coude avec
une telle force qu'elle renonça à se libérer. Il
n'avait pas de voiture, juste son cheval.

Elle préféra passer à l'attaque avant lui :

— Pourquoi es-tu revenu ici ?

— Pour te ramener à la maison, bien sûr.

— Tu ne pouvais pas savoir que j'étais là.
Tu voulais t'assurer qu'il était bien parti ?

— Ça aussi.

Elle serra les dents.

— Savais-tu que j'étais là ?

— Pas avant que j'entende ta voix annoncer
à ce pauvre homme qu'il n'y avait pas de mots
assez vils, assez méprisables, assez dégoûtants
pour le qualifier.

Ainsi, il avait tout entendu depuis le début.

— Tu aurais été mieux inspiré de traquer
ces hommes qui surveillaient la maison. Ils
m'ont suivie jusqu'à la banque et…

— Oui, Jeremy m'a dit que c'était là que tu
allais. Imagine ma surprise de te trouver ici.

Il ne la croyait pas !

— Bon sang, Anthony ! J'ignorais son adresse.
Comment aurais-je pu venir ici même si je
l'avais voulu, ce qui n'était pas le cas ? Ces imbéciles qu'il a payés n'avaient pas encore été
prévenus qu'il ne voulait plus me faire enlever.

— Plausible.

Et là-dessus, il sauta en selle.

Il lui offrit sa main qu'elle considéra avec
une grimace. Elle ne mourait pas d'envie
d'être assise si près de lui. Du regard, elle chercha un fiacre dans la rue mais n'en trouva pas.

A regret, elle accepta sa main et s'installa en

amazone entre ses jambes. Ses joues se colorèrent vivement tandis qu'elle était obligée de se
tenir à lui. C'était assez déconcertant. Entourée
par sa chaleur, respirant son odeur virile, elle
songeait au moyen d'annuler les nouvelles
conditions qu'elle avait posées à leurs rapports. Elle voulait à nouveau être avec lui,
sans aucune restriction.

38

Le trajet jusqu'à Piccadilly parut durer une
éternité mais il ne fut pas encore assez long.
Une étrange euphorie s'était emparée de Roslynn. Sans paroles pour la distraire, bercée par
le pas de leur monture, par le battement du
cœur d'Anthony tout proche du sien, il lui était
facile d'oublier la réalité pour flotter dans un
cocon de plaisir.

C'est pourquoi le retour sur terre fut si brutal et la laissa désorientée. Elle se retrouva soudain les pieds sur le sol, le regard vague. En
fait, elle examinait une enveloppe chiffonnée
sans comprendre ce qu'elle fabriquait là, par
terre devant elle. A l'instant où elle saisissait de
quoi il s'agissait, Anthony la ramassa.

Roslynn réprima un gémissement : elle avait
complètement oublié ces maudites factures.
L'une venait de glisser de sa poche. Evidemment, impossible de lui demander de la rendre sans la regarder. D'un geste tranquille, il
ouvrit l'enveloppe.

— Anthony !

Il lui jeta un bref regard, haussant un sourcil.

— Elle m'est adressée, répondit-il.

Elle esquissa un pas vers la maison comme si cela n'avait aucune importance. Il la retint par le bras tout en continuant à examiner la facture.

— Puis-je savoir ce que tu fais avec ça ?

Elle se retourna pour lui faire face.

— Ce sont quelques meubles que j'ai achetés.

— Ça, je le vois parfaitement, ma chère. Je t'ai demandé ce que tu faisais avec.

— J'allais la régler. C'est pour cela...

Sa voix s'éteignit quand elle vit son regard descendre vers sa jupe. Elle baissa les yeux : d'autres enveloppes émergeaient de sa poche. Avant qu'elle ne pût protester, il s'en était emparé.

— Tu comptais aussi régler celles-ci ?

Elle hocha la tête mais comme il ne la regardait pas, elle dut lâcher un faible :

— Oui.

— Dans ce cas, n'aurait-il pas été plus approprié de te les faire adresser directement ?

Elle ne comprenait pas pourquoi il prenait cela aussi calmement.

— Je... j'en avais l'intention mais j'ai oublié.

— Non, tu n'as rien oublié, répliqua-t-il avant d'ajouter sur un ton enjoué qui la stupéfia : Tu n'es pas très douée pour marchander, ma chère. Personnellement, j'aurais fait baisser les prix de moitié.

Il enfouit les factures dans sa poche.

— Ce sont *mes* achats, lui rappela-t-elle, excédée.

— Ils décorent *ma* maison.

— Je les ai achetés, insista-t-elle. Je dois les payer.

— Non, tu ne paieras rien du tout. Tu n'en avais pas l'intention, de toute manière.

Il souriait !

— Ne sois pas têtu, Anthony. Tu as déjà assez de dettes comme cela. Je veux payer pour ce que je...

Il la saisit doucement par les épaules.

— Du calme, mon cœur. Je n'aurais peut-être pas dû te laisser croire que je tirais le diable par la queue. Mais cela t'amusait tellement d'essayer de me ruiner que je n'ai pas voulu gâcher ton plaisir.

Il rit tandis qu'elle baissait les yeux d'un air coupable. Il lui releva le menton :

— La vérité est que tu aurais très bien pu redécorer une centaine de maisons sans que j'y trouve à redire.

— Mais tu n'es pas riche !

Il éclata de rire.

— Cela sert d'avoir un frère qui est un génie des affaires. Tout ce que touche Edward se transforme en or. Il s'occupe des finances de toute la famille avec notre entière bénédiction. Si cette maison ne te plaît pas, j'en possède quelques autres pas loin d'ici, ainsi que des domaines dans le Kent, le Northampton, le Norfolk, le York, le Wiltshire, le Devon...

— Assez !

— Tu es vraiment déçue que je ne t'aie pas épousée pour ton argent ?

— Il t'en revient une partie par le contrat

de mariage. J'ai déposé cet argent ce matin sur un compte à ton nom.

Voilà, c'était dit!

Et il souriait de plus belle.

— Tu peux retourner à la banque et mettre cet argent de côté pour nos enfants. Et puisque nous abordons ce sujet : c'est moi qui subviens à tes besoins, Roslynn. Tes vêtements, tes bijoux, tout ce qui orne ton corps, je le paie.

— Et qu'est-ce que je ferai de mon argent? rétorqua-t-elle sèchement.

— Ce que tu veux, tant que cela n'a rien à voir avec ta nourriture, ton toit, ton habillement et tout ce qu'il me plaira de t'offrir. Voilà, c'est simple et cela nous évitera de futures disputes.

Son esprit d'indépendance avait du mal à accepter la chose, mais son cœur de femme était ravi. Surtout après avoir entendu le mot «enfants». Il impliquait que leurs problèmes allaient enfin être résolus… même si elle ne voyait pas comment.

— Poursuivons cette discussion à l'intérieur.

Son ton neutre amusa Anthony.

— Ce sujet est clos, dit-il. Mais il y en a un autre que nous devons aborder sur-le-champ.

Le cœur de Roslynn rata un battement mais elle n'était pas certaine de l'avoir parfaitement compris. Elle n'eut cependant plus aucun doute quand il la conduisit tout droit dans sa chambre. Il traversa la pièce, enleva sa veste et la jeta dans cette maudite chaise longue.

Elle fronça les sourcils. Oh, il lui avait donné une bonne leçon dans cette chaise. Le ressentiment monta en elle pour combattre son excitation grandissante de se retrouver à nouveau dans cette pièce.

— Viens ici, Roslynn.

Il s'était assis sur le lit, déboutonnant tranquillement sa chemise de lin. Elle sentit son cœur s'affoler. Il était la tentation faite homme. Mais elle ne supporterait pas qu'il fût encore... « détaché ».

— Tu... tu te sens donc capable de simuler le désir ?

Il haussa les sourcils.

— Simuler ? Oh, je vois. Tu ne crois toujours pas à la spontanéité, mon cœur ? Viens m'aider à enlever ces bottes, veux-tu ? Je n'y arrive pas tout seul.

Elle lui obéit pour la simple raison qu'il n'avait pas encore répondu à sa question. Elle ne voulait pas fuir avant de savoir.

— Tu es nerveuse, remarqua-t-il quand elle se retourna après avoir lâché sa deuxième botte. Tu n'as pas à l'être, ma chérie. Tu dois te servir de moi à chaque fois que l'occasion se présente.

Il la vit se raidir et regretta aussitôt cette phrase. Il l'attira gentiment entre ses jambes, ses mains glissant vers ses seins. Elle se cambra aussitôt, rejeta la tête en arrière. Les reins en feu, Anthony se laissa tomber en arrière sur le lit, l'entraînant avec lui. Il la repoussa doucement pour s'allonger sur elle.

— Simuler, ma chérie ? Je doute que ni toi ni moi n'en soyons capables.

Sa bouche recouvrit la sienne avec une passion affolante, merveilleuse. Elle en eut le

296

souffle coupé. C'était exquis, délicieux. C'était bien cela dont elle avait envie, dont elle se souvenait. Le désir les consumait tous les deux de la même façon. La nuit précédente était oubliée. Il l'embrassait comme si sa vie en dépendait, sans retenue, sans calcul. Le cœur de Roslynn bondit de joie.

39

— Je pars dans deux jours, Tony, annonça James en pénétrant dans la salle à manger.

— Tu veux un coup de main pour faire tes valises?

— Ne sois pas mesquin, gamin. Tu étais ravi de m'avoir avec toi.

Anthony grogna et découpa une tranche de bacon.

— Quand t'es-tu enfin décidé à reprendre la mer?

— Quand j'ai compris à quel point ta situation est désespérée. Ce n'est même plus drôle à regarder.

Anthony reposa sa fourchette et lança un regard noir à son frère qui lui tourna ostensiblement le dos pour se servir au buffet. Selon lui, ils avaient accompli d'immenses progrès depuis deux semaines. Il n'avait qu'à frôler Roslynn pour qu'elle lui tombât dans les bras. Il ne voyait pas en quoi cela était désespéré. Bientôt, elle admettrait qu'elle avait autant besoin de lui que lui d'elle. Elle reconnaîtrait sa folie et abandonnerait ses maudites conditions.

— Aurais-tu la bonté de m'expliquer cette remarque ?

James prit place en face de lui :

— J'adore cette pièce maintenant. Combien t'a-t-elle coûté ?

— Tu joues avec le feu !

Un haussement d'épaules.

— Mais c'est évident, mon garçon. La voilà qui partage ta chambre, à n'importe quelle heure de la journée ou de la nuit, à ce que j'ai cru comprendre. Mais dès que vous n'êtes plus enfermés derrière cette porte, vous vous conduisez comme deux étrangers. Où est cette finesse qui faisait ta réputation ? Les femmes te mangeaient dans la main, autrefois. Serait-elle immunisée ?

— Cela ne te regarde pas, tu sais.

— Je sais.

Néanmoins, Anthony lui répondit :

— Elle n'est pas immunisée mais elle n'est pas, non plus, comme les autres femmes. Elle a ces idées incroyables sur… En fait, je veux qu'elle vienne à moi de sa propre initiative et non aveuglée par ses sens.

— Tu veux dire qu'elle ne vient pas à toi ? (Le regard noir d'Anthony le fit rire.) Ne me dis pas que vous n'avez pas encore aplani ce différend à propos de la petite serveuse ?

— Tu te souviens encore d'elle ?

James ignora le sarcasme.

— Si tu veux tout savoir, je suis retourné la voir plusieurs fois… elle est délicieuse. Tu n'as jamais songé à lui expliquer ?

— Je l'ai fait. Je ne le ferai pas deux fois.

James soupira devant une telle obstination.

— La fierté est l'apanage des sots, mon garçon. Tu es marié depuis près d'un mois. Si j'avais su que tu allais en faire un tel gâchis, j'aurais tenté ma chance avec la dame.

— Il aurait fallu que tu me passes sur le corps, d'abord, gronda Anthony.

James sourit.

— Susceptible, hein ? Peu importe. Elle est à toi. Mais tu te conduis d'une façon déplorable. Un peu de romantisme ne serait pas de trop. Elle t'est bien tombée dans les bras sous un rayon de lune, non ?

Anthony fut pris d'une terrible envie de l'assommer.

— Je n'ai pas besoin de tes conseils, James. Pour ce qui concerne ma femme, je sais ce que je fais. Cela peut te sembler bizarre ou inefficace mais, crois-moi, ça marche.

— Bizarre, en effet. J'ai jamais rien vu d'aussi bizarre, en fait : ennemis le jour, amants la nuit. Je n'aurais pas la patience. Si elles ne succombent pas dès le premier instant...

— C'est qu'elles n'en valent pas la peine ?

— Certaines peut-être. Mais ce ne sont pas les jolies consolations qui manquent.

— Mais moi, j'ai Roslynn.

James éclata de rire.

— Un point pour toi. *Elle* en vaut la peine ?

La réponse d'Anthony fut un lent sourire, son premier depuis l'arrivée de son frère. Oui, se dit James, la petite Ecossaise valait bien qu'on fît preuve d'un peu de patience. Mais quant à savoir si Anthony savait vraiment ce qu'il faisait, James avait de sérieux doutes. A ses yeux, son frère creusait sa propre tombe. Il ne serait pas surpris si, à son retour en Angleterre, l'épouse d'Anthony se comportait comme celle de Jason qui saisissait la moindre excuse pour éviter son mari.

Nettie apparut sur le seuil.

— Excusez-moi, Sir Anthony, mais Lady Roslynn voudrait vous dire un mot.

— Où est-elle ?

— Dans sa chambre, milord. Elle se sent point vraiment b'en.

Anthony la congédia d'un geste avant de jurer :

— Bon sang !

Ecœuré, James secoua la tête.

— Tu vois ? On te dit que ta femme est malade et, au lieu d'être inquiet...

— Tais-toi, James, tu ne sais pas de quoi tu parles. Si elle est indisposée, c'est qu'elle l'a bien cherché. Je l'avais remarqué l'autre matin quand... (Le sourcil haussé de James l'arrêta.) Par l'enfer ! Elle va m'annoncer que je vais être père.

— Pè... mais c'est splendide ! s'exclama James, ravi, avant de remarquer l'air maussade de son frère. Ça ne l'est pas ?

— Non, bon sang, ça ne l'est pas du tout.

— Au nom du Ciel, Tony ! En général, un mariage produit des enfants...

— Je sais ça, espèce de crétin ! Je veux l'enfant. Mais je ne veux pas des conditions qui vont avec.

Se méprenant sur ces mots, James éclata de rire.

— C'est le prix de la paternité, tu sais. Nom d'un chien, tu n'en as que pour quelques semaines à la laisser tranquille. Tu pourras toujours te soulager ailleurs.

Anthony se dressa. Sa voix était mortellement glaciale :

— *Si* j'avais envie de me soulager ailleurs et *si* cela ne durait que quelques semaines, tu pourrais avoir raison, mon frère. Mais mon célibat commencera au moment où ma chère épouse m'annoncera son état.

James faillit tomber de sa chaise.

— Qui a eu cette idée parfaitement ridicule ?

— Pas moi, tu peux en être sûr.

— Tu veux dire que la seule raison pour laquelle elle venait à toi, c'était pour avoir un enfant ?

— La seule et l'unique.

James émit un grognement.

— Je regrette d'avoir à te le dire, mon garçon, mais il me semble que ton épouse a besoin d'une mémorable fessée.

— Non. Ce dont elle a besoin, c'est d'admettre qu'elle a tort, et elle le fera. Quand ? Voilà ce qui reste à savoir. J'espère juste que je ne serai pas fou avant.

40

Du thé léger et du pain sec, selon les ordres de Nettie. Voilà un petit déjeuner pas très appétissant. Mais cela valait mieux que les pâtisseries au chocolat qui avaient cloué Roslynn sur son pot de chambre la veille. Elle soupçonnait la réalité de son état depuis une semaine, quand son retard s'était prolongé. Elle en était certaine depuis trois jours lorsque d'affreuses nausées avaient duré toute la matinée. Depuis, cela avait été un petit peu plus pénible chaque jour. Elle redoutait ce que le lendemain lui apporterait car ce jour-là, ce serait le mariage de Frances. Elle n'était pas du tout certaine de pouvoir y assister, ce qui ne faisait qu'ajouter à sa détresse alors qu'elle aurait dû être emplie de joie.

Dans sa présente condition, elle avait du mal à se souvenir qu'elle avait par-dessus tout désiré un bébé. Pourquoi ne faisait-elle pas partie de ces femmes chanceuses qui ne souffraient absolument pas ? Et dire que cela avait commencé si tôt ! Fichtre, cela faisait à peine deux semaines qu'elle avait posé ses conditions à Anthony. Une semaine plus tard, elle pensait être enceinte. Elle en était certaine depuis trois jours. Et, égoïstement, elle avait continué à partager le lit d'Anthony pendant deux nuits encore sans rien lui dire. Mais elle ne pouvait plus continuer ainsi. Sa condition devenait trop évidente. Ce matin même, en raison de ses terribles nausées, elle avait eu les plus grandes difficultés à quitter sa chambre sans le réveiller. Elle devait donc le lui dire avant qu'il ne s'en aperçût tout seul.

Enfer et damnation, comme elle s'en voulait à présent d'avoir posé ces maudites conditions ! Anthony avait été si merveilleux ces derniers temps. Au moins dans sa chambre à coucher. Il lui avait fait l'amour si souvent, avec une telle tendresse et une telle passion qu'elle avait eu l'impression que chaque nuit était leur nuit de noces.

Mais, en dehors de la chambre, il était très différent : froid ou sardonique selon les moments. Roslynn savait pertinemment qu'il lui en voulait toujours pour ce marché qu'elle avait imposé, ce marché qui le dégoûtait.

Et maintenant, c'était terminé. Mais elle ne voulait pas que ce fût terminé. Par l'enfer, elle ne pouvait se passer d'Anthony, de son amour. A cause de son idiotie, elle allait le perdre…

— Tu désirais me voir ?

Il n'avait pas frappé à la porte. Il n'était plus venu dans cette chambre depuis le soir où elle avait fait semblant d'être indisposée. Aujourd'hui, elle ne faisait pas semblant.

Anthony jeta un vague regard au nouveau mobilier. Puis son regard cobalt se fixa sur elle. Mal à l'aise, Roslynn sentit son estomac se rebeller.

— Je vais avoir un bébé, dit-elle précipitamment.

Il se tenait devant elle, les mains dans les poches. Son expression ne varia pas d'un iota. C'était encore pire que tout ce qu'elle avait imaginé. Il aurait pu au moins montrer un peu de plaisir à propos de l'enfant. Ou alors de la colère.

— Je suis ravi pour toi, déclara-t-il d'un ton parfaitement neutre. Ainsi, tes séjours dans ma chambre sont terminés.

— Oui. A moins…

— A moins ? Ne compte pas sur moi pour briser tes règles, mon cœur.

Elle se mordit la lèvre. Elle ignorait ce qu'elle

allait dire avant qu'il ne l'interrompît. Mais à l'évidence, il n'avait pas voulu l'entendre. Elle avait tant prié le Ciel pour qu'*il* lui demandât d'oublier ces conditions. Il ne le ferait pas. Peut-être n'y tenait-il plus ?

Elle détourna les yeux vers la fenêtre. D'une voix sans timbre, elle annonça :

— J'aurai besoin d'une chambre pour le bébé.

— James part dans quelques jours. Tu peux faire arranger la sienne.

Elle continua à fixer la fenêtre.

— C'est ton enfant aussi, Anthony. As-tu des préférences pour les couleurs... ou quoi que ce soit ?

— Fais comme il te plaira, ma chère. Au fait, je ne rentrerai pas dîner ce soir. Nous enterrons la vie de garçon de George au club.

Ce brutal changement de sujet la blessa. A l'évidence, il ne se souciait nullement du bébé... ni d'elle. Il avait quitté la pièce sans ajouter un mot.

Dehors, le poing d'Anthony s'écrasa contre le mur. Le bruit la fit sursauter mais elle ne devina pas de quoi il s'agissait.

Elle ne s'était jamais sentie aussi malheureuse de toute sa vie et elle était la seule responsable. Elle ne se souvenait même pas des raisons pour lesquelles elle avait posé ces stupides conditions. Ah oui ! Elle avait eu peur de tomber amoureuse de lui. Eh bien, il était trop tard, beaucoup trop tard ! Nettie avait eu raison...

— C'était la nouvelle que tu attendais ?

Anthony se retourna pour trouver James devant la porte de sa chambre.

— Oui.

— Oh! oh, j'ai l'impression que tu n'es plus aussi sûr de savoir ce que tu fais...

— Oublie-moi, James. Ou alors je ne vais pas attendre encore deux jours pour me débarrasser de toi!

41

— Pourquoi ne lui dis-tu pas, tout simplement, Ros?

— Je ne peux pas, répondit-elle en finissant sa seconde coupe de champagne.

Elles se tenaient à l'écart des autres. Frances n'avait invité que quelques amies à sa soirée, pour enterrer comme les hommes sa vie solitaire. Mais Roslynn n'était guère d'humeur à faire la fête, même si elle se réjouissait du bonheur de son amie. Elle ne parvenait pas à montrer une joie qu'elle était loin de ressentir.

Malheureusement, Frances l'avait traînée dans ce coin pour en avoir le cœur net: elle redoutait que Roslynn ne désapprouvât son mariage. Celle-ci n'avait donc eu d'autre choix que de lui dire la vérité.

— Si c'était aussi simple... reprit-elle.

Frances la coupa:

— Mais ça l'est! Tout ce que tu as à dire, c'est «je t'aime». Deux petits mots, ma pauvre, et tous tes problèmes s'envoleront.

Roslynn secoua la tête.

— La différence, Fran, c'est que ces mots

sont simples pour toi car George te rend ton amour. Anthony ne m'aime pas.

— Lui en as-tu donné l'occasion ?

Roslynn grimaça.

— Non. On peut même dire que j'ai été une sacrée garce depuis notre mariage.

— Peut-être, mais tu avais de bonnes raisons, non ? C'était vraiment exagéré de sa part. Cela dit, tu as admis toi-même qu'il n'avait fauté qu'une seule fois. C'est à toi de décider. Tu peux lui pardonner et tout recommencer de zéro, ou bien vous continuerez ainsi.

Joli choix, en effet, se dit Roslynn. Pourquoi devait-elle faire toutes les concessions ? Anthony ne lui avait même pas présenté des excuses. Et il y avait peu de chances pour qu'il le fît un jour.

— Un homme comme Sir Anthony n'attendra pas éternellement, tu sais, poursuivit Frances. Tu vas le jeter tout droit dans les bras d'une autre.

— Il n'a pas besoin de moi pour ça, rétorqua Roslynn avec amertume.

Mais Frances n'avait pas tort sur un point. Si *elle* ne partageait pas le lit d'Anthony, une autre finirait par prendre sa place. Elle l'avait su en lui posant ses conditions. A l'époque, elle avait fait comme si cela ne comptait pas. Mais cela comptait. Terriblement. Car elle l'aimait.

De retour à onze heures, Roslynn venait à peine d'enlever ses gants et son chapeau quand la porte d'entrée se rouvrit. Elle éprouva une déplaisante sensation de déjà-vu en découvrant sur le seuil Anthony et George, bras dessus bras dessous, visiblement ivres. Dobson émit un discret soupir en les apercevant à son tour. Mais cette fois-ci, c'était Anthony qui soutenait George.

— Vous rentrez tôt, remarqua Roslynn d'un ton neutre.

— Ce cher George a tellement bu qu'il s'est déjà évanoui une fois. Je me suis dit qu'il valait mieux le mettre au lit.

— Pourquoi l'as-tu ramené ici plutôt que chez lui ?

Anthony haussa les épaules.

— L'habitude, ma chère. Après des nuits comme celle-ci, George venait ici la plupart du temps. Il a même sa chambre, tu l'ignorais ? Tiens, j'y pense… c'est celle que tu occupes en ce moment.

Ils se dévisagèrent longuement, puis George se secoua de son hébétude :

— Qu'est-ce qu'y a ? Qui occupe ma chambre ?

— Ne te fais pas de souci, mon vieux. Ma femme sera ravie de te céder la place. N'est-ce pas, ma chère ?

Roslynn l'étudia avec attention. Avait-il ramené George uniquement pour l'obliger à dormir avec lui ?

— Ne vous embêtez pas pour moi, Lady Malory, intervint George.

Il avait la voix pâteuse et semblait incapable de fixer son regard sur elle, contemplant Dobson avec une étrange fascination.

— Aucun problème, George, assura-t-elle. Si vous voulez bien me laisser un moment pour rassembler mes…

— On n'a pas le temps, répliqua Anthony. Il est sacrément lourd, tu sais. Et si je le lâche maintenant, il ne se relèvera plus. Passe devant, ma chère, et prends ce dont tu as besoin.

Ce qu'elle fit promptement tandis qu'Anthony abandonnait son fardeau sur le lit. La chambre de George ? Ces sonnets d'amour étaient donc son livre de chevet. Elle n'aurait jamais cru cela possible d'un tel débauché. Frances avait encore plus de chance qu'elle ne l'imaginait.

Elle quitta la pièce en coup de vent car Anthony avait déjà entrepris de déshabiller George. Dans le couloir, elle hésita devant la porte d'Anthony. Où aller ? Elle n'avait pas le choix. Les quatre chambres de l'étage étaient toutes occupées.

Elle entra d'un pas hésitant. Mais l'occasion était trop belle. Elle n'aurait même pas à sacrifier sa fierté pour confesser à quel point elle avait été idiote. Il lui suffirait de montrer à Anthony qu'elle n'avait rien contre le fait d'être là. Bien au contraire, elle en avait terriblement envie.

Elle venait d'enfiler sa chemise de nuit quand il entra à son tour. Son regard s'attarda longuement sur elle puis il se dirigea vers sa penderie. Roslynn se glissa dans le lit. Elle aurait préféré qu'il dît quelque chose. Seigneur, cela lui rappelait sa nuit de noces. Elle était aussi nerveuse…

Il réapparut, ne portant qu'une robe de chambre. Tandis qu'il parcourait la chambre pour éteindre les lampes, le désir s'empara d'elle. Elle avait découvert ces derniers temps qu'elle ne pouvait se passer de lui. Jamais elle ne le pourrait.

La dernière lampe s'éteignit. Un rayon de lune argenté traversa la fenêtre. Avant que ses yeux ne s'accoutument à l'obscurité, ses autres sens s'éveillèrent. Elle sentait son odeur tandis qu'il approchait. Quand le lit s'affaissa sous son poids, elle retint son souffle, attendant, espérant. Elle éprouvait toujours cette délicieuse anticipation lorsqu'il était près d'elle. Il n'allait pas tarder à se pencher, à l'embrasser. Sa bouche serait chaude, exigeante...

— Bonne nuit, ma chère.

Elle ouvrit les yeux. Par l'enfer ! Comment pouvait-il ? Il n'avait pas le droit ! Pas maintenant !

— Anthony ?

— Oui ?

Sa voix sèche la priva de tout courage.

— Rien.

Roslynn ne bougea plus, comptant les battements de son cœur, regrettant de n'avoir bu que deux coupes de champagne chez Frances. Voilà, elle n'allait pas dormir de la nuit. Ni aucune autre nuit après celle-là, d'ailleurs. La veille encore, elle pouvait se blottir dans ses bras. La veille encore, elle pouvait... et cela uniquement à cause de ses maudites conditions.

Non ! Cela ne pouvait pas durer. Elle allait...

Elle entendit un grondement rauque juste avant de sentir les mains d'Anthony se poser sur elle. Il l'attira à lui. Il l'embrassa sans retenue, sans calcul, avec toute la passion dont il était capable. Roslynn ne posa aucune question, elle se contenta de l'accepter, ravie et soulagée. La fierté ne valait pas ceci. Elle l'aimait. Elle devait le lui dire, mais pas maintenant. Pas en ce moment. Elle lui dirait plus tard, quand elle aurait toute sa tête.

42

Il semblait bien que tout et tout le monde se liguaient contre elle pour l'empêcher d'avoir une conversation privée avec son mari ! Et elle s'incluait dans le lot.

Roslynn s'était endormie avec un merveilleux sentiment de bien-être après avoir fait l'amour avec lui, l'autre nuit. A son réveil, Anthony lui avait simplement annoncé que George était parti et qu'elle pouvait réintégrer sa chambre. Voilà, c'était tout, comme s'il ne s'était rien passé entre eux. Quand elle avait voulu le lui rappeler, une nouvelle nausée l'avait contrainte à rejoindre sa chambre au plus vite.

Puis il y avait eu le mariage et le déjeuner qui avait duré tout l'après-midi. Mais Anthony n'était pas rentré avec elle. Il s'était éclipsé avec son frère pour sa dernière nuit à terre. Roslynn avait passé une soirée abominable à se demander ce qu'ils pouvaient bien fabriquer. Ils n'étaient rentrés qu'aux premières heures de la matinée.

Et, ce matin, on l'avait traînée hors de son lit jusqu'aux docks pour assister au départ du

Maiden Anne. Pour l'occasion, toute la famille était rassemblée. Elle se tenait un peu à l'écart avec Jeremy car, pour l'instant, les trois frères de James lui souhaitaient un bon voyage. Elle l'avait déjà embrassé elle-même, un infime baiser sous le regard perçant d'Anthony que James n'avait pu s'empêcher de commenter.

— Il va beaucoup te manquer, n'est-ce pas, Jeremy ? demanda-t-elle.

Le garçon lui sourit.

— Oh, il ne va pas partir *si* longtemps que ça. Et il a dicté ses conditions, vous savez. Je dois me plonger dans les études et éviter de semer des bât... euh, éviter les ennuis. Obéir à oncle Tony, à vous, bien sûr, et le rendre fier de moi.

— Je suis certaine que tu y arriveras.

Roslynn essaya de sourire mais les relents nauséabonds du port commençaient à lui créer quelques problèmes. Si seulement elle pouvait regagner sa voiture avant de se déshonorer devant tout le monde. Elle leva les yeux.

— Je crois que ton tour est venu de dire au revoir à ton père, mon garçon.

Jeremy fut broyé non seulement par les bras de James mais aussi par ceux de Conrad Sharpe. Il dut supporter une longue liste de recommandations de la part de l'ami de son père. Mais la marée le sauva. Elle n'attendait pas et les deux hommes furent forcés d'embarquer.

Soudain, James poussa un juron. A cause d'Anthony, il tenait une sacrée gueule de bois et il avait failli oublier. Il rappela son fils sur la passerelle et lui tendit discrètement un billet.

— Remets ceci à ta tante Roslynn, mais pas en présence d'Anthony.

Jeremy empocha le billet.

— Une lettre d'amour ?

— File d'ici, vaurien. Et veille à...

Jeremy leva les mains en riant.

— Je sais, je sais... Je ne ferai rien que tu n'aurais fait toi-même.

Là-dessus, il détala avant que son père ne lui fît payer son insolence. Pourtant, James souriait en se retournant vers Conrad Sharpe qui l'attendait.

— De quoi s'agit-il ?

James haussa les épaules. Conrad avait vu le billet.

— J'ai décidé de m'en mêler. Sinon, Anthony va patauger indéfiniment.

43

— Tu ne vas pas encore sortir, quand même ?

Anthony mettait ses gants.

— J'allais le faire.

Roslynn quitta l'entrée du salon pour venir vers lui. Ils étaient rentrés depuis un peu plus d'une heure. Il lui avait fallu tout ce temps pour rassembler son courage et l'approcher. Mais ce fameux courage la désertait maintenant que le moment était venu. Non, elle devait le faire.

— J'aimerais te dire un mot.

— Très bien.

Il indiqua le salon.

— Non, en haut.

Devant son haussement de sourcils, elle rougit et ajouta précipitamment :

— Dans ma chambre. Nous ne serons pas dérangés. Je dois te parler.

— Dans ce cas, je te suis, ma chère.

Il semblait indifférent. Seigneur, il n'allait pas lui faciliter les choses. Et si jamais il s'en moquait ? Et si elle ne réussissait qu'à se rendre encore plus ridicule ?

Roslynn monta l'escalier à toute allure alors qu'Anthony traînait les pieds, car il n'était pas certain d'avoir envie d'entendre ce qu'elle avait à dire. Il en était venu à la conclusion qu'il faudrait à Roslynn plusieurs semaines ou même plusieurs mois avant d'admettre qu'elle avait tort.

Elle avait déjà pris place dans un fauteuil quand il pénétra dans sa chambre. Comme il était hors de question qu'il s'installât sur le lit, il choisit le seul autre siège disponible : le tabouret de sa coiffeuse. Il joua avec les flacons de parfum en attendant la suite. Il contempla vaguement le bout de papier qui traînait là avant de reconnaître soudain l'écriture de son frère James. Il se raidit et le déplia.

— Anthony, tu veux bien me regarder ? (Il le fit, les yeux plissés. Elle baissa les siens.) Je ne sais pas comment le dire sinon que… j'ai eu tort.

— Tort ?

— De mettre des conditions à notre mariage. Je… je voudrais tout reprendre depuis le début.

Elle se décida enfin à le regarder. La dernière chose à laquelle elle s'attendait, c'était de la colère. Mais il n'y avait pas d'erreur : il était bien furieux.

— Est-ce que ceci aurait quelque chose à voir avec ton brusque revirement ?

Le bout de papier pendait au bout de ses doigts.

— Qu'est-ce que c'est ? s'enquit-elle avec crainte.

— Ne joue pas avec moi, Roslynn ! Tu sais très bien ce que c'est.

Elle adopta le même ton brutal, oubliant soudain tout désir de réconciliation :

— Non, je n'en sais rien ! Où l'as-tu trouvé ?

— Sur la coiffeuse.

— Impossible. Je me suis changée en rentrant du port et *ceci* n'y était pas.

— Il y a un bon moyen de le savoir.

Il se rua vers la porte et rugit le nom de Jeremy. Soit James avait glissé le mot à Roslynn sur les quais — ce qu'il ne croyait pas car il ne l'avait pas quittée des yeux —, soit il l'avait donné à Jeremy pour qu'il le lui transmît. Quoi qu'il en fût, il n'allait pas la laisser s'en tirer avec un mensonge.

Lorsque le garçon glissa la tête par la porte de sa chambre au bout du couloir, Anthony demanda :

— Ton père t'a-t-il confié quelque chose à remettre à ma femme ?

Jeremy poussa un gémissement.

— Bon sang, Tony, je te croyais parti. Je viens juste de le mettre... tu n'étais pas censé savoir, conclut-il faiblement.

Anthony chiffonna le papier dans sa main serrée.

— Ça va, mon garçon. Il n'y a pas de mal.

Il referma la porte, s'en voulant terriblement. Elle n'avait donc pas vu le billet. Bon sang, et voilà qu'il venait de la faire enrager.

Se retournant, il la trouva devant lui, la main tendue.

— Donne-moi ça.

Il grimaça. Oui, elle était bien en colère.

— Non, répliqua-t-il. Ecoute, je suis désolé de m'être trompé. Ce billet n'est pas important. Que...

— Je déciderai moi-même s'il est important ou pas. S'il était dans ma chambre, c'est qu'il était pour moi.

— Alors, prends-le.

Il tendit sa paume ouverte. Quand elle voulut se saisir de la boule de papier, il ne lui en laissa pas le temps et l'attira dans ses bras.

— Tu pourras le lire plus tard, fit-il avec douceur. Dis-moi d'abord à quel sujet tu avais tort.

Elle oublia aussitôt le mot de James.

— Je te l'ai dit... De poser ces conditions. Je n'aurais jamais dû faire cela.

— C'est vrai. C'est tout ?

Il lui souriait, de ce merveilleux sourire qui la faisait fondre.

— Je n'aurais pas dû venir à toi juste pour l'enfant, mais j'avais peur. Je me disais que si je prenais l'habitude d'être avec toi, plus rien d'autre ne compterait.

— C'est vrai ?

Il lui effleura la joue du bout des lèvres.

— Quoi ?

— Que tu t'habitues à moi ?

Il ne la laissa pas répondre. Ses lèvres chaudes, impérieuses, dérobèrent les siennes, volant son souffle et son âme. Elle dut s'écarter.

— Oh, si tu n'arrêtes pas de m'embrasser, je ne pourrai jamais rien dire !

Il éclata de rire, la serrant toujours dans ses bras.

— Mais rien de tout cela n'était nécessaire, mon cœur. Ton problème, c'est que tu te fais beaucoup d'idées. Tu t'imaginais peut-être que j'allais laisser les choses continuer ainsi ? Que j'allais accepter indéfiniment de ne pas te toucher ? Que j'allais obéir à ces règles jusqu'à la fin des temps ? Tu te trompais lourdement. (Un nouveau baiser.) Désolé de te décevoir, mais nous avons suivi tes conditions simplement parce que je l'ai permis. Et je ne l'aurais pas permis encore très longtemps. Quelques semaines, peut-être, mais pas plus.

— Sinon ?

— Sinon, je serais venu m'installer ici.

— Vraiment ? fit-elle avec une feinte colère. Et tu te serais passé de ma permission, j'imagine ?

— Voilà quelque chose que nous ne saurons jamais, n'est-ce pas ? répliqua-t-il, espiègle. Bon, que voulais-tu me dire d'autre ?

Elle essaya de prendre un air indifférent, mais c'était trop exiger d'elle-même alors qu'il était si proche, que ses lèvres étaient à un souffle des siennes, ses yeux si tendres.

— Je t'aime, dit-elle simplement avant de

pousser un cri : il la serrait si fort qu'elle crut avoir les côtes brisées.

— Ô Seigneur, Roslynn, j'avais peur de ne jamais entendre ces mots ! Tu m'aimes vraiment ? Malgré toutes les idioties que j'ai faites ?

Elle riait, ravie de sa réaction.

— Oui,

— Alors, lis ce mot de James.

C'était bien la dernière chose à laquelle elle s'attendait dans un moment pareil. Elle le dévisagea avec crainte tandis qu'il la lâchait. Mais elle déplia la boule de papier, curieuse. Le message était bref.

Puisque Tony est trop têtu pour vous le dire, j'ai pensé qu'il valait mieux que vous le sachiez. Contrairement à ce que vous avez cru, il n'a rien fait avec cette jolie petite de la taverne. C'est moi qui ai passé la soirée avec elle. Elle avait d'abord choisi Tony, mais comme il vous appartenait, elle n'a vu aucun inconvénient à se tourner vers moi. Vous vous êtes trompée sur son compte, ma chère petite : je sais qu'il vous aime.

Les yeux de Roslynn étaient embués de larmes quand ils croisèrent ceux d'Anthony, qui la prit tendrement dans ses bras.

— Comment pourras-tu me pardonner, Anthony ?

— Tu m'avais pardonné, n'est-ce pas ?

— Mais tu n'étais pas coupable !

— Chut, mon cœur, cela n'a plus d'importance maintenant. Tu es la seule femme que je désire, et ce depuis que j'ai posé les yeux sur toi au bal des Crandal... Depuis que tu m'as présenté ce merveilleux petit postérieur.

— Anthony!

Il éclata de rire en nouant les bras autour des siens pour l'empêcher de lui flanquer un coup sur le crâne.

— Eh bien, quoi? C'est vrai. J'étais hautement fasciné.

— Tu étais un débauché!

— Et je le suis toujours. Tu souhaiterais que je devienne bigot? Ne me dis pas que tu voudrais faire l'amour seulement dans le noir, habillés de façon que nos peaux ne se touchent pas sauf aux endroits nécessaires... Ouille! (Elle l'avait pincé.) Je ne te taquine pas, ma chérie. (Il pouffa.) C'est probablement ainsi que Warton t'aurait aimée... Eh, arrête de me pincer!

— Alors sois sérieux.

— Mais je suis sérieux, ma petite, très sérieux. (Ses doigts s'engouffrèrent dans sa chevelure, enlevant une épingle ici et là.) Tu es devenue mienne dès cette première nuit. J'étais sidéré. Est-ce que tu sais à quel point j'avais envie de te faire l'amour dans le jardin des Crandal, au clair de lune? Qu'éprouvais-tu, toi, mon cœur?

— Je... je regrettais de ne pouvoir aller avec toi.

— Vraiment? demanda-t-il doucement en lui caressant les joues. Tu veux venir avec moi maintenant?

— Je l'ai toujours voulu, Anthony, chuchota-t-elle en nouant les bras autour de son cou. Je n'osais pas. J'avais peur de ne jamais pouvoir te faire confiance.

— Tu as confiance en moi aujourd'hui?

— Il le faut. Je t'aime... même si tu ne...

Il posa un doigt sur sa bouche.

— Oh... ma belle, ma belle et idiote petite femme. N'as-tu donc pas lu la lettre de mon frère ? Toute ma famille sait que je t'aime sans que j'aie eu besoin de le leur dire. Pourquoi ne le sais-tu pas, toi ?

— Tu m'aimes ? murmura-t-elle d'une toute petite voix.

— Crois-tu que je t'aurais laissée me mener par le bout du nez si je ne t'aimais pas ?

— Mais pourquoi ne pas me l'avoir dit ?

— Tu ne voulais pas m'épouser, mon cœur, lui rappela-t-il. Il a pratiquement fallu que je te force. Et même après avoir accepté, tu as fait tout ce que tu as pu pour maintenir une distance entre nous. M'aurais-tu cru si je t'avais dit à ce moment-là que je t'aimais ? Roslynn, pour quelle autre raison t'aurais-je épousée ?

— Mais...

Il n'y avait pas de mais. Elle l'embrassa et l'embrassa encore, ivre de joie.

— Oh, Anthony, je suis si heureuse... Et je ne serai plus jamais aussi idiote, je le jure...

Entre deux baisers, il répondit :

— Tu peux être aussi idiote que tu le veux... à chaque fois que tu le veux... tant que tu ne cesses pas de m'aimer.

Composition Interligne B-Liège
Achevé d'imprimer en Europe (France)
par Brodard et Taupin à La Flèche (Sarthe)
le 21 août 1995. 1576M-5
Dépôt légal août 1995. ISBN 2-277-24003-6

Éditions J'ai lu
27, rue Cassette, 75006 Paris
Diffusion France et étranger : Flammarion

4003